Re:ゼロ
Re: Life in a different world from zero
から始める異世界生活

――夜空に、桃色の長い髪をなびかせる黒衣の少女の姿がある。
「生きていたのか……スピンクス」
「いいえ、死んでいます。――要・観察です」

「――てめえ、もしかして
クソセシルスのクソ親父か？」

「クソが！　それがバレたくねえからって
俺を殺そうとしてやがったのか！」
「うひー、思い出されちまってござい」

——在りし日

The old days

Re: Life in a different world from zero

The only ability I got in a different world "Returns by Death"
I die again and again to save her.

CONTENTS

Re：ゼロから始める異世界生活35

長月達平

MF文庫J

口絵・本文イラスト●大塚真一郎

第一章　『屍人《しびと》災害』

1

——血の気の引いた青白い肌と、黒い眼《め》の中に浮かび上がる金色の瞳《ひとみ》。

突如として現れた屍人の軍勢、それは帝都ルプガナを巡って攻防戦を繰り広げていた帝国軍と反乱軍、その両軍に文字通りの冷や水を浴びせた。

帝国の覇権を争う戦いは、生者と死者の生存競争へとその在り方を変えたのだ。

「うあああ——!!」

大きく声を上げ、帝国兵が振りかぶった両手剣を正面の敵に叩《たた》き込む。

受けようとした相手の剣をへし折り、兜《かぶと》ごと頭を叩き潰《つぶ》して致命傷を与えた。だが、続くのは陶器製の壺《つぼ》が割れるような音と、敵の全身が破片となって散らばる光景だ。

それはおよそ、生き物の死に方ではなかった。——故に、敵は屍人なのだ。

「戦線を支えろ！　皇帝閣下と市民を逃がせ！」

「「おお——ッ!!」」

『将』の一人が号令をかければ、周りの兵たちが熱に浮かされたように叫ぶ。

屍人《しびと》の軍勢と『雲龍《うんりゅう》』の暴走、帝都の北部にある貯水池の止水壁が狙われるに至り、皇帝閣下は帝都の放棄と、全軍の撤退を決断した。

帝国軍は一丸となり、皇帝と帝都市民の避難支援に全力を傾けている。皮肉なことに、この第三陣営の登場により、反乱軍との戦いは有耶無耶《うやむや》になった。今は正規兵と叛徒《はんと》の区別なく、生者と死者の括《くく》りで敵味方が分けられ、激戦が続いている。

今しがた、屍人の一体を撃破した帝国兵も踏みとどまる一人で、彼や周囲の兵たちは一体でも多くの屍人を足止めし、死出の道連れにできるか全力で抗《あらが》っていた。

「連中が何なのかは全くわからん。だが……皇帝閣下であれば！」

「必ずや、貴様らを根切りにする策を見出《みいだ》してくださる！」

帝国の頂、ヴィンセント・ヴォラキアへの揺るがぬ信頼が兵たちの戦意を支えた。

ヴィンセントは成果を出し続けてきた。帝国兵は、ヴィンセントの敵に流させた血と、積み上げた屍《しかばね》の数を彼への信頼の根拠とする。その統治の絶対さを思えば、気軽に反乱を企てたものたちとは戦意の純度が違うのだ。

「――っ！　全員、奴《やつ》を仕留めろ！」

再びの『将』の叫びは、ひと際体格の大きい屍人の猛撃に対するものだ。

禿頭《とくとう》に巨体の屍人が暴れ、立ちはだかる兵たちを紙切れのように吹き飛ばしている。その勢いで戦線に穴を開けさせまいと、号令に従った兵たちが敵へ殺到した。

「う、おおあああ!!」

　仲間たちが敵の腕や胴を狙う中、その帝国兵は相手の足を斬撃、巨体の体勢が崩れる。が、小癪《こしゃく》な真似《まね》の返礼に、屍人は誰かから毟《むし》り取った剣を帝国兵へ向けた。

　その切っ先に串刺しにされる寸前、帝国兵の目の前に人影が割って入る。

「や、れえええ……っ」

　胸を貫かれ、血泡と共に叫んだのは『将』だった。

　その『将』の挺身《ていしん》に庇《かば》われ、雄叫《おたけ》びと共に帝国兵は巨体の首を渾身《こんしん》で薙《な》ぎ払った。

　衝撃で剣が半ばで折れたが、首を刎《は》ねられた巨体の反撃はなく、その体が砕《くだ》け散る。同時に『将』も背中から地面に倒れ、勇敢な剣狼《けんろう》は屍人と相打ちになった。

『将』の勇ましさを心から称賛し、帝国兵は次なる敵を探して首を巡らし――、

「クソったれ……」

　そう呟《つぶや》いた帝国兵は、被《かぶ》った兜《かぶと》を指で引き下げながら頬《ほお》を歪《ゆが》めさせる。

　死線を潜《くぐ》ったばかりの帝国兵、その視界に飛び込んできたのは次なる屍人――それは、今しがた自分を庇って死んだ『将』と、同じ装備と顔をしていた。

　帝都は地獄だった。ここは生者と死者とが交差する、屍山血河《しざんけつが》の際だった。

「クソったれ」

　戦友さえも、死してすぐに屍人となって敵に回る戦場。

　呪いたくなる水浸しの死地で、帝国兵は剣を振り上げ、命の限り戦い続けた。

2

——帝都ルプガナから撤退し、城塞都市ガークラを目指す連環竜車。

その車内で結ばれた、エミリア陣営とヴォラキア帝国首脳陣との歴史的な同盟は、思わぬ形で横槍《よこやり》を入れられる形になっていた。

もっとも、その横槍の原因はと言えば——、

「なんやの、ウチたちもえらいナツキくんを心配してたのに。そないに招いてへんお客さんの登場やなんて顔されたら悲しいやないの」

「そんな顔してねぇよ！　ちゃんと会えたの喜んでるって！　アナスタシアさんはもちろん、ユリウスのすまし顔だろうとちゃんと！」

「すまし顔、というほど涼しい心境でもないがね。他ならぬ、君の姿が原因で」

と、縮んだスバルを上から下までしげしげと眺めたのは、突如として連環竜車に合流したユリウスとアナスタシアの二人だった。

当然ながら、ここで二人が現れたのはスバルにとって青天の霹靂《へきれき》。その驚き具合は、城《じょう》郭《かく》都《と》市《し》でいきなりプリシラが空から降ってきたときに匹敵する。

ただ、二人が帝国にきている理由がわからないほど、スバルは鈍感ではなかった。

「……エミリアたんたちならともかく、二人はわざわざカララギ経由で俺を？」

「そそ。ぐるーっと三国渡っての大冒険やったよ？　帝国との国境越えも簡単にできることやないし、ウチの折った骨とかけた経費の値段、忘れんでくれたら嬉《うれ》しいわぁ」

「うぐっ」

スバルが帝国に飛ばされたのは不可抗力なのだが、かけた心配の話をされると辛《つら》い。そのまま、莫大《ばくだい》な恩を売られかけるスバルだったが――、

「――アナ。無闇にナツキくんをイジメるべきじゃない。今の彼の見た目もあって、どこからどう見てもアナの方が子どもをイジメる悪者だよ」

その声に、「お」とスバルが眉を上げると、相手もそれに応えて白い尾を振った。

それは、キモノ姿のアナスタシアが肩に羽織った狐《きつね》の襟巻き――すなわち、アナスタシアが連れている人工精霊のエキドナである。

同じ名前の魔女と違い、共にプレアデス監視塔の修羅場を掻《か》い潜《くぐ》った仲間であるエキドナ、そのひと声にスバルもホッと安堵《あんど》した。

これで、プレアデス監視塔ではぐれた仲間のうち、あとで外のパトラッシュに顔を見せてやれれば、まだスバルの無事な顔を見せていないのはメィリィだけになった。

ともあれ――、

「アナスタシアさん！　ユリウスも、無事にヴォラキアにこられたのね」

「エミリアさんらも無事で何よりやったわ。道中の苦労話は……エミリアさんらより、先にナツキくんを見つけてへんかったから格好つかんだけやねえ」

「ううん、その気持ちがすごーく嬉《うれ》しいもの。ありがとう」

そのアナスタシアの登場を、エミリアも頬《ほお》を緩めて歓迎する。

ただでさえヴォラキア帝国、挙句に内乱があってからの屍人《しびと》災害だ。うっかり、アナスタシアたちと帝都で行き違わなくて本当によかったというべきだろう。

そして、そんな思いがけない再会の喜びがひと段落したところで――、

「旧交は十分に温め終えたか？　知っていようが、軍議の時間は限られている」

そう水を差したのは、ふてぶてしく腕を組んだアベルだった。

彼にしては奇跡的な寛容さで空気を読んでいたが、いよいよ黙っているのも限界を迎えたらしい。嫌味《いやみ》を言いつつ、アベルはちらとスバルを横目にすると、

「またしても貴様の知己か。まさか、都市国家にまで首を伸ばしていようとはな」

「それについてはちょっと複雑で、アナスタシアさんたちはカララギ側であってカララギ側じゃないっていうか……そこんとこ、どうなの？」

首をひねるスバルの疑問は、アナスタシアたちの傍《かたわ》らに立つハリベルが理由だ。

スバルの視線に、くわえた煙管《きせる》を上下させる狼人《おおかみびと》――カララギ都市国家最強という肩書きの彼の存在は、アナスタシアたちの如何《いか》なる立場を示すものなのかと。

「その説明は引き取ろう。直接、飛竜船にまで乗せてもらった経緯をね」

そのスバルの疑問に、左目の下の傷を指で拭ってユリウスが答える。

戦の傷は勲章とも言うが、その傷と見慣れないワソー姿のユリウスは凛《りん》と精悍《せいかん》なだけで

なく、以前はなかった余裕のようなものがスバルには感じられた。

長く纏《まと》っていた鎧《よろい》を脱ぎ捨てたような、『最優の騎士』に相応《ふさわ》しい凛々《りり》しさが。

「――ヴィンセント・ヴォラキア皇帝閣下、まずはご無事で何よりです。こうして再び拝謁の栄誉を賜り、望外《よそ》の光栄の至り」

スバルの印象を余所に、一歩前に出るユリウスがお辞儀と共に流麗に礼を尽くす。大柄なゴズに庇《かば》われる立ち位置のアベルは、そのユリウスの挨拶に形のいい眉を寄せた。

「再びと言ったな。だが、都市国家の一剣士と謁見した覚えも、貴様の顔にも覚えはない。いったい、何を以《もっ》て再びなどと述べた？」

「畏《おそ》れながら、一瞥《いちべつ》の機会をいただいたことがございます。もっとも、そのときは都市国家の剣士ではなく、王国の騎士としてでしたが」

ヴォラキアの皇帝であるアベル相手にも怖《お》じないユリウス。彼の受け答えにアベルは思案げに黒瞳《こくどう》を細めた。だが、彼の記憶に思い当たる節はないようだ。

これだけ堂々としたユリウスが、まさか嘘《うそ》を言っているはずもないだろう。となると、二人は実際に面識があるのに、アベルがそれを忘れているのだ。

つまり、周囲がユリウスを忘却した『暴食《ぼうしょく》』の影響がまだ回復していない証《あかし》――。

「謀《たばか》っている、にしては貴様の態度は腑《ふ》に落ちぬ。――ベルステッツ」

「は。私奴《わたくしめ》も、かの御仁をお見かけした覚えはございません」

「謁見の場にベルステッツが居合わせぬ機会の方が稀《まれ》だ。つまり、俺と貴様の間の問題ではなく、より広範囲の問題だな」

一言、ベルステッツからユリウスの記憶の有無を聞き出しただけで、アベルはユリウスと自分の間にある認識の齟齬《そご》、そこに特別な事情が絡んでいるのだと看破した。

そのアベルの言動に、スバルは「こいつマジかよ」と呟《つぶや》かずにはおれない。

「普通、あっさり受け入れられるか？　こんな馬鹿な話……」

「屍人《しびと》が蘇《よみがえ》り、皇帝が帝都から追いやられる有事の最中だ。事の大小で言えば、貴様の体が縮んでいることもそう大差はない。要は、可能性に思い至るかどうかだ」

「俺も自分が縮んだことが日常の一幕とは言わねぇけども」

その理屈だと、思いつく限りならどんな摩訶不思議《まかふしぎ》も受け入れるということになる。もちろん、頭ごなしに否定され、話が進まないよりずっといいのだが。

釈然としない、とスバルが唇を曲げる傍《かたわ》ら、ユリウスが改めて本題へ。

「こちらの御方《おかた》はアナスタシア・ホーシン様……すでに、エミリア様の素性とお立場は明かされているご様子ですが、アナスタシア様もエミリア様と同じ立場の御方です」

「ほほう、エミリア嬢と。つまり、王国の次代の王候補が異国で揃《そろ》い踏《ぶ》みというわけか。それはそれは、ずいぶんと愉快で稀有《けう》な状況だ」

そう楽しげに顔の傷を歪《ゆが》め、セリーナの視線がエミリアの方を向く。その視線に、エミリアは「ホントの話よ」と頷《うなず》いた。

「ユリウスの言った通り、私とアナスタシアさんはどっちも王選候補者で、お友達なの」

「一応、友達って話は王選が終わったあとって契約やけどね。――ご紹介の通り、ウチはカララギのホーシン商会の代表で、ルグニカ王国の王選候補者の一人や」

「大層な肩書きに加えて、またしても王国の人間か」

「肩書きで驚かせてしもたなら恐縮なんやけど、実は今のウチの肩書きはそれだけやないんよ。それが、ウチがわざわざ飛竜船で乗り付けた理由でな？」

先ほど、帝国のトップとして、エミリアと友好的な同盟を結んだばかりのアベルは、そこに王国の別の人間が関わる事実に難色を示しかけた。しかし、そこにアナスタシアが待ったをかけると、傍らのユリウスが彼女を手で示し、

「このたび、アナスタシア様はカララギの都市同盟――その使者の役目を任され、ヴォラキア帝国へ赴いておいでなのです」

「――カララギ都市同盟ですって⁉」

そのユリウスの説明に、ひっくり返った声を上げたのはオットーだった。

思わず声を出してしまい、バツの悪そうな顔になるオットー。その彼に、スバルはちょうどいいと「都市同盟って？」と尋《たず》ねた。

「カララギは都市国家って冠で、たくさんの街がくっついた国とは聞いてるけど」

「――。その認識で間違いありませんよ。カララギ都市国家はざっくりと、十個の大都市がまとまってできている国家です。都市にはそれぞれ都市の代表である都市長がいて、その方々が連なる議会が都市同盟というわけです」

「へえ……プリステラの十人会みたいなもんか」

「というより、プリステラの十人会が都市同盟に倣ったものだろう。『水の羽衣亭』も然《しか》り、国境沿いのプリステラにはカララギの文化の流入が多い」

「あー、言われてみれば……」

アナスタシアたちの招待で泊まった『水の羽衣亭』は、その内外にワフー様式というものが広がっていて、それはカララギから伝わったものという話だった。

さらに遡れば、カララギのワフー様式そのものが、スバルの世界から持ち込まれた知識だろうと思っているのだが、それはいったん置いておく。

「いずれにせよ、王国の王選候補者というだけでなく、使者として都市同盟の意向で帝国へ入ったとなればますます穏やかではないぞ」

「せやね。ルグニカほどやないけど、ヴォラキアはカララギとも仲良しこよしとはとても言えんもん。ってより、帝国は基本どこともバチバチやん」

「皇帝が尖《とが》ってるせいだろうね。今後はちょっと角が丸くなるかもよ」

「黙れ」

アナスタシアの物言いに便乗したスバルは、アベルのその悪罵に舌を出して応じる。それを見たユリウスがぎょっとしていたが、説明は長くなるので後回しだ。

「ヴォラキアのわやくちゃした状況は、カララギにいたウチらの耳にも入ってる。でも、それにつけ込もて話で顔を出したわけやないよ」

「殊勝なことだ。だが、その意がまるでないではあるまい」

「そら、したたかやないとやってけんし。無償で助けられる方が居心地悪ない？」

「──。道理だな」

アナスタシアの悪戯《いたずら》っぽい目に、アベルの視線が一瞬エミリアに向かった。

当のエミリアはその視線に不思議そうな顔だが、二人からすれば、エミリアの善意の方がよほど計算違いなのだろう。さすがのスバルも、無償でアベルたちを助けるべしとは言わないし、そんなことを言ったらオットーから地獄の千本説教をされるだろう。

と、そこで「よろしいですか」とベルステツのしゃがれた声が発言の機会を求めた。

「少々解せないのですが、都市国家が現状の帝国へと使者を送った理由をお聞きしても？　よもや、帝国の諸問題が貴国に及び、その追及とでも？」

「『時間とお金は等価値』やなんて考えのカララギでも、さすがに大わらわの真っ最中にお金の話はしにこぉへんよ。内政干渉なんて、よっぽど準備せんと損するだけやし」

「迂遠《うえん》だな。言ったはずだぞ。時間は限られていると」

「せっかちさんやねえ。わかったわかった。──ハリベル」

「ん？　僕が話してええの？」

話を進めたがる帝国首脳陣に、アナスタシアが控えていたハリベルを呼んだ。

竜車の壁に寄りかかり、煙管《きせる》の煙で輪っかを作っていたハリベルは、実にふさふさとした自分の顎《あご》を撫《な》でながら、周囲の視線に肩をすくめると、

「そしたら話させてもらうけども……実はここしばらく、カララギで妙なことが起こっててん。僕、それ解決せぇて都市同盟にせっつかれとってなぁ」

「妙なこと？」

「君らも思い当たる節あるやろ？　ホトケさんが動いててん。……あ、これ通じひんのやった。あ～、ホトケさん言うんはカララギ弁でご遺体のことやねんけど……」

「──つまり、都市国家にも屍人《しびと》の被害が出ていたと？」

アベルの言葉に「そゆことやね」とハリベルが頷《うなず》き、スバルたちは衝撃を受ける。

帝都攻防戦に横入りしてきた屍人の軍勢、あれと同じことがカララギでも起こっていたというなら、事は帝国だけにとどまらない世界的大事変ということになる。

「せ、世界の危機じゃねぇか……カララギの、そのゾンビ騒ぎはどうなったんだ？」

「んん？　ゾンビ？」

「動く死人のこと！　名前があった方がわかりやすいから」

「ははぁ、なるほどなるほど。なんや、知らん言葉やのに口に馴染《なじ》むわなぁ」

スバルの答えに愉快げに応じ、「ゾンビ、ゾンビ」と口に馴染ませるハリベル。その様子がもどかしく、スバルは「ハリベルさん！」と前のめりに詰め寄った。

「もしもゾンビパニックが広がってるなら、ヴォラキアだけじゃなくカララギも……」

「心配せんと、カララギで起こったゾンビの騒ぎは僕がちゃぁんと片付けたわ。せやからカララギのことはバタバタせんで大丈夫」

「あ……」

「優しい子ぉやね、飴《あめ》ちゃんやろか。……あ、僕、飴ちゃん持ってへんかったわ」

飴を探して懐を探る仕草もせず、ハリベルが軽い口調でスバルの勢いを窘《たしな》める。やり込められた形のスバルは、傍《かたわ》らのベアトリスに頭を撫《な》でて慰められた。

「こちらのハリベル氏の調査によれば、問題の屍人……いえ、ゾンビの被害が発生した流れを辿《たど》ると、徐々にその被害は帝国へ向かっているようだったと。故に、都市同盟は国内で起こった変事の究明と、貴国への注意喚起のため——」

「事情に詳しいハリベルをウチが雇って、都市同盟の使者ってお役目を引き受けたんよ。それで国境を越えるんも手助けしてもらえたってわけやね」

ちゃんちゃん、とアナスタシアが都市同盟の使者を引き受けた経緯をそうまとめる。

深刻にならないように気遣ってくれたのかもしれないが、生憎《あいにく》と、どれだけ気遣ったところで重たくならないわけにいかない内容の話だった。

特に、カララギで先に屍人災害が起こっていたという事実は決して見逃せない。

「帝国に先んじて都市国家で事が起こっていた。となれば、此度《こたび》の屍人の厄災は貴様たちの国から帝国へ持ち込まれたものとも言えるが？」

「それもありやけど、ウチたちは別の意見も持っとるよ」

「ほう。責任逃れでなくば、聞かせてみるがいい」

「カララギが最初のホトケさん……ゾンビの被害が出たとこやってのはそう。——でも、本命はヴォラキアで、カララギはその前の練習台やったんちゃうかな」

アベルの意地の悪い物言いに、アナスタシアが変わらぬ態度でそう答える。

そのはんなりとした態度と裏腹に、彼女の立てた仮説はかなりどぎつい内容だ。カララギは練習台で、ヴォラキアが本番という見方はあまりにも辛《つら》い。

「ヴォラキアの方が本当の目的……どうして、アナスタシアさんはそう思ったの？」

「被害規模、やね」

スバルが抱いた疑問そのままを口にしたエミリアに、アナスタシアがそう答える。

「情報は錯綜《さくそう》してたけど、ガークラで帝都の被害の第一報は届いたわ。正確な話やないにしても、帝都がゾンビに奪われてしもたんは本当なんやろ？」

「帝都ルプガナが奪われ、帝都民の一斉避難が行われるなど尋常のことではありません。故に、この事態を引き起こした『敵』の狙いが帝国にあったのは間違いないかと」

「――筋は通っている」

アナスタシアとユリウスの推論に短く応じるアベル、彼は静かな黒瞳《こくどう》の奥で深謀を巡らせながら、「時に」とその視線をハリベルの方へ向けた。

「都市国家で貴様が鎮めたと話した被害だが、実際には何が起こった？　帝国の情勢の如《い》何《かん》に拘《かかわ》らず、都市国家が屍人《しびと》に滅ぼされたとは聞いていないが？」

「せやね。そうなる前に僕が止めた……言うても、相手の狙いはカララギをめちゃめちゃにすることと違《ちご》て、アナ坊が言うたみたいに慣らしやったんちゃうかな」

「それ、どういうことなんだ？」

「単純な話、僕が出くわしたゾンビらは、街の人間と丸々全部入れ替わって、そのまんま生きてる人らと変わらん生活しとったんよ。入れ替わったんがバレへんようにや」

ハリベルの明かした事実に、「な……」とスバルは絶句した。

そうして驚いたのはスバルだけではない。知恵者たちは揃《そろ》って思案げな表情を浮かべ、スバルと同じ驚き役側の面々は声も出ない状況だ。

それはそうだろう。今のハリベルの話は、あまりにも想定と違いすぎる。

「あの、あの屍人たちは生者を装うことすらすると言うのか!?　確かにラミア閣下は生前と変わらずお話しされていたが……！　だとしても！」

声を大にしたゴズの叫びには、スバルも全くの同意見だった。ただ戦えばいい相手ではなく、そんな搦《から》め手まで使ってくるとなると――、

「ねえ、ハリベルさん、街の人が全員『ぞんび』にされちゃったって言ってたけど……その街には、どのぐらいの数の人が住んでたの？」

それは、誰かが聞かなければいけない話題だった。

驚きに思考を支配され、それを自分ではなく、エミリアにさせてしまったことをスバルは後悔する。その後悔は、ハリベルの答えを聞いてより深く大きくなった。

何故《なぜ》なら――、

「――ざっくり、二千人くらいやね」

「そんなに……」

ハリベルの答えで、その被害の規模が明確に数字化されてしまったからだ。

その答えにエミリアは表情を曇らせ、スバルの胸にも鋭い棘《とげ》が打ち込まれる。しかし、それを聞いて傷付くだけでなく、知恵者たちはその先を見る。

「その規模が生者を装ったなら厄介と言わざるを得ん。何が切っ掛けで露呈した」

「街に納入される物資の量やね。ホトケさんに食べ物も水も必要ないから、物資の仕入れが極端に減っておかしないって話になったんよ。生きた人と死んだ人の差やねえ」

感情で足を止めてしまうスバルと違い、アベルやアナスタシアは足を止めない。

その違いに悔しいものを覚える一方、この悔しさを捨ててはいけないと、それが必要なんだとアベルに語ったことも忘れたくない。

そう奥歯を嚙《か》むスバルを余所《よそ》に、アベルがベルステツへ振り向くと、

「ベルステツ、帝国の西部に一軍を置いていたな」

「は。まだ内乱が兆しの時点でしたが、都市国家との国境沿いに不穏な動きがあるとの報告があり、反乱軍の対策との二極化を避けるための配備を。――まさか」

「軍を預けられているのは、グルービー・ガムレットであったはずだな」

糸目のベルステツが頰《ほお》を硬くし、アベルが小さく吐息をこぼした。

その吐息が口にしたのは、確か『九神将』の一人――いまだに、スバルが顔を見る機会がなかった一将であったはずの人物だ。

「閣下！　よもや……よもや！　グルービー一将は！」

「帝都の戦に参ぜず、現時点でも合流の動きがないとなれば、最悪を想定する他にない。――グルービー・ガムレットとその一軍は、すでに屍人《しびと》の手に落ちたのだと」

「――ッッ」

そのアベルの言葉に、ゴズが総身を震わせて奥歯を噛み砕《くだ》いた。

それは比喩ではなく、本当に奥歯を噛み砕いたのだ。あまりの憤慨が、ゴズ・ラルフォンという戦士の全身を貫き、戦友を失った可能性が彼を強く打っている。

本人を知らないスバルたちにとっても、それは静かな痛手でもあった。

「閣下、その想定通りに屍人が生者を装えるとすれば……」

「もはや、各地よりの報《しら》せはそれ単体では信頼性を損なった。情報の確度を高めずして、帝都奪還の戦いに身を投じるのは至難の業だ」

届けられた報告、そのどれが味方の生者で、敵の死者のものであるかわからない。

そんな恐ろしい可能性を提示され、スバルは息を呑《の》んだ。

「つまり、それが都市同盟がアナスタシアさんに使者を任せた理由……」

「危機感、共有してもらえたやろ？　こないなこと、絶対に広げたらあかん。せやから、信頼できる小勢だけで先行させてもろたんよ」

頷《うなず》くアナスタシアの言葉に、ユリウスとハリベルがそれぞれ首肯する。

この二人が、対屍人作戦における信頼された個人戦力の持ち主というわけだ。

「リカードとか、ミミたちは？」

「国境で都市同盟と共同戦線を構築中。基本的には帝国には乗り込んでこぉへんよ。帝国で止めれんかったら、カララギも備えなならんもん」

「縁起でもないことやけど、勘弁な。まぁ、アナ坊の口が悪いんは今さらやし」

「ハーリーベールー？」

不在の『鉄の牙』の居場所を答えたアナスタシアが、微笑《ほほえ》みながらハリベルを見る。はんなりとした仕草で、頬《ほお》に手を当てた彼女はハリベルを見据えたまま、

「一回目は見過ごしたけど、そのアナ坊って呼び方はやめや？　ウチ、もう子どもやないし、カララギの代表でもあるんよ？」

「子どもやない言うても、昔、リカードとやんちゃしてた頃と見かけも性根もそう変わってへんやん。……って、怖い怖い、その目ぇ！　僕が悪かったわ！」

両手を上げて、ハリベルがアナスタシアの無言の圧力に白旗を上げた。

どうやら気心が知れているらしい二人の関係も気になるが、そうした世間話はあとの楽しみに取っておくとしよう。――この、未曽有《みぞう》の屍人《しびと》災害の後日談に。

「改めて、カララギの都市同盟の考えをお伝えします。この、屍人……ゾンビの被害を食い止めるべく、都市国家は帝国に可能な限りの支援を行いたいと」

「――。支援に関しての返答は詳細を詰めるとして、だ。貴様たちは、この事態を止めるための術《すべ》に心当たりがあるのか？」

「それやけど、まぁホトケさんが起きてくるなんて自然現象ってこともないやん？　間違いなく、誰かのどぎつい考えが入っとるはずや。つまり――」

「――黒幕、術者、首謀者、なんて呼んでもええけど、それの討伐」

世界全土を危機に陥らせかねない大問題、それを止めるための方策。

この問題を引き起こした張本人、姿かたちの見えないその『敵』を止めることが、ルグニカ王国、ヴォラキア帝国、カララギ都市国家の把握する最優先事項――。

「正体不明の、『敵』……」

その、実態のわからない『敵』のことを思い浮かべ、スバルの背を冷や汗が伝う。『敵』の正体も、屍人災害を実現した手段も、それを実行した思想も何もわからない。この『敵』を倒すのに、どれほどの苦難が待ち受けているのかも。

だが――、

「――これだけのメンバーが集まってるんだ」

怖気《おじけ》づきそうになるスバルの心を、それでも奮い立たせるのが周囲の顔ぶれ。

スバルたちを探して帝国まできてくれたエミリアたちに、この帝国を守るために一丸となる覚悟を固めた帝国の首脳陣、そしてカララギからの頼もしい援軍――。

「たとえ『敵』が何を企《たくら》んでても、絶対に負けられやしねぇ――！」

それが、ナツキ・スバルの偽らざる『敵』への宣戦布告だった。

3

——そう、スバルが連環竜車の車内で意気込んだのと、時は前後して。

猛然と、破壊された止水壁から貯水池の水が流れ出し、帝都は水に呑《の》まれていく。

濁流が建物を押し流し、人も木々も区別なく引き裂いていく光景を眼下にしながら、高所へと逃れた青い髪の少年は、手で庇《ひさし》を作ってそれを眺めていた。

「いやはやできるだけ時間は稼いだつもりですが皆さん逃げ切れましたかね。意外とボスたちも頭に血が上って撤退の判断を誤ってなきゃいいんですが」

そう軽妙に呟《つぶや》くのは、キモノ姿にゾーリを履いたセシルスだ。

この壮大な帝都攻防戦において、持ち前の直感と物語脳であらゆる状況の変化に干渉した世界の花形役者——実際、セシルスの勝手な独断専行がなければ、帝都はもっと早くに水に呑まれ、より大勢が逃げ遅れて多大な被害が出ただろう。

そういう意味では、セシルスの行動は多くの人間にとって幸運だったと言える。

だがしかし、当事者であるセシルスにとってはそうではなかった。

突如として現れた屍人《しびと》の軍勢、形勢の変わってしまった帝都攻防戦、無粋な横槍《よこやり》で勝利をもぎ取ろうとする第三の『敵』を驚かせんと、セシルスは躍った。

まさしく、世界を魅せるための活躍だったと自画自賛できる具合に。

それなのに――、

「それにしても完全に予想外でした」

そう呟くセシルスは、濁流に呑まれる帝都の中、自分と同じように高所へ逃れ、なおも生者への執着を失わない屍人たちの姿に指で頬《ほお》を掻《か》く。

あれらが常外の理で動くモノたちなら、それを仕組んだ黒幕を討てば万事解決――、

「――と思いきや、まさか件《くだん》の術者を討っても事態が収まらないとは！」

そう声を高くしたセシルスの足下に、屍人たちを蘇《よみがえ》らせ、率いた術者が倒れている。

桃色の美しい髪とわずかに長い耳を持つ幼い少女――それは『青き雷光』たるセシルス・セグムントと対峙《たいじ》し、討たれて手足の先から消えゆく『魔女』の亡骸《なきがら》であった。

4

――『亜人戦争』。

それは過去にルグニカ王国で起こった大規模な内戦であり、この異常事態とよく似た事例――死者が敵として猛威を振るった出来事を記した、唯一の歴史だ。

ただし、史書の本命は人間族と亜人族との間の軋轢《あつれき》の方であり、内戦の一部で実行されたという非常識な事象を利用した攻撃、その詳細は記されていなかった。

それが口惜しい。もしも、そのときの詳細がもっと深く記されていれば――、

「こんなッ連中に後れなんざ取らねェってのによォ!!」

咆哮《ほうこう》と共に拳が振るわれ、青白い肌をした屍人《しびと》の一団がまとめて吹き飛ぶ。

大地を踏みしめた靴裏から吸い上げた活力を乗せ、力任せの拳撃が二度、三度、そのたびに敵の陣形――否《いな》、物量頼みの無秩序なそれは陣形とすら言えないただの横列だ。その横列に大きく穴を開け、ガーフィールは牙を鳴らす。

「気に入らねェ」

打ち倒した敵、そのやられ方、滅び方にガーフィールは苛立《いらだ》ちを隠せない。このやられ方は命あるモノの終わり方ではない。こんなモノは命の冒涜《ぼうとく》だ。

治癒魔法の使い手の一人として、断じて許していい存在ではない。

「――――」

首を巡らせるガーフィールの視界、戦場となった夜の平野にひっきりなしに現れるのは、城塞都市へ向かう連環竜車を追いかける屍人の群れだ。それを迎撃するべく、ガーフィールを含めた生者の遅滞戦術部隊が奮戦している。

最初、治癒魔法を使えるガーフィールは治療班に割り当てられたが、負傷者の治療よりも負傷者を出さないための運用の方がガーフィールの性に合った。

『ガーフさん、もじもじしてるの気になるっ！　そんなに落ち着かないなら、直接戦ってる人たちの方を手伝ってきてっ』

とは、ガーフィールと同じ治療班で奮闘していたペトラの発言だ。

その配慮に甘え、ガーフィールは外へ飛び出した。実際、志願したなりの成果を挙げられているとは思う。だが、自分がベストの働きをしているとまでは自惚《うぬぼ》れられない。

何故《なぜ》なら——、

「ヤレ——!!」

鋭い掛け声が夜闇に響き、直後、『シュドラクの民』の一斉攻撃が発動する。

族長であるタリッタの一声に従い、凄《すさ》まじい密度で放たれる矢の雨あられ——一本一本の点ではなく、ひと塊の面となって落ちてくる矢を躱《かわ》すのは至難の業で、矢を浴びないためには防ぐか弾《はじ》くかしかない。だが、それも困難だ。

「見えてんだヨ!」

「やったるノー!」

矢の対処に追われた屍人《しびと》が、威勢のいい声の放つ強弓で撥《は》ねられる。

文字通り、射抜かれるなんて表現では生温《なまぬる》い、全速力の竜車に撥ねられるようなとんでもない衝撃が、標的の屍人だけでなく、その後ろの一団までまとめて吹き飛ばした。

矢の雨による面制圧で弱い屍人を、強弓による狙撃で強力な屍人をそれぞれ射殺す。狩猟民族の息の合った狩りのリズムは、ガーフィールを大いに感心させた。

ガーフィールでも、矢で針鼠《はりねずみ》にされて動きを封じられ、そこにあの強弓を放り込まれたら大ダメージは避けられない。味方でよかったと、心から思う戦術だ。

そしてこの戦場には、彼女らシュドラク以外にも注目すべきものたちがいて——、

「やるぜやるぜやるぜやるぜ――！」

「最強！　無敵！　上等！　上等!!」

「うおおおお――!!」

と、夜戦の最中にもやかましさが尋常でない一団――それは帝国で孤軍奮闘だったはずのスバルが引き連れてきた、『プレアデス戦団』を自称する荒くれ者たちだった。

シュドラクの狩りの技と違い、彼らには統一された戦い方や突出した技はない。せいぜい、一般的な帝国兵レベルの技量で、本能に任せて暴れているというのが正しい。

なのに、強い。彼らと屍人の激突は、もはや大人と子どものぶつかり合いだった。

「圧巻だナ。あれらの強さはいっそ清々《すがすが》しいゾ」

プレアデス戦団の戦いぶりに圧倒されるガーフィール、その隣に並んだのは、褐色の肌に髪を赤く染めた女性――ミゼルダだった。その片足を木製の義足としたミゼルダは、次々と屍人を打ち砕《くだ》いていく戦団を眺め、ガーフィールに肩をすくめた。

「すげェなってのァ同意見だ。意味わからねェ強さだが、大将ッ絡みの連中だかんなァ。何ッしてんだってのはあっても、やべェことかもって心配ァねェ」

「大将……スバルだナ。エミリアたち共々、ずいぶん信頼していル」

「ハッ！　信頼だァ？　そんな言葉じゃァ足りねェよ。大将って男ァな、俺様のしてる期待と信頼の百倍で返してッくる男だぜ！」

誇張でも虚勢でもなく、ガーフィールは心から疑いゼロでそう言える。そのガーフィールの答えに、ミゼルダは腕を組むと、瞳《ひとみ》に理解を宿して頷《うなず》いた。

「お前の気持ちもわかル。スバルは『血命の儀』でモ、その後の戦いでも私たちに証明し続けタ。戦士の魂ヲ。顔のよくない男だガ、タリッタの婿にしてもいイ」

「顔の話ァやめッてやれや！　目つきのこたァ大将も気にしてんだよ！　それに……」

「それに？」

「どんなに大将に惚《ほ》れ込まれッても、大将が惚れてる相手は決まってッかんなァ」

「――なるほド。そうだナ」

指で鼻を擦《こす》ったガーフィールに、ミゼルダも口の端を緩めた。

婿取りの話はともかく、スバルがこの帝国でも評価されているのはガーフィールも誇らしい。どこであろうと、スバルは周りの人間を巻き込んで大きな成果をもたらす。

だが、どこにいたってやっていけるだろうスバルに、それでも自分たちといてほしいと思うのがガーフィールの願いで、陣営全員の総意なのだ。

「だってのに、俺様たちが大将とじゃれッつく邪魔ァしやがって……ッ」

大事な再会に水を差され、その在り方も腹立たしいと、ガーフィールの屍人《しびと》たちへの好感度は最悪の一言だ。改めて、シュドラクやプレアデス戦団に後れを取るまいと、牙を鳴らしてガーフィールは戦闘を再開しようとする。

そこでふと、「あァ？」と戦場でやられていく屍人たちの姿に違和感を覚えた。

「どうしタ？」

「いや……連中のやられッ方が気になってよォ。矢の一本で壊れる奴《やつ》もいりゃァ、矢が五本刺さっても壊れねェのもいやがる。妙じゃァねェか？」

「獣にもしぶといものはいル。人もそうダ。同じことじゃないのカ？」

「強《つえ》ェ弱《よえ》ェの差があんのはわかる。けど、そォいうもんじゃなくて……」

うまく言えないが、個々の強さではガーフィールの違和感を説明できないのだ。

しぶとさの違いは矢の当たった位置でもなさそうだ。目に刺さっていても平気な屍人もいれば、肩に刺さった矢に砕《くだ》かれる屍人もいる。

その違いが何なのか、形にならない疑問がぐるぐると頭の中を回るが――、

「クソッ！　考えてッと頭がむしゃっく！　『今一歩のギルティラウ』だ。全部ぶっ潰《つぶ》せば、どのみちやれんだから……」

「――その考えこそ、『今一歩のギルティラウ』というものだーぁね」

瞬間、その声が頭上から降ってきたことにガーフィールの肩が強く跳ねる。

慌てて空を仰げば、厚い雲のかかった夜空からゆっくりと近付いてくる影があった。それはぐんぐんと、気に入らない男の形に肥大化し、ガーフィールの目の前に降り立つ。

「奮闘しているところ、邪魔させてもらうよーぉ」

「てめェ、ダドリー……ッ」

「おっと。やっと偽名が馴染《なじ》んできたところで悪いんだが、先ほどの会議で名前を隠す理由はなくなってねーぇ。これまで通り……」

「クソロズワール……ッ！」

「余計な冠はついているが、そちらで呼んでもらって構わないとーぉも」

そう笑うロズワールが、ガーフィールの苛立《いらだ》ちをにわかに触発した。

ヴォラキアへの密入国以来、彼の顔の化粧と奇抜な衣装は封印されているが、同じく封印されていた独特な喋《しゃべ》り方と本名がそれぞれ解除されたらしい。

つまり、前もってオットーたちが話していた、帝国との関係の落とし所——スバルやエミリアの気持ちを曲げない形に、話し合いがまとまったということだ。

「それ自体ァ構わねェが、わざわざ何ッしに出てきやがった！　それに……ベアトリス！　宗旨替えッか？　この野郎と一緒ッなんざ珍しいじゃァねェかよォ」

「必要に迫られて、なのよ。ベティーだって、できれば一秒もスバルの傍《そば》を離れたくなんてなかったかしら。でも、頼られたからには仕方ないのよ」

そう言って、ロズワールの腕からぴょんと離れたのはベアトリスだった。

このひと月ばかり、スバル不在の状況で活動していたベアトリスは記憶に新しいが、スバルとの合流が果たせたとき、完全に据わった目で「もう離れない」とブツブツ言っていた彼女を見たので、そういうつもりだとばかりガーフィールは思っていた。

そのベアトリスが、スバルと別行動してまでロズワールと戦場へ現れたのは——、

「ガーフィール、お前も気付いた違和感の正体を突き止めにきたかしら」

「違和感の、正体？」

「敵を知らずに戦いに臨めば、得られる戦果は期待の半分にも満たない。補うためには敵を知ることだ。ましてや、この敵はあまりにも謎が多いからねーぇ」

抱えていたベアトリスに距離を取られ、心なしか寂しげに手を振るロズワール。その二人の言葉に、ガーフィールは会議の前向きな決着を感じ、戦意を昂揚《こうよう》させる。

たとえそれが、いけ好かないロズワールが使者としてもたらしたものでも、だ。

「ダドリーではなく、ロズワール……それがお前の名前というわけカ」

「ええ、ミゼルダ嬢。訳《わ》あって、名を偽っていたことをお詫びしますよーぉ」

「顔のいい男のしたことダ。許そウ」

「とんでもない判断基準なのよ……」

一方、ミゼルダは独特な価値観で、偽名を名乗られていた事実を消化していた。

その傍《かたわ》らで額に手をやっているベアトリスに、ガーフィールは牙を鳴らすと、

「つまり、帝国ッでの戦いは続行で、てめェら二人がきてんのは……」

「理の外の出来事、その特定には理に干渉する術《すべ》を持つ魔法の徒こそが適任かしら」

「ルグニカとヴォラキアの歴史的な共闘だ。王国が彼らに差し出せるもので一番価値があるのが、原因究明のための魔法的なアプローチというわーぁけだよ」

際限なく湧き続ける屍人《しびと》、その原因の特定に魔法使いとしての知識が役立つなら、確かにエミリア陣営でロズワールとベアトリスより適任はいない。

エミリアは精霊術師で、ラムは感覚派、ペトラもまだまだ勉強中の身であるからだ。

「実際に長く戦ってみてどうだい？　何か掴《つか》めたことは？」

「――。倒しやすい奴《やつ》と倒しづれェ奴がいんだが、違いがわからねェ」

「ふむ。個体ごとの生存力、生命力の違いか」

細長い指を顎《あご》に当てて、考え込むロズワールにガーフィールは内心で舌打ち。

ロズワールの一挙一動が気に入らないのはそうだが、今のは違う。今の舌打ちは、この状況でロズワールを頼もしいと、そう思ってしまったことに対してだった。

「ロズワール、ぼんやり眺めてても答えには結び付かんのよ」

「同感だ。さて、そうなると……ベアトリス、マナの残量は？」

「スバルと会えて、絶好調かしら」

「いいだろう。でーぇは――」

ふっと笑ったロズワール、その左右色違いの瞳《ひとみ》が細められると、直後、彼の周囲に色の異なる四色の光――マナが浮かび上がった。それらはロズワールが指を鳴らすと、矢のように夜闇を走り、遠方にいる屍人《しびと》たちへとそれぞれの威力を発揮する。

屍人の一体が燃え上がり、また別の一体が氷漬けに。一体は風の刃《やいば》で四肢を断たれ、一体は地面から突き出した岩塊に股下から貫かれる。

いずれも致命傷、一秒後にはひび割れる音を立てて粉々に砕《くだ》ける破壊力。その結果にガーフィールも、ミゼルダさえもわずかに眉を上げて驚きを露《あら》わにした。

「報告にあった通り、一番効き目があるのは火属性だーぁね。風は通りが悪いし、土は打撃と扱いが変わらない。氷漬けは燃費が悪そうだ」

しかし、その実行者であるロズワールは屍人を倒した事実ではなく、倒された屍人たちへの攻撃の通りで、その強度の当たりを付けている。

そして、ベアトリスもまたロズワールとは違う形で同じ検証を始めていた。

「――ヴィータ」

夜空に手をかざしたベアトリス、彼女の詠唱する魔法が干渉したのは、その空を切り裂きながら飛んでいく、『シュドラクの民』が放った矢の雨だ。

屍人たちへと面制圧を仕掛ける無数の矢が、ベアトリスの陰魔法の効果――その、対象の重さを変える魔法により、重量を数倍して敵へ降り注ぐ。

その威力の増大は、屍人ごと地面を穿《うが》つ壮絶な音からも想像がついた。

「ガーフィールの言う通り、矢の重さを変えて威力が違うのに、倒れるゾンビと倒れないゾンビがいるのは説明がつかないのよ」

「全ッ部の矢を重くッしちまったら区別つかねェんじゃァねェのか？」

「ベティーを馬鹿にするんじゃないかしら。矢の全部をおんなじ重さにしたんじゃなく、一本ずつ重さは変えて試したのよ」

童女のように頬《ほお》を膨らませるベアトリスだが、その発言の方がよほど馬鹿げていた。

治癒魔法特化ではあるが、ガーフィールも魔法が使える身として、ベアトリスのそれが、手を使わずにたくさんの針に一発で糸を通すような神業なのがわかるのだから。

「崩れる原因は四肢の喪失じゃーぁない。急所を抉《えぐ》られても無事なものもいる。外見こそ人型ではあるが、生き物として考えるのはやめた方がよさそうだーぁね」

「笑って怒って喋《しゃべ》る奴《やつ》までいるのに生き物じゃない扱いは、お前以外には簡単にできるもんじゃないかしら。——一定のダメージの蓄積が条件かもしれんのよ」

「ずいぶんと心外な評価だ。これでも、君たちと過ごしてかなり人間性を取り戻しているつもりなんだがねーぇ。片足が吹き飛ぶだけで倒せるものもいる。ダメージの蓄積という条件だとすると腑《ふ》に落ちないかーぁな」

「単純な耐久力の個体差で片付けるのは暴論かしら」

「それ以外の理由があるだろう。マナの流れは均等だ」

「確かに均等……待つのよ。均等すぎるかしら」

合間に茶々を入れ合いながらも、ロズワールとベアトリスによる敵の考察が進む。

驚くべきことに、二人はそうしてかけ合いながら、それぞれの得意分野の魔法を駆使して、飛びかかってくる屍人《しびと》たちの性質をチェックしているのだ。

炎が、風が、紫矢が荒れ狂い、屍人たちは背中合わせに戦う二人に近付けない。

もちろん、二人に近付かせないためにガーフィールとミゼルダも、屍人への攻撃は行っているが、それがなくてもロズワールたちはびくともしないだろう。

これは、ベアトリスが絶対に嫌がるだろうから口には出さないが——、

「これ以上なく息の合った二人だナ」

「絶対ッに聞かせッられねェ」

ガーフィールの考えたことと、全く同じ評価を下すミゼルダ。

そう許せざるを得ない連携を見せながら、そう思われているとは知らないベアトリスが眉尻を下げ、「ロズワール！」と彼のことを呼びながら、

「一回、触ってくるのよ」

「――無茶《むちゃ》を言う」

言い残したベアトリスが、自らにかかる重力を消し、軽やかに前へ跳んだ。

ひらりとドレスの裾を翻す少女、その跳躍に屍人の一体が振り返り、剣を振りかぶる。

「ジワルド」

刹那、その屍人の剣を持つ腕を蒸発させたのは、白い光を放ったロズワールだ。

驚愕《きょうがく》に硬直する屍人、その額にベアトリスの手が当てられ、少女の瞳《ひとみ》が見開かれる。

「やっぱりかしら」

そうこぼしたベアトリスの体が、細い腰に腕を回して引き下げられる。

ベアトリスの体を抱き寄せ、前後を入れ替えたロズワールは、彼女を抱くのと反対の腕で鋭い拳打を放ち、それで硬直が解ける前の屍人の頭部を打ち砕《くだ》いた。

「やれやれ、スバルくんに怒られるのは私なんだが？」

「そして、スバルから称賛されるのがベティーなのよ。――復元魔法かしら」

「――そういうことか」

ベアトリスの無謀に苦言を呈したロズワールは、謝罪の代わりの言葉に眉を寄せた。

今の屍人《しびと》との接触で、ベアトリスは何らかの確信を得た。それが少ない言葉でロズワールには伝わったようだが、生憎《あいにく》とガーフィールにはチンプンカンプンだ。

「オイ、ちっともッわからねェぞ！　エミリア様にもわかるよォに説明しろや！」

「大体、エミリアとガーフィールの理解度はおんなじくらいなのよ。――ゾンビたちの体の構造、そのメカニズムがわかったかしら」

「だァから、それがなんだって聞いてんだよォ」

ガーフィールも、復元魔法というものの存在は知っている。破損した物を修復するための魔法であり、一流の使い手は燃えた本を灰から元通りにすらできると聞く。

ただし、使い手は少なく、絶妙な魔力の精度が必要なのと、修復品には質の劣化が起こりやすいなどのデメリットも目立つそうだ。

そして何よりも、命の復元なんてできない。――それは復元や修復ではなく、それこそたびたび話題に挙《あ》がった『不死王の秘蹟《ひせき》』のような禁術の領域だ。

「先生は容れ物にマナを選び、私は容れ物に血を選んだ。――だが、この『敵』は容れ物に土を選んで、中身がこぼれるのは厭《いと》わないのか」

ベアトリスの与えた天啓に、口元を押さえたロズワール。彼はガーフィールの理解を置き去りに、厳しい表情をベアトリスに向けると、

「ベアトリス、これは『不死王の秘蹟』ではないね？」

「……原点は同じで、アプローチの仕方が違うのよ。『不死王の秘蹟』は容れ物が先、魂があとかしら。でも、このゾンビたちは」

「魂が先で、容れ物があと。──肉体は、魂に合わせて形を変える」

確かめるロズワールに、ベアトリスが深々と頷《うなず》いた。

相変わらず、肝心な部分のわからないやり取りだと苦い思いをするガーフィールは、そこで思わず自分の目を疑った。

──ガーフィール以上に苦々しい表情をしたロズワールが、そこにいたのだ。

「──『敵』の正体に、心当たりがあるかもしれない」

「──ッ、本当ッかよ！　だったら……」

「だが……だが、そんなはずがないんだ。だって、奴《やつ》はこの手で……」

普段の余裕が消えて、ロズワールの声には躊躇《ためら》いと疑念が満ちていた。

明言を避ける彼の態度にガーフィールは牙を噛《か》み鳴らした。他ならぬロズワールの心当たりだ。どんな頓珍漢な思いつきも、的外れなはずがない。

「ロズワール、一個聞かせるのよ」

ガーフィールがロズワールの胸倉を乱暴に掴《つか》もうとしたとき、それに先んじてベアトリスが彼を呼んだ。特徴的な紋様の瞳《ひとみ》と、左右色違いの瞳を二人は交錯させ──、

「お前の躊躇いの原因は、お母様絡みだからかしら？」

「……そんなに私はわかりやすいかい？」

「お前のそんな態度、お母様絡みぐらいなのよ。あとは、最近だとラムのことかしら」

「君に何かあっても一喜一憂する自信が私にはあるんだがね」

そう、苦笑と共に答えたロズワールは、強く目をつむり、頬《ほお》を引き締めた。そして瞳《ひとみ》を開いた彼は、直前の躊躇《ため》らいと弱さを押しのけて、頷《うなず》く。

「君の見立てが正しい。ゾンビたちが元の死体なしでも蘇《よみがえ》るのは、復元魔法の応用によるものだ。その前提として魂を下ろすために、『不死王の秘蹟《ひせき》』も用いられているはず」

「復元魔法も『不死王の秘蹟』も、術理がわかればすぐ使えるものじゃないのよ。そもそも、原理が違いすぎる魔法の組み合わせなんてそんな荒業、できるのは一握りの天才なんて話じゃ利かないかしら。それができるのは……」

「──先生の系譜だ。だが、先生ではありえない。つまり」

ロズワールの口にする『先生』と、ベアトリスの口にする『お母様』は同一人物で、ガーフィールにとっても全く無縁とは言えない相手だ。同じ名前を冠するものが複数いるせいでややこしいが、その『魔女』の名が関わってよかった例がない。

事実──、

「──無粋な眼差《まなざ》しダ」

不意に、そう低い声でミゼルダが呟《つぶや》く。

魔法と縁遠く、ガーフィール以上に二人の会話についていけていないだろうミゼルダは、ロズワールの苦悩についての理解を放棄し、ひたすらに屍人《しびと》への攻撃に集中していた。

その狩人《かりうど》が足を止め、凛々《りり》しい眼《め》で攻撃的に空を仰ぐ。その視線を辿《たど》り、ガーフィールの喉が鳴った。ガーフィールだけでなく、ベアトリスとロズワールもだ。

ただし、ガーフィールたち三人の反応の理由は少しずつ違うだろう。

ガーフィールにとっては、そこにいるはずのない親しい人影を見たからだが、ベアトリスとロズワールにとっては、もっとネガティブな感覚が理由の驚愕《きょうがく》だった。

――夜空に、桃色の長い髪をなびかせる黒衣の少女の姿がある。

それはガーフィールの、物心ついた頃から慕っている存在と同じ顔で、しかしガーフィールに向けたことのない冷たい眼でこちらを見下ろしていて。

「望ましくはありませんでしたが、実践に成功……どうやら、この世界は私を一つの命として認めたようです」

見知った顔は見知った声でそう呟いて、自分の顔に走ったひび割れをそっと手でなぞりながら、金色の瞳でガーフィールたちを睨《ね》め付《つ》けた。

それを受け、ごくりと唾を呑《の》み込む音がして、ロズワールが口を開く。

「生きていたのか……スピンクス」

「いいえ、死んでいます。――要・観察です」

まるで、おちょくるように淡々とした声で、その少女――ガーフィールが祖母と慕うリューズと瓜二《うりふた》つの姿をした『魔女』、スピンクスは屍人の顔でそう言った。

5

長い桃色の髪をなびかせ、浮遊する黒衣の少女。

その切れ長な瞳《ひとみ》を細める少女の耳はわずかに長く、彼女の出自がこの世界で忌み嫌われるエルフ族のそれであることを見た目から証明する。

しかし、その外見の特徴は厳密には誤った認識であった。

何故《なぜ》なら、その少女の来歴を辿《たど》った場合、最も特徴的な事実であるのはエルフ族の部分ではなく、その生まれ方にあるからだ。

エルフ族であったリューズ・メイエルを素体とし、『聖域』に置かれたとある術式で生み出された複製体——人工精霊と同じような仕組みで作られた、新たなる生命。

そんな、数多く作り出された複製体の中で、最大の失敗作と評されたモノがいる。

それは術式を組み、仕組みを利用した『魔女』の思惑を裏切り、結果としてたくさんの犠牲者を生み、王国史に大いなる災禍として刻まれた。

——それが、『強欲《ごうよく》の魔女』エキドナが自らの存在の複製に失敗し、その結果作り出された人工の怪物、スピンクスである。

「————」

頭上、夜空に浮かんだ『敵』の姿に、ロズワールは息を呑《の》んだ。

あってはならない敵との邂逅《かいこう》、それは彼の精神に少なからずの衝撃をもたらした。——

否《いな》、虚勢を張らずに認めよう。この邂逅は、ロズワールにとって痛恨の極みだった。

頭上の怪物について、その存在を最も認知していたのはロズワールだ。それこそ、スピンクスが猛威を振るった『亜人戦争』で、実際に対峙《たいじ》してさえいる。

そしてあのとき、当時のロズワールの拳は怪物の命を打ち砕《くだ》いたはずだった。

それなのに――、

「四肢の欠損、なし。記憶の方も、直前まで良好。私の姿は……不本意な状態に固定。自己認識というものは厄介ですね。要・対策です」

ぐっと、空中で自分の腕を伸ばしながら、スピンクスが静かな声で呟《つぶや》く。

その金色の瞳と、血色の悪い青白い肌は間違いなく屍人《しびと》のそれだが、ロズワールたちがこれまで遭遇したいずれの屍人よりも、しっかりとした自我がある。

生前の記憶と自我の有無、それら屍人ごとに異なる特性を見極めるのもロズワールたちの目的だったが――失策だ。それも、約四十年越しの失策。

スピンクスの生存はロズワールにとって大打撃だが、それ以上にロズワールが悔やんだのは、この怪物をベアトリスとガーフィールに会わせてしまったことだった。

スピンクスの正体とは別に、あの姿かたちをした『敵』と、あの姿かたちに思い入れのあるベアトリスとガーフィールの二人を会わせてはいけなかった。絶対に。

その後悔を瞬《まばた》きの裏に隠し、心を鎧《よろ》うロズワールはスピンクスを見据えたまま――、

「――ガーフィール、先走ってはいけないよ」

「――ベアトリス、後ろに下がってろや」

「――ロズワール、落ち着くのよ」

三者、同時にそれぞれへと声を上げ、一瞬の沈黙が生じる。

各々、最も感情的になると思った相手に声をかけたのだとしたら、全員、冷静に最初の衝撃を受け止めている。ベアトリスの認識を掘り下げるのは後回しだ。

「口を利く上ニ、纏《まと》っている空気が違ウ。あれは特別な屍人《しびと》だナ？」

三人と違い、硬直する理由のないミゼルダに問われ、ロズワールは静かに顎《あご》を引く。そして、ベアトリスやガーフィールが彼女と話し始める前に口を開いた。

「まさかとは思うが、『亜人戦争』の直後から屍人として生き延びていたとでも？」

「いささか、その組み立てには違和感が。屍人という表現が適切なら、生き延びていたという表現は不適切ではないでしょうか？」

「なるほど。質問に答えるつもりはないと。――相変わらず、人の神経を逆撫《さかな》でする」

「質問の形式が不適切だと、そう指摘しただけなのですが」

心外だとばかりの返答だが、そう述べるスピンクスの表情は変わらない。

元々、感情らしい感情を持たない怪物だった彼女は、屍人の姿となったことでよりその心の熱というものを喪失していた。まさしく、死体の冷たさと言えるだろう。

「てめェは、一体全体なんだってんだァ、オイ」

そのロズワールとのやり取りに、埒《らち》が明かないとガーフィールが口を挟む。彼は鋭い犬

歯をカチカチと噛《か》み鳴らし、翠《みどり》の瞳《ひとみ》に憤激を溜《た》め込みながら、

「その面と声で喋《しゃべ》るのが婆《ばあ》ちゃん以外にいるのァ知ってらァ。ッけどなァ、婆ちゃん以外のその面も全員、きっちり名前と居場所で把握してんだよ。――てめェ、何もんだ」

ガーフィールが口にしたのは、彼が祖母と慕うリューズと、彼女と同じ生まれ方をしながら、自我の芽生えが薄い複製体のことだ。その複製体たちにも名前が与えられ、今はリューズが教育係として、いずれ陣営の仕事を任せる形で話はまとまっていた。

ともあれ、ガーフィールはその優れた直感で、スピンクスがそのいずれでもない、しかし同じ生まれ方をした一体だとは見抜いたようだ。

その、家族を汚されたに等しいガーフィールの切実な問いに、スピンクスは目を伏せ、

「先ほどから大気中のマナを乱していたのは、あなた方のようですね」

「――ッ」

一切、ガーフィールの存在を無視した。

問いかけなどなかったかのように、スピンクスはロズワールとベアトリスだけに向く。

無視され、ガーフィールの怒りの度合いが色濃くなった。

それを横目に、ガーフィールを手で制しながらベアトリスが嘆息し、

「お前が、何者なのかはぼんやり予想がつくかしら」

「ベアトリス」

「黙るのよ、ロズワール。あれが、ベティーが『禁書庫』にこもっている間に出てきたも

のってことで、ひとまず黙ってたことは見逃してやるかしら。でも――」

言葉を選ぶ間に先を越されたロズワールに、ベアトリスが厳しく言い放つ。

彼女には、ロズワールがスピンクスの存在を明かさなかった理由がバレている。その上でのロズワールの不手際は、あとで追及されることだろう。

「でも今は、ここであの娘を逃がさない方が重要なのよ」

手をかざし、ベアトリスがスピンクスをその丸い瞳《ひとみ》でしっかりと見据える。強く意気込むベアトリスと真っ向から見合い、頷《うなず》くスピンクスがその指を構えた。

「私も、脅威を認識しました。要・排除です」

そう、言ってはならないことを言った瞬間に、ベアトリスとスピンクスの両者の瞳の色がわずかに強くなり――、

「――死にたまえ」

誰よりも早く、ロズワールの放った魔法の爆炎が戦いの始まりを告げた。

6

連環竜車の通路で足を止め、スバルはふとした胸騒ぎに窓の外へと目を向けた。

うっすらと暗い夜の空が広がっている帝国の平野、その彼方《かなた》に送り出した少女の無事を強く、付き添いの男の無事をささやかに願って、微《かす》かに乱れる鼓動を確かめる。

「スバル、大丈夫？」

と、そんなスバルの様子に気付き、声をかけてくれるのは傍《かたわ》らのエミリアだ。

美しい紫紺の瞳を細め、顔を覗《のぞ》き込んでくる彼女にスバルは笑い、大丈夫と頷いた。

――エミリア陣営とヴォラキア帝国の首脳陣、ここにカララギ使者団を加えた話し合いは一旦の区切りを迎え、現在は各陣営の識者たちによる意見交換が行われている。

しかし、突破口を求める作戦会議と違い、現実的な話では途端にスバルは役立たずだ。

「プレアデス戦団でも、グスタフさんとかイドラに任せっきりだったからな……」

「ん、私もスバルの気持ちはわかるつもり。ホントなら、こういう話し合いでもちゃんと役立てたらって思うんだけど……まだオットーくんの足を引っ張っちゃうから」

「むしろ、あの場に残ってガンガン話し合いに参加するラムとオットーの方がどうかしてるんだよ。姉様はともかく、あいつ恐怖を感じる神経死んじゃったんじゃないかな」

「ダメでしょ、そんな言い方。オットーくんは私たちのために頑張ってくれてるのに」

陣営の頼りになりすぎる内政官への評価に、エミリアがそう頬《ほお》を膨らませる。

その反応を見ながら、改めてエミリアとの再会の感動を噛《か》みしめるスバル。毎朝見ていても心がバタバタするのに、久しぶりだと破壊力がすごいドストライクぶりだ。

「なんて、エミリアたんの今日の可愛《かわい》さへの賛美で心を埋め尽くしたいけど」

「ベアトリスとロズワール、心配よね」

「俺のためだと、ベア子が張り切りすぎるかもしんないしね」

窓の外に目をやった理由を言い当てられて、スバルは苦笑い。

冗談めかしてはいるが、考えすぎと笑い飛ばせないとも思う。実際、ベアトリスがスバルのためにと、鼻息荒くロズワールと飛び出していったのは事実なのだ。

今頃は連環竜車の後方、敵勢の遅滞戦術を行っている一団と合流し、重大な検証――ズバリ、屍人《しびと》の特性を見極めるという大仕事を始めているはず。

「凄腕《すごうで》魔法使いの目で、ゾンビたちがどういう仕組みで蘇《よみがえ》ってるか確かめる……か」

「ヴォラキアは、ルグニカよりも魔法を使える人が少ないみたいだから、物知りなベアトリスとロズワールにしか気付けないことがきっとあるわ。それをアベルたちに教えてあげたら、手伝わせてって言ったことが果たせると思うの」

そう言ってから、エミリアは小さく首を傾《かし》げ、

「ホントなら、私も役に立てたらよかったんだけど……私、あんまり魔法のこと詳しくなくて。いつも、えいやって使ってるから……」

「エミリアたんは感覚派だからね。読書家のベア子とかオタク気質のロズワールとは輝く場面が違うっていうか、むしろ、俺の目にはいつだって一番星みたいに輝いてるよ」

「ごめん、ちょっと何言ってるのかわかんない」

エミリアを励まそうとした言葉が不発し、スバルは「とほほ」と指で頬《ほお》を掻《か》いた。

とほほついでに言えば、スバルの心配はベアトリスたちだけにとどまらない。同じ場所で戦っているガーフィールも、シュドラクもプレアデス戦団のみんなも心配だ。

特に、戦団のみんなは図に乗りやすい。なんかいつまで経《た》ってもはぐれたまま合流してこないセシルスも含め、一丸となって戦ってきた彼らを信頼してはいるが。

「タンザだけは竜車に残ってくれたけど……頼むぜ、みんな～。お願いだから無茶《むちゃ》しすぎたり、調子に乗りすぎたりしないでくれよ……」

と、そうスバルが祈る気持ちで手を合わせたところだ。

「──スバル、エミリア様、ここにいたのですか」

「あ、ユリウス」

通路を仕切る扉が開かれ、その向こうから姿を見せた美丈夫にエミリアが眉を上げる。

彼女が呼んだ通り、そこに現れたのはワソーに騎士剣を佩《は》いたユリウスだった。

小さく一礼した彼は、先ほどまでいくらか硬かった表情を緩めると、

「先ほどの場では、あまり言葉を交わせなかったのでね」

「む……だな。お前にもアナスタシアさんにも、エキドナにも心配かけたよ。わざわざこんなとこまで探しにきてくれて、サンキュな」

「──。驚いたな」

ユリウスたちの尽力に素直に感謝するスバル。すると、彼は本気で目を丸くした。

「君がそんなに素直に謝意を口にするとは。もしや、年齢が若返ったのが理由で、見た目相応に頑《かたく》なさがほぐれているのだろうか」

「うるせぇな！　そういう弊害がないでもねぇけど、縮んでなくても礼ぐらい言うわ！

ここがどこだと思ってんだ！　地獄だぞ！」

「地獄じゃなくてヴォラキアでしょ？　そんな言い方、アベルたちに悪いわよ」

「そうかな？　俺がこの国を地獄だと感じてる原因の大半はあいつのやり方にあるんだから、あいつにムッとする資格とかなくない？」

無論、アベルにはアベルの言い分と皇帝としての試行錯誤があったのだろうが、それはそれとしてスバルの味わってきた苦痛の責任追及は行っていきたいところだ。

そう言われたエミリアが困った顔なのは、彼女もスバルの訴えを否定できないと思ったからだろう。一方、スバルの痛烈な物言いにユリウスは目元の傷を撫《な》でて、

「……先ほどの会議の場でも思ったが、スバル、君はヴィンセント皇帝閣下とどのような関係なんだ？　今の物言いといい、あまりにも」

「もしこれで不敬とか言ってたら、俺があいつに何したか知ったら卒倒するぞ」

「想像するのが恐ろしい。エミリア様は詳しい事情を？」

「ええ。スバルとアベルがすごーく仲良しってことでしょ？　最初は二人が仲良くできてるか不安だったんだけど……ホント、スバルったらすぐに友達を作っちゃうんだから」

「友達、かなぁ……」

えへん、と我が事のように自慢げなエミリアには悪いが、スバルの中でアベルの立ち位置は非常に微妙だ。互いの胸の内をぶちまけながら殴り合った間柄だが、河川敷でやり合った不良同士みたいに夕焼けの下で友情を誓ったわけでもないのだから。

「――。スバル、君は私を友人と思ってくれていると判断しても？」

「え？　まぁ、それは、うん、そうかな？　前までは際どいと思ってたけど、ひとまずのところは、一緒に砂海も渡ったたし、いい、かな？　いいと思う」

「そうか、安堵《あんど》したよ。君やエミリア様たちの無事の次の朗報だ」

大げさな冗談を言いながら、とりあえずユリウスの疑問は解消された。

もっとも、そのぐらいは一目でわかるスバルの現状からすれば序の口だろう。目下、誰の目から見てもわかるスバルの最大の問題は解消されていないのだ。

「時にスバル、君の体だが……」

「シノビの爺《じい》さんにやられたんだよ。お前も今度やってもらえ。見てみたい」

「遠慮しよう。あまり幼少の頃の未熟な自分を直視したくはないのでね。アナスタシア様やエミリア様なら、幼少の頃もさぞかし愛らしかっただろうが」

「エミリアたんの！　そうか！　その手があったか！」

「私？　うーん、どうかしら。『聖域』で小さいときの私も見たけど、今のスバルとかベアトリスの方が可愛《かわい》いと思うの」

てんで自己評価の高くないエミリアはそんな風に言うが、そんなはずがないだろう。

成長してこれだけ美少女のエミリアなのだから、小さいときだって美幼女だったに決まっている。それこそ、ベアトリスといい勝負だったに違いない。

「ただ、安心したよ。どうやら、元に戻るための道筋はすでに整えられているようだね」

と、そのユリウスの一言に、「そうなの」とエミリアも頷《うなず》いた。

彼女は身長差のあるスバルの肩に後ろから手を置くと、

「スバルをちっちゃくしちゃったってお爺《じい》さんも、今は外で『ぞんび』と戦ってるみたいだけど、戻ってきたらスバルを元に戻してあげてってお願いしなくちゃね」

「あ～、実はそのことで言っておかなきゃいけないことがあるんだ」

「――？」

ちょっと気まずく思いながら、スバルは真後ろのエミリアを見上げる。その言葉にエミリアが目を丸くし、ユリウスが眉を顰《ひそ》める中、スバルは指で頬《ほお》を掻《か》きながら、

「俺の体なんだけど、まだしばらく、この小さい体のままの方が都合がいいと思う」

「え⁉ どうして？ あ、もしかして、子どもの体の方が食べるご飯が少なくて済むから？ それなら、私のおかずを分けてあげるから……」

「ものすごい可愛《かわい》い思いやりだけど、そうじゃなくて」

首を横に振り、スバルはエミリアの考えを優しく否定する。

「君のことだ。それが必要だと考えてのことだろうが……」

「ああ。お前やアナスタシアさんにはまだ紹介してないけど、俺がヴォラキアで仲間になったプレアデス戦団ってメンバーがいるんだ」

「プレアデス……」

プレアデス監視塔があるだけに、ユリウスはその響きに耳聡《みみざと》く気付く。が、それが話の

腰を折るだけと、細かい疑問は無視してスバルに先を促してくれた。

「この戦団の仲間たちなんだが、細かい原理はさっぱりだけど、俺も含めて全員で気持ちが一個になってるとめちゃくちゃ強くなる。気持ちの問題とかじゃなくて」

「――。エミリア様？」

「ん、それはホントみたい。タンザちゃんって子とか、他のスバルのお友達もみんなすごーく力持ちで、一生懸命戦ってくれてるから」

「で、俺はその友達みんなに嘘《うそ》をついてる。――俺が、皇帝の息子だって嘘だ」

エミリアの肯定があっても、その先の話にはユリウスも瞠目《どうもく》する。エミリアも、「あ」と吐息をこぼす口に手を当てていた。

「そう言えば、そんな風に……でも、スバルはヴォラキアの生まれじゃないのよね？」

「ああ、違うよ。俺の故郷はこんな地獄じゃない。もっと平和でラブピ」

「……城塞都市でも、『黒髪の皇太子』の噂は耳にした。まさか君とは思わなかったが」

「言っとくけど、これ発案者はアベルだから、苦情はあっちに言ってくれ。とにかく、戦団のみんなはそれを信じてるってのが大事なんだ。だから……」

剣奴《けんど》孤島を出立した際、スバルは共に往《ゆ》くために口説いた仲間たちに、自分がヴォラキア皇帝の息子であると信じさせた。その嘘を永遠につき通せるとは思っていない。

この、ヴォラキア帝国を揺るがす未曽有《みぞう》の大災害が決着した暁には、スバルは元の大きさに戻り、レムを連れて、エミリアたちとルグニカ王国へ凱旋《がいせん》するからだ。

そしてこの戦いの勝利には、プレアデス戦団の協力がどうしても必要だった。

「だから、俺はまだ戻れない。俺は戦団のみんなが信じてる、『ナツキ・シュバルツ』でなくちゃいけないんだ。この、帝国を取り戻す戦いが終わるまでは」

「スバル……」

もはや見慣れてしまった小さな拳を握り、スバルははっきり決意を口にする。

こうしてエミリアたちに宣言するまで、スバルも迷ってはいた。

当たり前だが、小さい体よりも大きい体の方が自分の体だ。元の体に戻りたい欲求は強くあるし、ベアトリスを軽々抱き上げたり、エミリアと同じ目線で語らいたい。

でも、そんなスバルの焦がれる気持ちは、本当に必要なことと比べられない。

「――。まったく、どの場所でどんな姿であろうと、君は変わらないな」

そのスバルの決意を聞いて、小さく吐息したユリウスがそう言った。

「最も困難で意表を突く決断を強いる。それが他人であろうと己であろうと区別なく」

「……そんな立派な覚悟じゃねぇよ。『まだちょっと子どもでいたい』って、なんか昭和の歌謡曲にありそうな決意だろ」

気恥ずかしさに目を逸《そ》らし、スバルはユリウスにそう答える。と、そのスバルの頭にそっと手が置かれ、振り向くスバルは慈しむようなエミリアの眼差《まなざ》しと行き合った。

「そうやって、スバルはまた私を困らせるんだから」

「う、それについては本当に言い訳できないなとは。いや、俺もちゃんと元の体に戻ってエミリアたんとイチャイチャしたいんだよ？　だけどさ……」

「わかってます。スバルは色々考えてて、それで一番いいと思ったことを選ぶんでしょ？　私も、それがスバルだってユリウスとおんなじ風に思うもの」

「エミリアたん……」

「どんなにちっちゃくても、スバルはスバルだって私はわかってるから。もしも、ちっちゃいまま戻れなくても、おっきくなるまで私はずーっと待ってるからね」

「さすがに俺も、戻れなくなるのは避けたいけど……あれ？　今のって……？」

　優しい態度と口調でなんだかすごいことを言われた気がしたが、当のエミリアは自分の発言がどう受け取られたのかわかっていない顔で、不思議そうに首を傾《かし》げていた。

　いや、小首を傾げられても困る。とんだ小悪魔もいたものだ。

　思わず、頬《ほお》に朱が昇ってくるのを感じながら、スバルは助けを求めるようにユリウスを見る。しかし、彼はスバルの視線に肩をすくめ、縋《すが》る思いを無情にもいなした。

　その頼りにならないユリウスに内心で悪態をつき、やっぱり友達ではなかったかもしれないと先ほどの判定を悔やみながら視線を巡らせ――、

「は？」

　と、ちょうど通路に面した一室から出てきた少女の、こちらを凝視する視線と真っ向から視線がぶつかったのだった。

「は？」

7

そう、スバルたちの様子に声を発したのは、青い髪に薄青の瞳《ひとみ》が特徴的な少女——その姿を目にした途端、スバルはパッと顔を輝かせた。

「レム！　よかった。お前とも話したかったんだ」

姿を見せたレムに、スバルの頭から直前の出来事がぴょんとすっぽ抜けた。

エミリアやベアトリスたち共々、帝都でのいざこざのあとで意識をなくしたスバルは、レムとの再会もちゃんと喜べていなかった。アベルとやり合ったあとはカチュアへの報告もあり、その後はすぐに首脳会談に臨んでいたので、やっとの機会だ。

「その、カチュアさんは？　落ち着いたか？」

「——。事情が事情ですから、そう簡単には。ただ、今は泣き疲れて眠ってしまったので、お兄さんが傍《そば》で見てらっしゃいます」

「そうか。うん、そうだな。大変な役目を任せてごめん」

「……私がしたくてしたことですから。あの、ところでなんですが……」

目の前にやってきたスバルにそう答え、レムがわずかに声の調子を落とした。そのレムの前置きに、スバルは何事かと首を傾《かし》げる。

しかし、レムが言葉を発するよりも先に——、

「――レム嬢、目を覚まされたんですか！」

そう、レムの存在に驚くユリウスが声を上げる方が早かった。

目を丸くし、素直な驚きと喜びで声を弾ませた彼に、スバルは「そうだ！」と頷《うなず》く。

「悪かった。お前と、それにアナスタシアさんとエキドナにも教えなきゃいけなかった。みんなとはぐれたあと、レムの目が覚めたんだ。ただ……」

「私の中にレム嬢の記憶は蘇《よみがえ》っていない。つまり、事情は私と同じだと？」

「ってだけじゃなくて、クルシュさんともおんなじのハイブリッド状態なんだ」

「……では、自身の記憶が」

スバルの説明に、ユリウスが形のいい眉を顰《ひそ》める。

手放しに喜べる状況ではないとすぐに悟り、なんと言うべきか惑っている様子。だが、彼は一度瞼《まぶた》を閉じると、開いたときには精悍《せいかん》な表情を取り戻し、

「レム嬢、突然の呼びかけ失礼いたしました。私はユリウス・ユークリウス……とある方にお仕えする騎士で、スバルの友人です」

「この人の、友人……」

「強調されると反発したくなるけど、そう。こいつもあれだ。なかなかレムの目が覚めなかったときに、色々手伝ってくれた一人」

「それは――」

瀟洒《しょうしゃ》に一礼するユリウスとの関係を聞かされ、レムが驚きに眉を上げる。その驚きに一

拍をおいて、レムもその場で頭を下げた。

「ご心配をおかけしました。まだ、万全とは言えませんが、ひとまずはこうして自分の足で立って歩けています」

「それは何よりです。あなた自身のためにも、あなたを想《おも》っていた周囲の皆にとっても」

「――はい」

相変わらずの優雅な振る舞いだと思うが、レムの柔らかな反応の前では悪態もつけない。ともあれ、ユリウスにもレムがこうして目覚めたことを伝えられてよかった。あとで、アナスタシアたちにも教えて、礼も伝えておかなくてはだ。

「でも、アナスタシアさんたちが帝国まできてくれたおかげで、こうやってレムとも会えてホントによかった。あなたたちも心配してくれてたものね」

「ええ。アナスタシア様も胸を痛められていました。レム嬢は覚えていないでしょうが、共に旅をした身としては心から喜ばしい」

「ん、私もそう思う。それもこれも、スバルが頑張ってくれてたおかげね」

そう言って、微笑《ほほえ》むエミリアがまたしてもスバルの頭を撫《な》でる。

この身長差だから撫でやすいのはわかるが、こうやって何度も何度も撫でられていると子ども扱いされているようで非常にもやもやする。

大変気持ちはいいが、エミリアに子ども扱いされるのをよしとしたくない男心。

「え、エミリアたん、あんまり可愛《かわい》がらないで」

「可愛いとは思ってるけど、可愛がってるつもりはないわよ？　ちゃんとスバルは偉いなって思ってるだけ。さすが、私の騎士様ね」

「は？」

「え？」

と、エミリアがそんな調子でスバルの頭を撫でていたところに、不意に放り込まれた尖《とが》った声があり、エミリアの手が止まる。

目を丸くしたエミリアが見るのは、スバルを挟んで向かい合うレムだった。

そのレムは、薄青の瞳《ひとみ》でスバルの頭に置かれたエミリアの手を凝視している。

「レム？　どうかしたの？」

「いえ、あの、少し混乱が。エミリアさん、確認してもいいですか？」

「確認？　ええ、何でもどんとこいだけど……」

「どんとこいってきょうび聞かねぇな……」

片や頭に手を置いたまま、片や頭に手を置かれたまま、スバルとエミリアがレムの言葉に揃《そろ》って首を傾《かし》げる。

その様子を疑惑の眼差《まなざ》しで眺めるレムは、スバルとエミリアを交互に見やり、

「……お二人は、どういう関係なんですか？」

「私とスバル？」

「俺とエミリアたん？」

レムの問いかけに、スバルとエミリアは顔を見合わせる。

確かに現状、レムはエミリア陣営のみんなと再会したばかりで、ラムとの関係性の把握は行われたと聞いているが、それ以上の詳しい事情はまだだった。

本当なら、全員が揃《そろ》っている場所でやるべきことかもしれないが――、

「そうだな。簡単に説明すると、エミリアたんは俺たちの陣営のトップで、ルグニカ王国って国の未来の王様だ」

「まだそうなれるように頑張ってる最中だから、候補者だけどね。それで、スバルはその私の一番の味方の騎士様なの」

「一番の味方……」

「ああ、俺のエミリアたんの夢を叶《かな》えるために全力投球だ」

「そう、頑張ってくれてるの。私じゃなくて、スバルが私のなんだけど」

胸を張ったスバルの言葉に、エミリアがはにかみながらそう答える。すると、その二人の答えを聞いたレムが、自分の額に手を当てた。

それから、しばらくじっと考え込んだかと思うと、

「すみません。混乱しているんですが、これは私が原因ですか？」

「――。いえ、レム嬢の責任ではないと思います。第三者の立場からですが」

「ありがとうございます……」

何やら思い悩んでいる様子のレムに、何故《なぜ》かユリウスがそんな風に答える。

スバルだけでなく、エミリアもレムの混乱にピンときていないのに、陣営の外側の人間であるユリウスが理解者顔なのも釈然としない。

「今のレムに、ルグニカのこととかいっぺんに言いすぎちゃったかしら……」

「一応、事前にちらほら伝えてあったし……もしかして、グァラルとかでプリシラからいらないこと吹き込まれてた可能性もあるかも……」

「待ってくれ。何故、プリシラ様のお名前が？　まさかとは思うが、プリシラ様までもヴォラキア帝国にきているのか？」

「あの、私の混乱を先に処理していただいてもいいですか？」

生じた疑問の解消を探るうちに、また新しい疑問が生じて堂々巡りになりかける。

ひとまず、ユリウスやアナスタシアたちにちゃんと共有しておかなければならない話題が多すぎると感じながら、問題処理の優先順位に悩む。

まずなんと言っても、レムの混乱の解消を第一にしたいところだが――、

「――うん？」

エミリア共々、レムの混乱の解消をしたいと思ったところで、不意にスバルは視界の端を過《よぎ》ったものに気を取られた。窓の外、夜空から何かが落ちてきたのだ。

「スバル？」

思わず目を丸くしたスバルを、エミリアの疑問の声が呼ぶ。その声に応じるのを後回しに、スバルは窓に駆け寄り、外を覗《のぞ》き込んだ。

普段なら、絶対にスバルはエミリアの呼びかけを蔑《ないがし》ろにしない。しかし、今はそれに応えるよりも、ちらと見えたそれを確かめることを優先した。

流れる景色に目を凝らし、その、夜空から降ってきたものを視界に捉え直す。

それは――、

「――なんでここに？」

いるはずのない人物、記憶の端っこに引っかかったそれを引っ張り出して、スバルは目を何度も瞬かせ、その名前を口にする。

そこにいたのは、ルグニカ王国で穏やかな日々を過ごしているはずの――、

「――リューズさん？」

スバルの囁《ささや》きを聞きつけたわけではないだろう。

聞こえるはずのない距離と声量、しかしそれでも、スバルはこちらを向いたその小さな人影と目が合い、お互いを認識したと本能で察した。

その、小さな人影はスバルと見つめ合ったまま、唇を何事か動かす。

それが何なのか、聞き取ろうとスバルは身を乗り出して――、

「――ぁ」

――直後、連環竜車へと降り注ぐ白い光が、ナツキ・スバルを、その竜車に乗り込んでいたものの大半を呑《の》み込み、吹き飛ばしていた。

第二章『バルガ・クロムウェルの策』

1

堪《こら》え性のないロズワールの一撃から、戦いは否応《いやおう》なく始まった。

「──死にたまえ」

と、その冷たい一言と対照的な、灼熱《しゃくねつ》の業火が空を焼き尽くすかの如《ごと》く炸裂《さくれつ》する。

猛然とした炎が夜の空を一挙に広がり、屍人《しびと》と命懸けの戦いを続ける戦士たちも、誰もが燃える空に目を奪われたことだろう。

ただ一人の敵を焼き払うだけが目的なのに、これはやりすぎだ。

「部屋の羽虫を殺すのに、屋敷を焼くような蛮行かしら」

目的のために屋敷を燃やすなんて、ペトラとオットーしかやらない暴挙だ。

おかげで『禁書庫』から出る後押しをされたベアトリスだが、それでもやりすぎだと思っていた。ロズワールの先制パンチは、その二人に負けないくらいやりすぎている。

「──脅威度の認識、要・修正です」

しかし、空中で身を翻し、燃える夜空から脱した敵──スピンクスは健在だった。

せっかく屋敷を燃やしても、肝心の羽虫に逃げられてはロズワールがただ周りのみんなを驚かせただけになる。――この場にいたのが、ロズワールだけだったなら。

「エル・ミーニャ」

桃色の髪をなびかせ、空を自在に飛行するスピンクス、その進路上に浮かび上がる紫紺の瞬《また》きは、対象の時を静止させて打ち砕《くだ》く魔の骨頂。

すでに検証済みの、屍人に対する最大の効果を発揮する必殺の一撃だ。

「スバルとベティー以外の全員、陰魔法を修めてないのがよくないのよ」

屍人軍団相手にも、陰魔法の使い手がぞろりと揃《そろ》えば怖くない。

もっとも、陰魔法の使い手が十人以上一所に集まるなんて、長い時を生きた自分でも見たことがないと、ベアトリスはそんな思考で自分の中の躊躇《ためら》いを射殺す。

――リューズ・メイエルと同じ顔をした、忌まわしき『敵』を撃ち抜くために。

「リューズ……」

ベアトリスの脳裏を、リューズ・メイエルの儚《はかな》げな笑みが過《よぎ》る。

ガーフィールやフレデリカに祖母と慕われるリューズたちとは違う、彼女たちの祖に当たるリューズ・メイエルは、ベアトリスの生涯最初の友人だった。

だから、その似姿で現れたこの『敵』はベアトリスにとって――、

「とさかにきたかしら！」

吠《ほ》えるベアトリスの視界、放たれる紫矢へと真っ向からスピンクスが突っ込む。

わずかに目を細めた『敵』は両手を顔の前に掲げると、その左右の五指から白い光を放ち、待ち構えるミーニャをことごとく切り払った。——だが、ベアトリスのフラストレーションは、そのぐらいでは壊せない。

「——ッ」

脅威を退けたはずのスピンクス、その表情が微《かす》かに歪《ゆが》んだ。

原因は、彼女が切り払ったはずの紫紺の結晶が、バラバラにされたままの状態で飛礫《つぶて》となって広がり、高速で飛行するスピンクスに追い縋《すが》ったからだ。

「魔法はイメージ、防がれてしまったと思った途端にダメになるのよ」

陰魔法のミーニャで重要なのは形ではなく、対象の時を凍結させて砕《くだ》く効果の方だ。それは矢の形に拘《こだわ》らなくても、相手に突き刺さるなら形状を問いはしない。

だから、負けん気に火を付けられたベアトリスの飛礫は、スピンクスを逃がさない。

そして——、

「脅威度の認識、再度、要・修正——」

「——考えッ直すのが百年遅《おせ》ェ」

飛礫となったミーニャを回避し、懸命に逃れようとしたスピンクスの真横に、地面を蹴って跳んだガーフィールの凶相が並んだ。

瞬間、ガーフィールとスピンクスの視線が交錯する。

その祖母と同じ顔をした相手に、拳を叩《たた》き込む躊躇《ちゅうちょ》がガーフィールの心を——、

「婆《ばあ》ちゃんとァ、心の匂いが違《ちげ》ェんだよォ――ッ!!」

そんな外野の心配は、エミリア陣営の頼もしい武官には不必要だった。

繰り出された拳、それがスピンクスの横っ面を捉え、少女の体を空中から地面へ打ち落とし、大地に拳ごと豪快に押し付ける。轟音《ごうおん》と土煙が戦場に立ち込め、振り切られた腕の向こうにスピンクスの体が飛んでいくのがベアトリスの目にも映った。

直撃されれば、ベアトリスも一発でマナに還元されかねない強大な一撃を喰《く》らい、噴煙の向こうにスピンクスは吹き飛び、転がっている。

「三人がかりの囲い込みだ。いいチームワークだったんじゃねーぁないかい」

「一番最初に癇癪《かんしゃく》起こした奴《やつ》がよく言うかしら」

「てめェとチームワークなんざッ虫唾《むしず》が走るぜ」

肩をすくめたロズワールの、いかにも冷静沈着でしたと言わんばかりの態度にベアトリスとガーフィールからそれぞれ悪態が飛んだ。

そう突き放され、ロズワールはもう一度肩をすくめてみせた。

すると――、

「……再度、脅威度の認識、要・修正、です」

噴煙の落ち着き始めた大地で、ゆっくりと体を起こすスピンクスがそう呟《つぶや》く。

土に塗《まみ》れ、声を掠《かす》れさせたスピンクスの表情は変わらないが、明らかにダメージは蓄積している。しかし、その黄金の瞳《ひとみ》の光は一向に衰えない。

そこにあるのは敵意や怒りといった感情を孕《はら》んだものではなく、あくまでこちらを自分の興味の対象としている、理知の怪物的眼差《まなざ》しだった。

「チッ、気に入らねェ」

ベアトリスと同じく、相手の眼差しに悪寒を覚えたガーフィールが舌打ちする。無言のロズワールも、明らかな不快感に再びマナを練り始めていた。

その先走りかねない二人に先んじ、ベアトリスはスピンクスを警戒しながら――、

「あえて呼んでやるのよ、スピンクス。お前は何を考えて――」

いるのか、とベアトリスが言おうとしたところだった。

「――――」

その場に立ち上がったスピンクス、その体が震え、視線が自分の胸元に落ちる。

スピンクスの薄い胸から、刃《やいば》の先端が突き出していた。それは彼女の背中から刺され、胸から飛び出した致命の刃だ。そして、その刃を握っていたのは――、

「嫌な気配のする娘ダ。生かしておくべき理由が何もなイ」

そう殺伐と言い切ったミゼルダは、抜いた短剣で背中と胸を集中的に抉《えぐ》り、スピンクスの髪を掴《つか》んで上を向かせると、その首を容赦なく掻《か》っ切った。

屍人《しびと》の体だ。血は流れない。だが、その致命傷にスピンクスが前のめりに倒れる。

「おま、おま、お前……っ」

倒れたスピンクスの傍《かたわ》らに堂々と立つミゼルダに、ベアトリスは凝然と目を見開きなが

ら言葉に詰まる。ロズワールとガーフィールも、言葉を失っていた。

そんな三人の様子に、ミゼルダは目力の強い美貌の首を傾《かし》げ、

「お前たちと因縁のある相手だったのはわかカル。だが、墓に話セ。戦場の習わしダ」

「まァ、そりゃそォか……」

身も蓋もない意見だったが、反論の余地がないとガーフィールが諦める。

ヴォラキアの人間の価値観にはたびたび驚かされてきたが、まだまだ認識が甘かったと、ベアトリスも彼女らのシビアさへの認識を改めることにした。

「スピンクス」

そのベアトリスたちの動揺を余所《よそ》に、ロズワールがスピンクスの名前を呼ぶ。

ミゼルダの一撃が致命傷となったのは、倒れたスピンクスの体がボロボロと崩れていくことからも明らかだ。すでに下半身の大部分が塵《ちり》になり、最初からひび割れていた少女の顔も部位の剥離《はくり》が始まって、全身が崩れるのも時間の問題だった。

たとえ決着が不完全燃焼だろうと、ベアトリスたち三人を苦しめた元凶は――、

「……要・熟考すべきでした」

手足が崩れ、崩壊が顔にも及びつつあるスピンクスがぽつりと呟《つぶや》いた。それは、ベアトリスには自分の力不足を悔やんだ言葉だと思われた。

「――あなた方は」

しかし、続く言葉でそうではなかったことがわかる。

その付け加えた言葉にベアトリスは息を呑《の》み、ガーフィールは「あァ?」と唸《うな》った。ベアトリスも、その真意がはっきりわかったわけではない。だが、それが無視してはならない、捨て台詞《ぜりふ》の類ではないとだけ感じ取れて。

そこへ——、

「——しまった!」

と、弾《はじ》かれたように顔を上げたロズワール。

彼はその表情に焦燥と自責を張り付け、背後へと振り向く。——ベアトリスと共に、健闘を約束して先へ進ませた連環竜車の方へと。

そのロズワールの焦燥に、ベアトリスもまた胸騒ぎを強く覚えながら、

「——スバル」と、彼の名前を呼んだのだった。

2

一瞬の、そう、全ては一瞬の出来事だった。

違和感を目に留めて、その疑問を音にして発した直後に、全ては白い光に呑まれた。

傍《かたわ》らにいたエミリアも、レムも、ユリウスさえも一切の反応を許されず、当然ながらスバルも何もできぬままに、白い光が全部を呑み込んで、消えた。

それが自分の『死』を意味するのだと、ナツキ・スバルは即座に直感する。

『死に戻り』が始まった。その証拠に――、

『――愛してる』

と、一度自分を見つけた彼女が二度と手放すまいと、そう囁《ささや》く声が聞こえたから。

「あの、私の混乱を先に処理していただいてもいいですか？」

その、呆《あき》れと疲れと、わずかな苛立《いらだ》ちを等分した声が聞こえた刹那、スバルの中で『よーい、ドン！』のスイッチが押された。

「――――」

自分の足場と、周囲の状況を確認し、居合わせた顔ぶれから瞬間を把握する。

連環竜車の通路で、エミリアとユリウスと話していたところにレムが合流した場面。会話の流れ上、スバルの最後の発言は「もしかして、グァラルとかでプリシラからいらないこと吹き込まれてた可能性もあるかも……」と、レムの様子を慮《おもんぱか》ったものだ。連環竜車の前方ではアベルやオットーたちが戦力の詳細把握に努め、走り去ったはるか後方ではロズワールと共に送り出したベアトリスが、屍人《しびと》に対抗する手段を魔法的な観点から探るためにアプローチしてくれている。ベアトリスたちが向かった先ではガーフィールや『シュドラクの民』の奮戦、そこには『プレアデス戦団』のみんなもいるはずで、誰も大怪我《おおけが》しないでほしいと祈るような心地と、彼らなら大丈夫だという信頼とで心がやかましい。

――と、スイッチが入ったスバルはそこまでを一瞬で切り取った。

「スバル？」

驚いたような声で、エミリアがスバルの名前を呼ぶ。彼女の目には一瞬、スバルの目がぐるぐるとめまぐるしく動いた様子が映っていただろう。

前にも一度、同じ状態のスバルを目にしたタンザに『シュバルツ様の目がぎょろぎょろと動いて、その、不気味でした』と指摘されたことがある。

同じものを目にしたエミリアの反応が、とても奥ゆかしいのがわかるだろう。

ともあれ――、

「エミリア、ちょっと待って」

手を上げ、追及されるのを避けながらスバルの意識が鋭敏に尖《とが》る。

死んでリトライが前提の環境、剣奴《けんど》孤島の全員生存を目指す上で欠かせなかった感覚がスバルを包み、自分を『死』に至らしめた原因の究明に極限の集中力が発揮される。

――死んだのか、なんて遅すぎる感覚に騒いでいる場合ではない。

――死んだのなら、という現実に追いついた感覚がなければ解決には至れない。

その切り替えが迅速にできなければ、スバルも周りの人も、また死なせることになる。

「――？　あの……」

「レム、お願い」

集中するスバルの横顔に、微《かす》かに眉を寄せたレムが疑問の目を向ける。が、そのレムの疑問を手で制し、エミリアが彼女を引き止めてくれた。

その間、スバルは『死に戻り』の直前の出来事と、『死』の関連付けを終え――、

「――――」

走る連環竜車の窓の外、景色に紛《まぎ》れ込む異物をまたしても捉えた。

刹那、スバルは竜車の窓に飛びつくと、

「――ユリウス！　外だ！」

「承知した！」

エミリアとレムの感じたスバルの変化、それは当然、ユリウスも察知していた。

スバルの呼びかけに一瞬の停滞もなく応じたユリウス、彼は窓に飛びつくスバルの後ろで剣を抜くと、通路の壁を切り払い、その長い足で壁を外へ蹴倒す。そのまま、複数の地竜による『風除《かぜよ》けの加護』の影響の外へ、スバルを抱えて飛び出した。

「着地任せた！」

「任されよう」

加護の範囲外に出た瞬間、猛烈な風と慣性がスバルたちに殴りかかる。が、スバルは生存のための用意を全部ユリウスに投げ渡し、彼もそれを引き受けた。

ふわりと、ユリウスの周囲に黄色と緑の準精霊が浮かび上がり、片方が風を絨毯《じゅうたん》に、片方が大地をクッションに変えて、二人の着地をサポートする。

そのユリウスと準精霊たちとの離れ業に、しかしスバルの注意は微塵《みじん》も向かない。その注意は一心不乱に空の一点――降ってくる少女を見据えている。

「やっぱり、リューズさんと同じ……」

桃色の髪と黒の貫頭衣、その姿は愛らしくババ臭いリューズと同一のものだ。

が、いくらエミリアたちがスバルとレムを心配していたとしても、さすがにリューズまでヴォラキア帝国に引っ張ってくることはないだろう。

すなわち、あれは本物のリューズではない。リューズと同じ姿かたちをした複製体のピコたちでもありえない。彼女たちには区別がつくように、髪型を変えたり、個別のリボンや髪飾りをプレゼントした。あの少女は、そのどれとも共通点がない。

「ユリウス！　あの子だ！　押さえろ！」

空中の、まだ地面に降り立つ前の偽リューズを指差し、スバルが叫んだ。

そのスバルの訴えを聞いて、ユリウスも夜の空に同化する少女の姿を発見。彼女が何者で何をするのか、そうした疑問の一切を後回しに、『最優』が飛ぶ。

足下の柔らかい土にスバルを落とすと、ユリウスの体が風の絨毯《じゅうたん》の残滓《ざんし》を纏《まと》い、それを足場に空中を跳ねて、偽リューズへと一直線に接近した。

そのユリウスの鬼気迫る勢いに、偽リューズも彼を脅威と認識する。

途端、偽リューズの瞳《ひとみ》が夜でも鮮やかな金色の光を放つのがわかって、遠目ではわからなかった青白い肌をした屍人《しびと》なのだと理解が通った。

そのまま、偽リューズはユリウスを狙い、その指先の光を放とうとして――、

「――イン、ネス、力を貸してくれ」

偽リューズの指先に灯《とも》った光、それとは別の白い光がユリウスの全身を淡く発光させ、

代わりに黒い光が偽リューズの全身を薄く包む。

それが、二体の準精霊による陽魔法と陰魔法の同時行使とわかった瞬間、ユリウスの騎士剣が閃《ひらめ》き、光を宿した偽リューズの腕から力が抜けた。

「要・説明です」

「肩の腱《けん》を斬《き》らせてもらった。無論、すぐに繋《つな》がるのだろうが……」

腕に力の入らない理由を問うた偽リューズに律義に応じ、空中で身をひねるユリウスの長い足が唸《うな》りを上げ、少女の体を地面へと蹴り落とした。

その偽リューズが落ちる先、大地の在り様が黄色い光と共に変質する。粘度を増した地面は少女の体を柔らかく深く受け止め、そこで一気に硬質化した。

結果、石でできた布団にくるまれたように、偽リューズが動けなくなる。

「抵抗は推奨しない。この忠告が聞けないならば、生者と死者の区別なく、あなたを『敵』として扱わせてもらおう」

「――――」

地べたに仰向《あおむ》けに横たわる偽リューズに、剣を突き付けたユリウスがそう宣言。

そうして相手を無力化したユリウスは、それを見届けたスバルに首肯した。と、その一連を見ているしかなかったスバルは、指で頬《ほお》を掻《か》くと、

「いや、そういうことをやってほしかったんだけど……マジか、あいつ。明らか、前よりもずっと強くなってやがる」

準精霊の援護を組み合わせた戦い方が、以前よりスマートで洗練されている。六種類の属性の準精霊と契約している『精霊騎士』の本領発揮というべきか、魔法と剣技を組み合わせたハイブリッドな戦いぶりだった。

「わ、すごい、あっという間にやっつけちゃったのね」

と、そのスバルの後ろの方から、草を踏んで駆けてきたのはエミリアだ。

どうやら、スバルとユリウスを追って竜車を飛び降りたらしい彼女は、ユリウスの鮮やかな手並みに出る幕がなかったと目を丸くしている。

「エミリアたん、レムは？」

「スバルとユリウスが飛び降りちゃったって、オットーくんたちに伝えにいってもらったわ。私も急がなくちゃって、すぐに追いかけてきたんだけど……」

「いや、エミリアたんが遅いんじゃなくて、あいつが速すぎ。あと、レムまで連れてこなかったのは大正解」

もしかしたら、今のレムなら一緒に降りてきかねなかったと思ったが、記憶のあった頃のレムでも全然飛び降りそうだったので、とにかくエミリアのナイス判断だ。

ともあれ――、

「リューズさん、じゃないのよね？」

「見た目はそっくりだけど、ゾンビなのは間違いないと思う。そう言えば、ベア子とかリューズさんはゾンビになるのか……？」

ベアトリスやリューズの死なんて考えたくもないが、その体がマナでできている彼女らがゾンビ化するのかは疑問だ。実際、偽リューズという屍人《しびと》がいる以上、奇跡的なそっくりさんでない限りは、その出自はリューズと同じであるはずだ。

それならばと、考える必要性のないだろう考察をしつつ、スバルはエミリアと一緒に油断なく、ユリウスの捕らえた偽リューズの下へ向かう。

「喋《しゃべ》ることも、考えることも可能なゾンビだ。スバル、注意したまえ」

「ああ。見た目の可愛《かわい》さには騙《だま》されねぇよ。エミリアたんも注意して見ててくれる？」

「ええ、任せて。あなたも大人しくしてれば、ええと……」

警戒を任され、奮起したエミリアが偽リューズにかける言葉に戸惑う。

抵抗しなければ傷付けない、という警告が屍人相手に意味があるのか怪しいものだ。とはいえ、絶対に油断してはならない。

この小さな存在は、先ほど一息に連環竜車ごとスバルたちを消し飛ばしたのだ。

四肢を封じ、動けなくしても万全と言えるかはわからない。

「先制攻撃が失敗して残念だったな」

「――。あなたは」

「俺の名前は……と条件反射で名乗りたくなるが、友達になろうってんじゃねぇんだ。お前がヤバい奴《やつ》で、その目論見《もくろみ》を阻止したって関係でいい」

「なるほど、奇妙な人材ですね。一見して、秀でた能力はないようですが」

寝そべったまま、スバルを見上げる偽リューズがそんな所見を述べる。

侮られるのは慣れているので、その評価には腹も立たない。横ではエミリアが何か言いたげだが、ユリウスが首を振ってそれを制していた。

「強がってもこの状況だぜ。他のゾンビはきてないみたいだし、飛べるからって一人だけ先行したか？　もしそれで、俺たちをやれると思ってたんならお生憎様《あいにくさま》だ」

実際には一回、その先制攻撃でまんまとやられているが、おくびにも出さない。

この挑発で相手が口を割ってくれれば儲《もう》けものだが、無表情の偽リューズにはあまり手応えがない。ただ、この手のタイプは見当違いな発言を繰り返していると、かえって自分の知性をひけらかしたくなるというのがお約束だ。

必要なら、一世一代の渾身《こんしん》の愚かな子どもを演じる用意がスバルにはある。

しかし――、

「――バルガ・クロムウェル」

不意に、寝そべったままの少女の唇が知らない単語を口にした。――否《いな》、どこかで聞いたことがあるような気がしたが、スバルはとっさに思い出せない。

その、疑問に眉を顰《ひそ》めるスバルの傍《かたわ》ら、エミリアとユリウスの反応は違った。二人はその単語に、聞き覚えのある顔をして――、

「これは、当時は実行されなかった彼の策です」

だが、二人の追及よりも、偽リューズがそう続ける方が早かった。

そしてその後の展開も、一度出遅れた問いかけを無視してシームレスに繋《つな》がる。

「スバル!!」

瞬間、血相を変えたエミリアの声がして、彼女の腕に力ずくで引き寄せられる。そのままエミリアが奥歯を噛《か》み、スバルたちの周囲に氷の壁が生み出された。

その氷壁の内側では、ユリウスもまた足下の偽リューズに向けていた騎士剣を構え直し、六体の準精霊の力を結集した虹の光を纏《まと》う。

来たる危機的な何かに対し、エミリアとユリウスが刹那の準備を完了し――、

――それを、空の彼方《かなた》から降り注ぐ白い光が、嘲笑《あざわら》うかの如《ごと》く消し飛ばしていった。

3

「あの、私の混乱を先に処理していただいてもいいですか?」

「――っ」

呆《あき》れと疲れ、苛立《いらだ》ちを等分に孕《はら》んだレムの声がして、スバルは短く息をつく。

前回と違い、わかっていた『死』の到来を避けられなかった自責の念と、わかっていた衝撃を受けた魂の震えが、スバルの心臓を内側から滅多《めった》打ちにした。

――『死』の原因、それを完全に測り間違えた。

突如現れた偽リューズ、彼女自身は『死』の原因ではなく、あくまで引き金。本当の死因である白い光は彼女ではなく、別の場所から放たれたものだったのに。

「スバル？」

「――。エミリア、ちょっと待って」

スバルの内省に気付いて、首を傾《かし》げるエミリアに手を上げて答える。

反省を中断し、後悔を放り投げる。反省はまだ発展性があるが、後悔はしたつもりになっているだけの自分可愛《かわい》がりだ。

それでは可愛がった自分も、蔑《ないがし》ろにした周りのみんなも、誰一人助けられない。

そんなのは御免だ。そんなのは、絶対に、御免だ。

「――――」

あの瞬間、偽リューズは『バルガ・クロムウェル』という名前を出した。それは未《いま》だスバルにはピンときていないが、エミリアとユリウスは知っていそうだった。その詳細を聞いておくべきか。――いや、後回しだ。そのバルガという相手の正体がわかっても、次に起こった白光の威力が消えてなくなるわけじゃない。あの攻撃はリアルな、それもとんでもない脅威としてスバルたちの目の前に立ちはだかったのだ。あれを防がなければならないが、そもそも撃たせないことは可能か。あの状況で偽リューズと攻撃が無関係とはありえないが、果たして彼女は交渉に応じてくれる屍人《しびと》なのだろうか。言葉が交わせる屍人ならば、交渉の窓口を閉じるのは危険ではないのか。いや、話してわかる相手なら、問答無用で殺しにかかってはこない。話せるにしても話せないにしても、交渉のテーブルにつくためにはテーブルを置いてからの必要がある──。

「──？　あの……」

「レム、お願い」

思考をスパークさせるスバルの横で、レムの疑問をエミリアが制する。

先ほどと同じ流れで、しかし、ここから先はそれとは違った展開に持ち込まなくてはならない。順番に、何をしたのかを頭の中で整理し、『死』という結末に辿《たど》り着いてしまうレールを外れるため、必要な分岐点を変える。

そのために──、

「──ユリウス！　外だ！　エミリアもきてくれ！」

「承知した！」

「ええ！　わかったわ！」

窓の外、来たるべき『死』の先触れたる少女の姿が掠《かす》めた瞬間、スバルは窓に飛びついて、背後のエミリアとユリウスの二人に声をかけた。

躊躇《ためら》わず、ユリウスの剣撃が連環竜車の壁を断ち切り、蹴倒される壁に合わせて、スバルたちが外へ。そのまま、『風除《かぜよ》けの加護』の範囲外に逃れる前に叫ぶ。

「──レム！　頼みがある！」

4

長い足が一閃《いっせん》、蹴撃が偽リューズを地上へ叩《たた》き落とし、その性質を変化させる大地が屍《し》人《びと》の体を受け止め、またしても土布団がその全身を拘束した。

「抵抗は推奨しない。この忠告が聞けないならば、生者と死者の区別なく、あなたを『敵』として扱わせてもらおう」

拘束された偽リューズが、剣を突き付けるユリウスを無感情に見上げる。

先ほどと同じ展開だが、違っているのはすでに同伴しているエミリアの存在だ。

「リューズさん、じゃないのよね？」

「見てくれはそっくりだけど、リューズさんでもピコたちでもない。それよりも、もっと大物がくるんだ！　深呼吸して備えてて、エミリアたん！」

そう言って、スバルは自分を抱きかかえてくれていたエミリアの腕から飛び降り、驚く彼女に頷《うなず》きかけて、偽リューズを拘束するユリウスへと駆け寄った。

「よくやってくれた！　でも、まだ続きがある！　空の向こうからすげぇ一発がぶち込まれるんだ！　それを止めないとみんなヤバい！」

「空から？」

「エミリアたんにも深呼吸してもらってる！」

細かい事情をすっ飛ばし、スバルが後ろのエミリアを指差す。

その先で、エミリアは大きく腕を広げながら、ゆっくり深く長く呼吸をしていた。集中力を高め、このあとの展開に備えてくれている。

その様子にユリウスも頷くと、彼の周囲に六色の準精霊が渦を巻く。

「──。あなたは」

てきぱきと二人に指示するスバルに、拘束中の偽リューズの視線が疑念を帯びた。

今のやり取りで、彼女も自分の動きの頭を押さえられた原因が、スバルにあるのだと早々に理解しただろう。だが、偽リューズの驚きはそれで終わらせない。

「バルガ・クロムウェル。──それが、お前の作戦参謀の名前だろ？」

片目をつむり、スバルは偽リューズに魂胆は見えていると伝えてやる。

実際には、偽リューズの魂胆どころか、バルガ・クロムウェルが何者なのかすらわかっていないのだが、それをおくびにも出さないのがハッタリのテクニックだ。

まんまと偽リューズ本人から聞いた情報で、偽リューズを驚愕《きょうがく》させる。

事実、これまで表情の変わらなかった偽リューズが頬《ほお》を硬くし、それまで以上に目力の強い眼差《まなざ》しをスバルに向けていた。

「注意すべきはあの魔法使いと精霊だと思っていましたが、あなたも要・注目です」

「……策は見抜かれてんだ。潔く諦めても」

いいんだぞ、とスバルは通用する望み薄のハッタリを続けようとした。しかし、そのハッタリを聞かせる前に、偽リューズはその黄金の瞳《ひとみ》を細め、

「バルガの策は、見抜かれても止めようがないものですよ」

「──スバル!!」

瞬間、あの白い光が空の彼方《かなた》から迫り、スバルたちを目掛けて──否《いな》、違う。

迫ってくる『死』の光、それがスバルを消し飛ばす前に、手を伸ばしたエミリアの足下に引き倒される。その眼前、偽リューズが白光に呑《の》まれ、消えた。

おそらく、これまでもそうだったのだ。

この白い光はスバルたちではなく、偽リューズを狙い、放たれたものだ。彼女の存在が白光を照準するマーカーとなり、着弾の余波でスバルたちは消し飛んでいた。

敵中に乗り込み、圧倒的な威力の砲撃の生きた照準になる。──否、死んでいるのだから死んだ照準か。いずれにせよ、発案者は完全にイカれている。

「バルガ・クロムウェルってやつの馬鹿野郎──!!」

「アル・クラウゼリア!!」

スバルの心からの叫びに、光へと剣先を向けたユリウスの詠唱が呼応する。

生み出される虹色の極光、その輝きが壁となって白い光とぶつかり合い、エミリアが作り出した複数枚の氷の障壁、それが光に砕《くだ》かれるのを寸前で引き止める。

破壊の白光と、極光を纏《まと》った守護の氷壁。

準備不足で当たるしかなかった前回と違い、白光に対して力を練る時間はあった。それが先ほどと比べ、エミリアとユリウスが抗《あらが》えている理由だ。

だが、それでも――、

「う、やあああ――っ！」「ぐ、く……っ」

声に必死さを滲《にじ》ませ、エミリアとユリウスが白光へと抗う。

だが、この二人が二人がかりで押しのけられないなんて、どんな威力のものなのか。この場面で何もできないスバルは、踏ん張るエミリアの背中を支えるだけだ。

「頑張れ！　二人とも、頑張ってくれ！」

ぎゅっと奥歯を噛《か》んで、物理的な支援のできないスバルが精神論を叫ぶ。

それで二人が奮起してくれて、白光を完全に消し飛ばせる力が湧き上がってくれたらいいが、物事はそううまくは働かない。

どんな事態であっても、虚空から唐突に救いの手が差し出されることはないのだ。

どれだけ祈っても願っても、配られていないカードは勝負に使えない。

だから――、

「――よく僕を呼んでくれたわ、偉い偉い」

そう、切迫した状況と対照的な呑気《のんき》な声がして、スバルは息を詰める。

誰かが隣を歩いて抜ける。そのとき、相手はスバルの頭を大きな手で撫《な》でると、まるで散歩するみたいな気安い様子でエミリアとユリウスの前に出た。

二人も、そのいきなりな相手の行動に驚くが――、

「ここが死穴や」

言うが早いか、三人の前に進み出た人物が袖から腕を抜き、白光へと突き込む。

全てを呑《の》み込み、塵《ちり》に変える力を秘めた光だ。エミリアやユリウスが必死に障壁で押しとどめる向こう側にいけば、その腕も塵と化すだろう。

と、そう思われたのだが。

「嘘《うそ》……」

ふっと、吐息のような声を漏らし、エミリアが紫紺の瞳《ひとみ》を見開いた。

彼女のその美しい眼《め》に映り込むのは、目前まで迫っていた白い『死』ではなく、それが跡形もなく消え去り、光の形に抉《えぐ》られた厚い雲のかかる夜の空だった。

「――――」

同じものを目の当たりにして、スバルも、ユリウスも声を失う。

光とぶつかり合った極光を纏《まと》った氷壁も消失し、自らを的にさせた偽リューズが光に消えた以上、そこにはもはや何もなく――、

「青鬼の子ぉが呼んでくれたおかげやね。三人ともよう頑張ったわ。飴《あめ》ちゃんあげよか」

言いながら、圧倒的な『死』をその手で掻《か》き消した狼人《おおかみびと》――都市国家最強が振り向き、呆気《あっけ》に取られるスバルたちに笑いかける。

そのまま、ごそごそと彼は懐を手で探り、煙管《きせる》をくわえたまま首を傾《かし》げ、

「あ、僕、飴ちゃん持ってへんかったわ」

と、何も持たない手をひらひら振って、脱力したスバルに尻餅をつかせたのだった。

第三章　『二つの光』

1

「──敵の正体がわかった。かつて、王国の『亜人戦争』で猛威を振るった『魔女』の出来損ない……スピンクスという名の、最悪の怪物だ」

再び連環竜車で開かれる緊急会議の場で、戦場から急ぎ舞い戻ったロズワールが、一堂に会した面々を見回し、そう説明した。

スピンクス。それが、スバルたちが相対した偽リューズの名前であり──、

「……『亜人戦争』、か」

ロズワールの説明に、スバルは苦々しい気持ちでその単語を口にする。

たびたび話題に挙がることがある『亜人戦争』だが、それはあくまで内戦の舞台となったルグニカ王国でのこと。まさか、ヴォラキア帝国でまでそれを聞くことになるとは。

「当時の亜人側で最も警戒すべき三人の指導者、その一人がスピンクスだったはずだ。その魔法への造詣の深さは、『亜人戦争』の悲惨さを一段も二段も引き上げたと聞く」

「私も、王国史を勉強してて見かけた名前だったと思う。それと、スバルが言ってた名前

……バルガ・クロムウェルも、そうよね？」

「――。ええ。その名前の人物も、警戒された一人の名前と一致します」

実際に偽リューズ――スピンクスと対面し、その脅威を味わったエミリアとユリウスが、その場で聞かれたもう一人の名前についても言及する。

二人からしてみれば、スバルが突然にその名前を出したという印象だろうが、その後のスピンクスの反応から、彼女とその名前の人物が無関係でないとわかってくれている。

もっとも、スバル自身はその名前が、『亜人戦争』の関係者とは知らなかったが。

「つまり、敵はスピンクスとバルガ・クロムウェルって奴《やつ》で、『亜人戦争』で暴れた奴らが帝国でも暴れてた？　わけがわからねぇな……」

「その『亜人戦争』も四十年以上前のことやもんね。ウチも王国史の勉強はしたし、内戦のときの亜人側の主張も知っとるけど……この状況とはそぐわん気ぃするわ」

「だよな。なんにせよ、ベア子たちが無事でよかったけど……」

「それはベティーの言い分かしら。戻ってくるまで気が気でなかったのよ」

腕に抱き着いているベアトリス、彼女の様子にスバルも安堵《あんど》し、その頭を撫《な》でた。

文字通り、飛んで戻ったベアトリスは、竜車を襲った危機の話を聞いて、じーっとスバルの傍《そば》を離れない覚悟を決めたようだ。スバルも、戦場にいかせるのは断腸の思いだったので、ベアトリスの可愛《かわい》い覚悟を受け止める所存である。

ともあれ――、

「ひとまず、相手の切り札一枚はナツキさんたちが未然に防ぐことができました。強敵だっただろうスピンクスが、早々に脱落してくれたことも朗報と言えるかもですが……」

「悪《わり》ィんだがよォ、オットー兄《あに》ィ。実ァ、そォとも言い切れッねェんだ」

「え？」

腕を組んだガーフィールに歯切れ悪く告げられ、オットーが目を丸くする。

ベアトリスたちと共に戦場から戻ったガーフィールは、その鋭い牙を噛《か》み鳴らし、

「そのスピンクスって奴《やつ》ァ、俺様とベアトリスたちの前にも出てッきやがった。あの面構えだ。ふざけんじゃァねェよってムカついたんだが……」

「リューズさんと同じ顔だもの。ガーフィールにとってはすごーく辛《つら》かったはずよ」

「けど、面が似てよォが婆《ばあ》ちゃんじゃねェもんは婆ちゃんじゃねェ。だから、やり合うのも何の躊躇《ちゅうちょ》もッなかった。問題ァ、そのあとだ」

「そのあと？」

首を傾《かし》げたエミリアに、ガーフィールは深々と頷《うなず》いて、続けた。

「——俺様たちァ、間違いなくスピンクスを仕留めッたんだよ。目の前で粉々になんのも見届けて、『リギリギの抱え落ち』ってとこまで確かめッてんだ。それが……」

「スピンクスの狙い、そのものだったかしら」

ガーフィールの結論を引き継ぎ、ベアトリスが強くスバルの腕を抱く。そこから伝わる切実な震えは、それだけ敵の狙いがベアトリスにとってショックだった証《あかし》だ。

そのベアトリスに代わり、ロズワールが「結論を言おう」と続ける。

「スピンクスは私たちの前で確かに死亡し、立て続けにスバルくんたちの前でも同じく死亡した。このことから推測できるのは単純明快……スピンクスは複数回死亡し、そのたびにゾンビとして復活できるということだ」

「な……っ」

「最悪に最悪を重ねるなら、死んで蘇《よみがえ》った次のゾンビは、直前の自分の死や、そう至らしめた原因も把握している状況と言えるだろう。つまり、連環竜車を吹き飛ばそうとした策を止めた要因、それがスバルくんやハリベル殿であることは把握されている」

あくまで推測と、そう付け加えたロズワールの思案は恐るべきものだった。

だが、頷ける部分も多い。あの、破壊的な光が降り注ぐ中、自らも塵《ちり》と化す一撃に晒《さら》されながら、スピンクスは微塵《みじん》も取り乱していなかった。

自分の死を目の前にしていながら、動じない人間というのもいることはいる。

しかし、スピンクスのそれが、『死』を『死』だと思っていなかったが故のものだったとすれば、不思議とスバルには腑《ふ》に落ちるのだ。

「でも、それじゃまるで……」

――『死に戻り』だと、口には出さなかったがスバルはそう思った。

自分の命さえ、武器として用いる破滅的な攻撃。構造的に異なるのは、死んだ事実自体は消えないこと。そう考えるとむしろ、スバルの『死に戻り』よりも、かつて戦ったペテルギウスの『憑依《ひょうい》』と厄介さは近いかもしれない。

「倒しても倒しても、か」

一瞬、そう呟《つぶや》いたユリウスとスバルの視線が交差する。

どうやらユリウスも、スピンクスの厄介さでかつての敵を思い出したらしい。ペテルギウスの『憑依』と異なるこれを、あえて『死に逃げ』と名付けておくが――、

「何べん倒しても倒し切れないってんなら、そういう奴《やつ》の倒し方は決まってる。相手の残機がなくなるまで倒し続ける、これだ」

「ざんき？　ええと、それって……」

「復活できる残りの回数ってこと。どんなにヤバい相手でも、無制限にいくらでも蘇《よみがえ》れるなんてありえねぇ。絶対に限界はある。だろ？」

自分を棚に上げるようで恐縮だが、残機とはどこかで尽きるものだ。それが尽きるまでスピンクスを倒せば、あの涼しい顔も余裕を保てなくなるはず。

「だから、凹《へこ》みっ放しでいる必要はねぇってことだ。それよりも、相手の鼻っ柱をへし折ってやったことを喜ぼうぜ。レム！　ありがとな！」

「――！　わ、私はあなたに言われた通りにしただけですから」

突然話を振られ、所在なさげにしていたレムがぶんぶんと首を横に振る。が、そんな彼女の返答に、スバルは「謙遜するなよ」と頷《うなず》きかけた。

「レムがハリベルさんを呼んでくれなきゃ、今頃は俺もエミリアたんもユリウスも、連環

竜車もまとめて塵《ちり》になってたとこだ。もしそうなってたら、俺を失った未亡人のベア子が永遠に俺を弔い続ける尼さんになるとこだったぜ」

「考えたくもないから考えないようにしてた最悪の可能性をあっさり言うんじゃないのよ！　ベティーを残して死んだら、本当にその『アマさん』になるかしら！」

「ん、そうよね。ベアトリスが『アマさん』にならなくて済んだのも、私たちがこうして元気に話せてるのもレムのおかげ。ありがとう」

「……わかり、ました。そう思っておきます」

半泣きのベアトリスと微笑《ほほえ》むエミリアに、レムはどことなく遠慮がちに頷いた。

その、エミリアとベアトリスとレム、三者が揃《そろ》っている様子に改めて胸に込み上げるものを感じながら、スバルは視線を佇《たたず》む長身に向けて、

「もちろん、ハリベルさんもありがとな。正直、あれをどうにかできるか完全にハリベルさんのネームバリューを当てにしただけだったんだけど……」

「正直もんやねえ。実際、僕も青鬼の子ぉに呼ばれて出てって驚いたわ。あれ、知らんでいたら僕も死んでたんちゃう？　むしろ、おかげで命拾いした気分やん」

そうカラカラと笑い、やってのけた功績と見合わない態度でいるハリベル。

その呑気《のんき》な口調は緊張感を欠くが、彼なしではスバルたちの全滅は免れなかった。二度目で彼を呼ぶという選択肢を取れたのはスバルの好判断だったが、そもそも彼がいなかったらと思うと、心の底から都市国家最強様々である。

「あないなこと言うてるけど、実際のとこどうやったん？」

「ん、私とユリウスもうんと頑張ったけど、やっぱりあとちょっと足りなかったと思う。アナスタシアさんがハリベルさんを味方にしてくれてて、すごーくよかった」

「そかそか。そしたら、ウチも大枚はたいて引っ張ってきた甲斐《かい》があったわ」

ひそひそと、エミリアとアナスタシアも緊張感に欠けるハリベルを再評価しており、とにかく全員が最善手を取ってくれたからこそ、反省会もできている。

それがスバルの、直前のとんでもない攻防における収穫であり――、

「ってのが、さっきのドタバタの顛末《てんまつ》。早い話、俺たち全員の頑張りで命拾いだぜ。当たり前だけど、言うべきことがあるよな？」

「大儀であった」

「この野郎……！」

と、ここまでの報告を大人しく聞いていた皇帝、アベルからのありがたいねぎらいの言葉に、ナツキ・スバルは熱く拳を震わせたのだった。

2

当然ながら、連環竜車を襲ったスピンクスの『死に逃げ』作戦は、そうと知らない間に当事者にされた帝国首脳陣にも共有された。

いったいどれだけの危機だったのか、情感たっぷりに話して聞かせたのだが――、

「それを大儀の一言で片付けられちゃな……」

「何を言おうか、ナツキ殿！　閣下からのねぎらいの言葉に勝る褒賞を求めるとは！　閣下の治める帝国臣民として恥を知るがいい!!」

「ゴズさん！　間違わないで！　スバルは帝国の子じゃなくて、私たちと同じ王国の子なんだから！」

「エミリア、またつられて声が大きくなってるのよ」

ゴズにつられて声が大きくなるエミリアの感謝ならまだしも、忠誠心ＭＡＸな帝国兵と違い、アベルのねぎらいの言葉ではスバルにはご褒美不足だった。

「現状、帝都を追われ、態勢を立て直す道程だ。働きに見合った褒賞を求められようと空手形は切れん。故に、言葉以外にかけるものはない」

「財布が空だなんて堂々と言いやがって……！　うわーん、アナスタシアさーん！」

「はいはい、そないに悔しがらんでもええて。ちゃんと、ユリウスとエミリアさんらの頑張りの分はウチが帝国からふんだくったるから」

「やったー！　ぼったくってくれ！」

泣きついたアナスタシアの頼もしさにスバルが諸手《もろて》を上げ、アベルが渋い顔をしてから嘆息。そして、彼は「それで」と話題を引き戻し、

「件《くだん》の屍人《しびと》……スピンクスなるものが、此度《こたび》の『大災』の中心だと？」

「少なくとも、こーぉれだけ大勢のゾンビを蘇《よみがえ》らせる術式は彼女が組んだものでしょう。既存の術式の改変と改良、あの出来損ないのやりそうなことです」

「ロズワール、嫌いな相手なのはわかるけど、嫌な言葉を使いすぎないで」

アベルに応じたロズワール、その発言にエミリアが微《かす》かに眉を立てた。彼女は優しい紫紺の瞳《ひとみ》を厳しくして、ロズワールをじっと見つめると、

「私たちは悪口の言い合いがしたいんじゃないでしょ？　せっかくいいことをしても、嫌なことをずっと言ってたら、誰もホントの気持ちを聞いてくれなくなっちゃうわ」

「──。ええ、肝に銘じておきます」

「ん、お願いね」

微笑《ほほえ》むエミリアの言い分に、素直に頭を下げたロズワールが苦笑する。

その性根の優しさは変わらないままに、エミリアの考え方は洗練されていくとスバルは感じた。同じものを、ロズワールも感じてくれたならいい。

と、そんなスバルの考えを余所《よそ》に──、

「スピンクスは王国の内戦時にも暴れたと聞く。その顛末《てんまつ》はどうなった」

「王国の記録では、スピンクスとバルガ・クロムウェル、そしてリブレ・フエルミの三名はいずれも内戦の決着前に討たれたと。この三人を失ったことが、内戦における亜人側の劣勢を決定付けた……そう、記憶しています」

「なるほど。──だが、何の理由もなしに土から屍人《しびと》が生えるはずもない。奴《やつ》らが屍人と

なって帝国の大地を荒らすのは、貴様ら王国の手落ちではないのか？」

「おやおや、ヴィンセント皇帝閣下ともあろう方がおかしなことを仰《おつしや》いますねーぇ」

片目をつむったアベルの問いに、ロズワールが笑みを浮かべて肩をすくめた。

「件《くだん》の輩《やから》の考えの深奥まではわかりませんが、敗戦の記憶がある王国ではなく、帝国に災いをもたらしている時点で当時とは別の思惑があるのは明白でしょう。この四十年間の沈黙を思えば、王国の記録が間違っていると考えるのも現実的ではない」

そうつらつらと語った上で、ロズワールは「もっとも」と外を示していた手を戻し、戻した手の指を一本立てると、

「もしも『亜人戦争』に直接参戦し、スピンクスを討つ機会を目前にしながらそれをしくじったものがいるなら、閣下の仰る通り、責めを負うべきと思いますがねーぇ」

「下らぬな。四十年前の王国の内戦に参加し、そこで戦局を決定付けた老兵に事の是非を問うなどと、議論する価値もない」

「ま、そりゃそうだ。ひとまず、お前がそこまで遡って無理難題を言わない奴でホッとした……うん？　どうした、ベア子、ぶちゃいくな顔して」

「……いつでも、ベティーは愛くるしいかしら」

牽制《けんせい》し合うロズワールとアベル、二人のやり取りの傍《かたわ》ら、何故《なぜ》かベアトリスが憮然《ぶぜん》とした顔をしていた。たぶん、ベアトリスのこの顔はロズワール絡みだと思うが、スバルには彼の発言のどこが引っかかったのか、それは読み解けなかった。

「それで、他にわかったことは。あれだけ大見得《おおみえ》を切って飛び出して、竜車に残っていたのと同じでは成果とは言えんぞ」

「言っておくけど、大見得を切ったのはベティーたちじゃなくスバルなのよ。でも、スバルの切った大見得の責任を取るのもベティーの務めかしら」

「無論、収穫はありましたとーぉも。ゾンビの特性というほどではありませんが、いくつかわかったことがありましたのでねーぇ」

アベルに問われ、ベアトリスとロズワールが頼もしくそう応じる。

その二人に「さすがだな」とスバルは指を鳴らして、

「で、で？　ゾンビの弱点がわかったとか？　もしそれがわかったら、スピンクスがまた出てきても怖がる必要なくなるぜ」

「ナツキさん、高望みしすぎないでください。いくら何でも、そこまでの成果は……」

「お前はベティーたちを舐《な》めすぎてるのよ。ちゃんとわかったかしら」

「うええ⁉」「マジで⁉」

胸を張り、ドヤっとした顔をするベアトリスの言葉にスバルとオットーが仰天。その反応に気をよくしたベアトリスは「もちろんなのよ」と笑い、

「ヒントになったのは、ガーフィールの勘だったかしら。ベティーたちより先に戦場で暴れてたガーフィールは、ちゃんと違和感に気付いてたのよ」

「つっても、ベアトリスたちがこなきゃどォにもなんねェ引っかかりだったけどなァ」

「直感に優れた君が自分の直感を信じないのは、実に宝の持ち腐れだと思うがね。……おや？　私としては褒めたつもりだったんだが……」

「褒めッられてよォがけなされッてよォが嬉《うれ》しくねェんだよ」

舌を出したガーフィールの反発に、ロズワールは片目をつむって肩をすくめる。

その、二人のいつもの仲違《なかたが》いは余所《よそ》に、ベアトリスは続ける。

「ガーフィールの気付いた違和感は、ゾンビの耐久力の違いだったかしら。矢の一本で倒れるゾンビもいれば、矢が十本刺さっても元気なゾンビもいた。その違いなのよ」

「でも、それって『ぞんび』の強さが違うからとかじゃないの？　私の方がスバルより力持ちだから、そういう違いとか」

「そうじゃなかったかしら。スバルとアナスタシアぐらいの違いの話なのよ」

「ウチと比べるんは、さすがにナツキくんも可哀想《かわいそう》なんちゃうかなぁ」

やんわりとアナスタシアがフォローしてくれるが、縮んだスバルでは説得力がない。

しかし、ベアトリスの言った違和感は確かに気になるところだ。そして、その違和感の正体をベアトリスとロズワールは解き明かしたのだと。

「結論を述べよ。何が屍人《しびと》共の間での違いを生んでいた？」

「──虫かしら」

「虫……？」

アベルの問いへの答え、その内容にスバルが眉を顰《ひそ》める。

すると、ベアトリスがロズワールの方に視線を向け、頷《うなず》きかけた。その合図に、ロズワールは自分の懐から何かを取り出すと、

「皆さん、十分ご注意を。凍らせて活動を停止させていますが、氷が割れたらここにゾンビが生まれると推測されますのでねーぇ」

「何言って……おいおいおい、なんだそれ⁉」

「ベアトリスが言ったろう？　虫だよ。あえて呼ぶなら、『核虫』といったところか」

そう述べたロズワールの手の中、指と指の間に摘《つ》まれているのは小さな氷の塊で、硬貨ほどの大きさの氷の中に、赤く丸いものが入っている。

よくよく近付いてみれば、それが芋虫のような小さな丸い虫だとわかって――。

「この核虫が、いずれのゾンビの体内にも潜んでいる。そして、この虫こそがゾンビの生命線……まさしく核だと言い換えていいだろう」

「虫が核って、それはつまり……」

「――なるほど。つまり、ガーフィールの違和感の正体は、矢がどの段階でゾンビの体内の核虫を殺したかの違い、ということですね」

虫のインパクトに驚きが消えないスバルを余所《よそ》に、ユリウスがそう納得する。

そのユリウスの言葉を聞いて、他のものも合点がいったと理解に到達していった。もちろん、スバルもようやく虫の存在の意図を察したが――、

「じゃあ、その核虫がゾンビの心臓ってことか」

「術式の解明はこれから進めることになるが、この核虫がゾンビとする対象の情報を獲得し、土で器を作って元の姿を再現している……それが私たちの結論だ」

「なのよ」

ロズワールの結論に、ベアトリスも異論はないと頷く。

が、二人の出したその結論に、スバルの方は開いた口が塞がらない。

魔法でゾンビを作り出しているというなら、ファンタジー的な感覚で納得もできる。しかし、魔法の虫がゾンビを作り出しているとなると、嫌悪感の方が勝った。

「けど、よくやってくれたぜ！　さすが、俺のベア子だ」

「当然かしら。これがスバルのパートナーの実力なのよ。ほんのちょっと、スバルと苦難を共にしただけの鹿娘とは違うかしら」

「ぷりぷりしないでタンザとも仲良くしようよ!?　嫌なこと言わないようにしようってエミリアたんも言ってたじゃん！」

変なところで対抗心を発揮するベアトリスを宥《なだ》め、それからスバルは機嫌直しに撫《な》でくり百回を約束し、改めてアベルたちの方を見た。

こちらを見返してくるアベルに、「どーだ」とスバルは胸を張って、

「これが俺の頼もしい仲間たちだぜ。大口叩《たた》かれた甲斐《かい》があっただろ」

「先の竜車への攻撃を防いだ功績も認めている。貴様こそ、何ゆえにそこまで俺に勝ち誇らねば気が済まぬ。成果は目で見れば十分に知れようが」

「へ、何を言われても負け惜しみにしか聞こえねぇぜ。今は気分がいいからな」

不愉快そうなアベルの返事に、スバルは上機嫌にそう鼻を鳴らした。その態度を、エミリアには「めっ」と怒られてしまったが、本心は偽れない。

すると、そのスバルたちの成果に焦りを覚えたのか、帝国首脳陣——ベルステツやセリーナが何事か言葉を交わし、それからアベルの方が窺《うかが》われ、

「閣下、王国の方々……我が友人であるメイザース辺境伯たちがあれほどの成果を示した以上、こちらも有益な情報がなければ面目が立たないのでは？」

「ドラクロイ上級伯、貴様は何ゆえに愉快げだ？」

「愉快げ、ですか。申し訳ありません、閣下。もしかすると、帝国の威信を示さねば面目が立たない状態に、帝国貴族としての矜持《きょうじ》が昂《たかぶ》っているのかもしれません」

自分の豊かな胸に手を当てて、そう答えるセリーナの顔の白い傷が歪《ゆが》む。

表情こそ笑っていないが、彼女の声の調子と目の色はかなり上機嫌だ。決して優勢とは言えない状況で、皇帝相手にあの調子は並大抵の精神力ではない。

「もしかして、セリーナさんって結構ヤバい人？」

「やべェかどォかは知らねェけど、ロズワールのダチだってよォ」

あまり接点のなかったセリーナだが、その情報だけで「あ〜」と納得してしまった。

しかし、ロズワールとセリーナの友人関係が、エミリアたちが帝国にくるのを手助けしたのだとすると、友達を選べなんてスバルの口からは言えなかった。

ただ、セリーナのアベルへの態度を見ていると、王選の場で賢人会相手にふてぶてしかったロズワールが思い出され、二人の友人関係にも納得の一言だ。

「今やから言えるけど、あのときはナツキくんも相当やったえ？」

「聞こえない聞こえない聞こえない……」

アナスタシアの生温かい眼差《まなざ》しに、スバルは耳を塞いで拒絶の一手。その向こうでは、畏《おそ》れ多くも皇帝閣下に生温かい目を向けるセリーナが、何やら説得を続けている。

「いずれにせよ、閣下も有用とはお思いでしょう。だからこそ、あれらを傍《そば》に置いていた側面もあると、私のような女は勘繰ってしまうのですが」

「やめよ。そこまで悪辣に言葉を尽くさずとも、俺とてわかっている」

鼻を鳴らし、アベルはセリーナの眼差しを手で遮った。それから彼はいくらかあった思案の色を消すと、セリーナに促されていた何かを明かす。

それは——、

「——この『大災』と対峙《たいじ》するにあたり、有用かどうかを議論するに値する情報を持ったものがいる。そのものの話も、城塞都市へ到着する前に聞いておく必要があろう」

3

「おーやおや、ようやくお話を聞いてくださる流れになりましたか？　だとしたら、ほかあ嬉《うれ》しいですよ、閣下」

頑丈に施錠された竜車の一室で、その青年は現れたアベルを笑顔で歓迎した。

しかし、人好きのするその笑顔の青年は、全身を鎖でぐるぐる巻きにされ、逃げ出さないよう椅子に縛られている状態で、とても笑える状況には見えなかった。

「おいおい、アベル、これはいくら何でも……」

「必要な措置だ。良くも悪くも、この男を失うことはこちらの損失として大きい。言っておくが、拘束を解けば容易に死ににいくぞ」

「死ににいくなんてとーんでもない！　ぼかぁただ、この『大災』を止めるためにこれまで努めてきたわけで……そのためなら命も惜しくないってだけなんですけどね」

「おおう……」

へらへらと笑いながら、縛られた椅子の上で体を前後に揺する優男。

彼の物言いに只《ただ》ならぬものを感じ、さしものスバルもアベルの言い分が大げさなものではないと信じざるを得なくなった。とはいえ、それを信じたところでだ。

「この、『星詠み』の……ウビルクさんだっけ？　この人が頼りになるって？」

「あーれれ、疑われるなんて心外な……って、よく見たら、あなたはカオスフレームですれ違った王国の『星詠み』さんじゃーないですか！」

「全然違う。あ！　もしかして、あんたか、こいつに俺が『星詠み』だのなんだの吹き込んだのは！　おかげでこいつと殴り合う羽目になったじゃねぇか！」

パッと顔を輝かせた優男——ウビルクの軽はずみな発言にスバルは噛《か》みつく。

スバルとしては、その『星詠み』なんて怪しげな役職扱いされて大迷惑だ。もちろん、『星詠み』がある種の預言者的な役割を担っていた以上、スバルの『死に戻り』が邪推を招いたとはわかるが、それでも迷惑は迷惑。

「俺とあんたは同類じゃない。そこのところよろしく」

「え～？　おかしいですねえ。ぼかぁ、あなたが同類だって聞いてるんですが……」

「それは星から？　だとしたら、アベル、あんまり当てにならねぇぞ、この人」

間違った答えを教える星となると、残念ながら今頼りにするのは避けたいところ。

現時点で重要なのは、些細《ささい》なことでも確かな情報をくれる星なのだ。曖昧な、どうとでも取れるバーナム効果的な予言はお呼びでなかった。

なので、期待外れと早々に背を向けかけたのだが——、

「待った待った待ーってください！　わーかりました！　あなたは『星詠み』じゃーないです！　ぼかぁそれで構いません！」

「引っかかる言い方だけど、そこ訂正しても信頼度が回復するわけじゃ……」

「ぼかぁ、このまま閉じ込められたまーまで構いません。ただ、星の詠んだことだけでも聞いてください。それだけでいいです！」

ぐぐっと身をよじり、ウビルクが目をギラギラさせながらそう訴える。その勢いは、体に巻かれた鎖が強く食い込み、血が容赦なく滲《にじ》むほどだ。

彼は痛みを意に介していない。あるいはもしかすると、それが命であっても。

「アベル、『星詠み』の人たちってのは……」

「その感傷は捨て置け。考慮に値するかどうかは聞いてから判断せよ」

その強すぎる星への執着に、スバルは嫌な既視感を覚えてしまう。だが、アベルはそのスバルの考えには取り合わず、前のめりになるウビルクを見据えた。

アベルの話を聞く姿勢に、ウビルクも身をよじるのをやめ、穏やかな顔で笑う。

「閣下、ご安心を。どれだけ『大災』が強大でも、閣下には星がついてまーすよ」

「いずれのヴィンセント・ヴォラキアが残ろうと、区別を付けぬような酷薄な星がか。笑わせるな。――言え。何を伝える」

「二つ、ございます」

腕を組んだアベルの問いに、ウビルクは短くそう答えた。

その答えに、スバルは「二つ」と口の中で呟《つぶや》き、アベルは無言で先を促す。

当てにしていいものか甚だ不安だが、少なくとも『大災』の到来自体は言い当てたとされる『星詠み』、それが今、揺れる帝国のためにもたらす情報。

それは――、

「『大災』の猛威を覆すための、二つの光です。一つは、王国の『星詠み』……ではない少年が連れた、言葉の通じない少女」

「……なに？」

ちらと視線を向けられ、その先の言葉にスバルは目を凝然と見開いた。

ウビルクの言い分を丸っと信じるのはどうかと思ったばかりだが、それこそ続いた言葉には信じるべき要因があると思えなかった。

だって、今のウビルクの言った条件に該当するのは、一人しかいない。

そして、その衝撃も癒《い》えない束《つか》の間《ま》、ウビルクは続ける。

二つの光と称した片割れを明かしたのと同じ唇で、残されたもう一つの光を。

その、光とは——、

「——この帝国で最も呪いに通じた、九つの頂の一つたる獣人です」

4

地を蹴り、息を切らし、岩肌だらけの山道を強引に突っ切る。

「クソクソクソの、クソったれ共がぁ……！」

吐き捨てる言葉にも勢いが弱く、自分が消耗している自覚はあった。

野を駆けることも、不眠不休で戦い続けることも、この帝国の大地で生きるためには幼少の頃からずっとやっていることではある。

だからと言って、飲まず食わずで十日以上も緊張を強いられるのは別次元だ。

「——ッ」

すん、と鼻腔《びこう》に滑り込む異物の混ざった土の臭いに、猛然と手足を振るう。目で見て、耳で聞いて狙いを付けるような真似《まね》はしない。この鼻で嗅ぎ取ったもので十分に世界は把握できる。敵の位置も数も大体の武装も。

そのせいで、敵が百人単位で自分を取り囲んでいるのもわかって、削っても削ってもどうにもならない事実に鼻が馬鹿になったと思いたくなった。

「こん、クソ野郎共が！」

が、すぐにその思考を吹き飛ばし、携えた武具を土の香りに叩《たた》き付ける。

一体二体三体と、直撃を受けた敵の四肢がバラバラに吹っ飛び、その向こう側にいる相手へも衝撃が貫通、包囲網を無理やり突き破ってそこから飛び出した。

倒しても倒しても、キリがなく湧いてくる顔色の悪い土の人形たち。

出来の悪い悪夢のようなそれは、間違いなく自分の命をつけ狙っていた。

率いていた一軍は壊滅、気付いたときには全てが手遅れで、自分の『将』としての資質を疑いながら、東へ東へと、必死になって走り続けた。

どこと合流しようにも、その道筋だけは完全に塞ぎ続けられ、飲まず食わずにとどまらず、生きた人間との接触も副官と別れたのが最後だ。

せめて、部下たちが少しでも生き残っていてくれていればいいが。

「ちぃ――っ！」

思考が脇に逸《そ》れた瞬間、斬《き》りかかってくる敵の攻撃への反応が遅れた。

肩口を掠《かす》める攻撃を肩当てで防いで、衝撃を逃がすついでに山道の地面を蹴る。狭くて邪魔者の多い道をゆくよりマシと、切り立った崖へ飛び込み、なおも走る。

「──っ、この臭いは……」

土と植物、わずかな花の香りなどに紛《まぎ》れて、鼻腔をくすぐったのは生活臭だ。

一瞬、この生活臭の相手を追っ手との戦いに巻き込むことへの躊躇《ちゅうちょ》が生まれる。が、それを避けて飢えと渇きに自分が倒れるなんて、それが一番間抜けでクソな結末だ。

「……クソ、隠れ里か？」

躊躇を振り切って生活臭を辿《たど》った先、山間に孤立した集落へ入り込む。

帝国では税収逃れに土地を捨てて、野盗になるものや山中や森に隠れ住むものが少なからずいる。この集落も、そうした隠れ里の一個だろう。

本来、帝国の『将』としてはこうした隠れ里の存在は見逃せないのだが──、

「クソ緊急事態だ！　今はいい！　それよりも……」

誰かいないかと集落全体に鼻を利かせ、現在進行形で漂う生活臭の元へ向かう。

そこに居残っている誰かに時間稼ぎを任せ、その間に水と食料で体力を取り戻すのだ。

そう枯れ死寸前の心を奮起させて、臭いを頼りに集落の大きな建物の入口へ。

「オイ！　どこの誰か知らねえが、クソ共の相手に手ぇ貸して──」

──瞬間、こちらを出迎える二陣の風が荒々しく閃《ひらめ》いた。

「クソ危ねえ!!」

とっさに首を、腰を傾けてそれを躱《かわ》し、放たれたのが鋭い斬撃だったと遅れて察知。

助けを求めて飛び込んだ先で、逆に殺されかかったと牙を鳴らし、じっとクソふざけた真似《まね》をした相手を睨《にら》みつけた。

すると――、

「おお？　これはこれは異なことを！　まさか、死人の男か女かと試してみれば、生者が飛び込んでくるとは……赤毛の！　賭けは某《それがし》の勝ちでござんしょうか！」

「うるせえ、黙れ、死ね。勝つとか負けるとか、くだらねえんだよ……」

睨みつけた視界、飛び込んできたのは広い建物の中、置かれた丸いテーブルを囲んだ二人の中年――それも、おびただしい酒気を纏《まと》った男たちだった。

それぞれ、刀と騎士剣を手にした二人、その酔いどれた様子を見ながら、湧き上がってくる怒りが瞬間、空腹も喉の渇きも忘れさせ――、

「てめえら、この帝国の危ねえときにクソ酒浸りになってんじゃねえぞ、クソが!!」

そう、『呪具師』グルービー・ガムレットをひどく真っ当に叫ばせたのだった。

5

酒場には濃厚な酒気と、土の香りが立ち込めていた。

入口の傍《そば》に積み上がっているのは、空にされた酒瓶と酒樽《さかだる》、そして元々は人型をしてい

ただろう、土人形たちの残骸だった。

そのどちらも、積み上げたのは店内で管を巻いている青髪と赤髪の二人の中年――、

「おお？　この御仁、どこぞで見かけた御仁のような……どうか、赤毛の！　知っておられるか、毛玉の御仁ぞ！」

「誰がクソ毛玉だ！　クソふざけたこと言ってんじゃねえぞ！　こっちはずっと飲まず食わずで走りっ放しで、クソ疲れてんだよ……！」

バシバシと自分の太腿《ふともも》を叩《たた》いて、上機嫌に笑う赤ら顔にグルービーが噛《か》みつく。

髪を頭の後ろでまとめた青中年は、そんなグルービーの訴えに「是非もなし是非もなし」と何故《なぜ》かますます楽しそうに笑い始めた。

完全に酒が悪い形で入っていて、青中年は話にならない。もう片方の赤中年の方に目をやると、そちらは静かに椅子に座り、掴《つか》んだ酒瓶を睨みつけていて。

「おい！　そっちのクソ赤毛！　てめえもこのクソ青毛とおんなじ手合いか？」

「――――」

「無視すんな！　クソだんまり決め込んでねえで、こっちを……」

「――うるせえ」

向けと、そう言おうとした直後、返礼の銀閃《ぎんせん》が迸《ほとばし》った。

椅子に腰掛けたまま、グルービーの首目掛けて横一線の斬撃が走る。飛び込んできたときもそうだったが、相手の急所を狙った的確な剣技だった。

もしも相手がグルービーでなければ、致命傷の一手にもなったかもしれないが。

「誰にクソケンカ売ってんだ、てめえ!!」

剣撃を鼻先を掠《かす》めるようにして躱《かわ》し、一歩、詰めた瞬間にグルービーの拳が唸《うな》り、手甲を嵌《は》めた一撃が赤中年の脇腹と接触、衝撃波が赤中年を壁に吹き飛ばした。

「か」と苦鳴をこぼし、赤中年の体が回りながら飛んでいく。受け身も取れずに壁に激突する男、それを尻目にグルービーは縦回転する酒瓶を空中で掴《つか》み取った。

赤中年が飲んでいた酒、それをグルービーは豪快に喉へと流し込む。

「くあっ！　腹がクソ燃える……！　本当に欲しいのは水と食い物なんだが……」

「──お見事お見事！　いやいや、大した腕前でござんすなぁ、毛玉の御仁。赤毛のも相当の実力者のはずが、歯牙にもかけないとは恐れ入った！」

「あぁ？」

壁のところでさかさまになっている赤中年を尻目に、青中年が地べたにどっかりと膝をつくと、参った参ったと言わんばかりに刀を収めてそうのたまう。

赤ら顔で正座した青中年は、抵抗する気はないとその場に深々と頭を下げた。

「大変ご迷惑をおかけした、毛玉の御仁！　某《それがし》たちは流れ者にて、この集落にもふらりと立ち寄った身。しかし、某たちが駆け付けた時点で、すでに村はほれこの通り、土くれの群れに占拠されていて、村人はおらぬ始末というわけでござんす」

「……で、クソなてめえらは仕方ねえから死人が余らせた酒を飲み尽くしてたってか？」

「いやさ、お恥ずかしい話ながらその通り！　飽き足らず、次に戸を潜《くぐ》って現れるのが男と女のどちらの土くれかと、そのような賭け事に興じる始末で」

　へらへらと笑いながら、青中年は有事を有事とも思わぬ賭け事の内容を暴露する。

　馬鹿馬鹿しい内容ではあるが、賭けるのが所有者不在の酒と、自分たちの命であるならグルービーも言うことはない。どこで生きて死ぬのも男たちの勝手だ。

「って言いてえとこだが……クソ気に入らねえ」

「へえ、なんざんしょ」

「てめえ、刀も収めて膝も畳んで、争うつもりはクソありませんって面してやがるが、俺の鼻は誤魔化《ごまか》せねえぞ。……じろじろ殺す隙を探っててんじゃねえよ、クソが」

　そう鼻を鳴らしたグルービーに、青中年が「いやぁ」と困り顔で頬《ほお》を掻《か》く。だが、否定しなかったのは、下手な言い訳がグルービーの逆鱗《げきりん》に触れるとわかったからだろう。

　この青中年、赤中年がやられた直後かその前から、グルービーへの殺意をずっと態度と言葉の裏に隠し続けている。と、その理由を探る途中でふと気付いた。

「……てめえの臭い、クソ覚えがあるな」

　どこかで嗅いだ臭いだと、グルービーは全身の毛を逆立てながら思い出す。

　一度嗅いだ臭いは忘れないなんて言わないが、特徴的な臭いは忘れ難《がた》い。じっとりと殺意を滲《にじ》ませた臭いと合わせ、相手の素性を思い出そうとして——、

「——てめえ、もしかしてクソセシルスのクソ親父《おやじ》か？」

思い当たった記憶を口にして、グルービーはじろりと相手を睨《にら》んだ。

そのグルービーの鋭い眼差《まなざ》しに、青中年は苦々しい顔を浮かべると、

「うひー、思い出されちまってござい」

「クソが！　それがバレたくねえからって俺を殺そうとしてやがったのか！　クソふざけやがって！　大体、てめえはなんで生きてやがる！　セシルスに斬《き》られただろうが！」

「何故《なぜ》と問われ申しても、生きているから生きているとしか言いようが。とはいえ、某《それがし》の生存が知られると、大層都合が悪うござんすが」

いけしゃあしゃあと答える青中年――それは過去に何度か水晶宮《すいしょうきゅう》ですれ違ったことのある、『九神将』の『壱』であるセシルス・セグムントの父親だった。

ただし彼は、もう何年も前に不敬罪を理由に息子に斬られ、死んだとされていたはず。

「手配書が回っている身でして、死んだというのは記憶違いでござんしょう」

「セシルスのクソがしくじると思ってねえってだけだ。剣の腕だけはクソ確かな野郎が、それでしくじったらただのクソになるだろうが。まさか、親だからって手心なんぞ入れたんじゃねえだろうな」

「――そりゃござんせん。あれに親子の情で鈍《にぶ》る剣筋など、ありゃしませんので」

そうはっきりと断言され、グルービーは嚙《か》みつく言葉を引っ込めた。

目の前の青中年と、セシルスとの親子関係はよく知らない。ただ、セシルスをあのセシルスに育てた父親だ。ろくでなしの人でなしなのは想像に難《かた》くない。

父親をぶった斬る腕が鈍らなかったというなら、それもさもありなんというものだ。

「クソ……」

追われ追われて逃げ続け、やっとのことで生きた人間と出くわしたというのに、それが酒浸りの二人組——それも片方は手配犯、もう片方は酒乱ときたものだ。

自分の引きの悪さを呪って、自暴自棄になりたくもなる。

「う、ぐぐ……」

「お、赤毛のも生きてござんすな。毛玉の御仁はお優しい」

「……別に手ぇは抜いてねえよ。あのクソ赤毛がクソ頑丈ってだけだ」

壁際でひっくり返った酒乱の赤中年も、体の中身をぐしゃぐしゃにするつもりのグルービーの一撃に耐えて、逆さの口から溢《あふ》れる自分の嘔吐物《おうとぶつ》で溺れている。

ボロボロのグルービーでも、この赤青二人の中年をぶちのめすのはできるが——、

「……外が、騒がしくなってござんすなぁ」

そう呟《つぶや》いた青中年の言う通り、忌まわしい土の香りが集落に入り込んでいる。

逃げたグルービーを追い詰めるべく、かなりの大人数で隠れ里を取り囲んだようだ。じわじわと迫ってくる包囲網を鼻で嗅ぎ取り、グルービーは苦悩した。

この二人の中年をぶち殺し、力の限りで包囲網を突破し、この酔っ払い共よりはマシな誰かを見つけて、水と食料を腹に入れる時間を作る。

その理想は、果たして現実的だろうかと。それよりも——、

「……クソ野郎、取引だ」

「謹んでお聞きいたしんしょう」

正座した姿勢のまま、刀を脇に置いて神妙にする青中年。

直前まで、同じ姿勢の同じ態度でグルービーを殺そうとしていたくせに、白々しいにもほどがあると言いたいところだが、殺意の臭いは収まっていた。

それを腹立たしく感じながら、グルービーは告げる。

「俺はなんとしても、閣下たちのとこに帰らなきゃならねえ。そのために、クソ共を利用することになってもだ。だから……」

「――――」

「てめえの指名手配だのなんだの、一将の権限で帳消しにしてやる。代わりにてめえは俺に協力して、帝都に戻る手伝いをしやがれ」

これはグルービーにとっても苦肉の策だ。

もしも自分が万全な状態なら、こんな男に頼ろうとは絶対に思わない。だが、意地を張り通して倒れたなら、それで誰が得をする。

「この、わけわからねえ状況を作ったクソ野郎だ」

正直、ヴォラキア帝国を揺るがしているこの内戦には色々と裏を感じている。

自分が帝都から遠ざけられた件に関しても、西側の警戒というもっともらしい理由はあったが、ヴィンセントの他の思惑があったと薄々勘付いていた。

それに唯々諾々と従ったのは、ヴィンセントの判断なら信じていいと思ったから。

そして、自分が信じたことの答えを聞くために、グルービーは戻らなくてはならない。

だから——、

「取引を受けるかどうか、選びやがれ、クソ野郎！」

牙を剥《む》いて吠《ほ》えたグルービー、その前で思案げに青中年が片目をつむる。

心中の読み解けない男の思案、それの答えが出る前に、大きな音を立ててグルービーの背後、酒場の扉が外から打ち壊された。

扉を破った勢いのままに、青白い顔の土人形たちが飛び込んでくる。それらの手が、小柄なグルービーの背に届く寸前——剣閃《けんせん》が走った。

引き抜かれた刀の斬撃が、土人形たちの首を胴を両断し、土くれに変える。

それをした青中年が、抜いた刀を自然な動きで納め、立ち上がった。そのまま、赤ら顔の青中年は自分の無精髭《ぶしょうひげ》の浮いた顎《あご》を撫《な》で、

「手配の帳消しに加え、報奨金はいかほどでござんしょう」

「とことんクソだな、クソ野郎……」

その図々《ずうずう》しい問いかけを答えとして受け取り、グルービーは長く息を吐いた。そうして視界がぐるりと回ったかと思うと、

「クソ」

そう、避け難《がた》い体力の限界に呑《の》まれ、意識は暗い水底へと落ちていったのだった。

「やれやれ、細かい詰めも後回しに居眠りとは、毛玉の御仁もよい性格だ」

その場にぐったりと崩れ落ち、豪快ないびきを漏らし始めた小さな獣人。

ヴォラキア帝国の武の頂の一人、『九神将』のグルービー・ガムレットを見下ろして、赤ら顔をしたロウアン・セグムントは首をひねった。

先の提示された条件、グルービーは口約束だと反故《ほご》にする人物ではないだろう。十分、検討するに値する条件だった。もちろん、逃げ続けることを考えれば、ここで寝入ったグルービーの心の臓を貫き、逃亡生活を続けるだけだが。

「そんな真似《まね》をして、いったい誰の得になるやら。それよりも、某《それがし》にも運が向いてきたと受け止める方が前向きでござんしょうに。——我が人生の第三幕、いよいよ開幕と！」

とはいえ、まずはこの場を生きて出るのが最優先と、酒場の周囲に集まりつつある土くれたちの気配を察しながら、ロウアンはひょいとグルービーを担ぎ上げた。

そしてそのまま、壁際でさかさまの相方——ハインケルを蹴りつける。

「そら、赤毛の、起きた起きた！　事情が変わりござんした！」

「う、ぁ……？」

「置いてゆくのも寝覚めが悪い！　赤毛のも人生どん詰まりなら、ここで某と一太刀逆転に賭けるのも乙というものでござんしょう！」

声高にそう言い募ってやると、嫌々という雰囲気でハインケルの目が開いた。

彼は逆さの視界に飛び込んでくるロウアンと、担がれたグルービーを見やると、軽く足を振って逆さから復帰、すぐに眩暈《めまい》を起こしたみたいにふらついた。

「なんだ……？　気持ち悪ぃ……」

「一将の一発でその答えはかえって大物が過ぎるところ。ささ、ここの酒も飲み尽くした頃合いに、そろそろ某たちも次の地へ流れるときでござんす」

「……その獣人は？　食うのか？」

「食うに困ればいざ知らず、今ひとたびはそのつもりはないということで。然《しか》らば」

吐いた酒で汚れた口元を袖で拭い、ふらつくハインケルの背中を叩《たた》く。それから、今一度グルービーの体を担ぎ直し、ロウアンは振り向いた。

一斉に、土くれ共が酒場の中へと雪崩《なだ》れ込んでくる。それに対し、片手で刀の鯉口《こいぐち》を切りながら、ロウアンは笑い、

「生きて待ってろ、ドラ息子。――天剣へ至るのは、まだ先でござんす」

6

――『大災』の猛威を覆す、二つの光。

それが、鎖で雁字搦《がんじがら》めにされた『星詠み』ウビルクがもたらした予言――否《いな》、彼らが言うところの、天命だった。

ヴォラキア帝国で重宝され、これまでに幾度も起こる出来事を予知的に当ててきたとされる『星詠み』の発言、それがスバルを打った衝撃は大きい。

「……言葉の通じない、女の子」

それが意味するところの一人を思い浮かべ、スバルは息を呑《の》む。

しかし、その真意をスバルが問い質《ただ》そうとするよりも早く、傍《かたわ》らに立っているアベルがウビルクへ冷たい眼差《まなざ》しを向けながら、

「貴様の語った光の一つ、グルービー・ガムレットなら死んだ」

「えっ」

そうはっきりと断言され、ウビルクが目を丸くしてぽかんと口を開ける。

当然だろう。もったいぶって話したお告げの相手が死んだと言われれば、誰でもこんな顔になる。実際、スバルもアベルの断言に驚かされた。

そんなスバルたちの驚きを余所《よそ》に、アベルは腕を組んだまま軽く肩をすくめ、

「大仰に、俺に星がついているなどと語った口から出たのがそれか。いささか以上に肩透かしと言わざるを得んな」

「待て待て待て！　あたかも本当みたいに言うな！　まだ未確認だろうが！」

「たわけ。これだけ合流の兆しがなければ、彼奴《きゃつ》は死んだも同然であろう」

「死んだも同然と死にましたを一緒にするな！　お前、最悪の可能性考える癖がつきすぎて、頭の中で相手を殺しすぎだぞ！」

今ここでウビルクを騙《だま》す理由はないはずなので、スバルは猛然と食って掛かった。

そのスバルとアベルのやり取りに、ウビルクは露骨に安堵《あんど》した様子で吐息し、

「い、生きた心地がしませんでーしたよ。グルービー一将は死んでらっしゃらないと、そう思っていいわけでーすね？」

「すでに連絡が途絶えて久しく、西に割いたはずの一軍の動きはない。指揮していた彼奴の所在も不明となれば、死んだものとして話すのが建設的のはずだがな」

「建設的って何建てるの？　墓場？」

スバルの発言を茶々入れとでも思ったのか、アベルの視線に険がこもる。が、引く理由はない言説だったので、スバルは舌を出して返事とし、ウビルクに振り向いた。

『星詠み』に対する信憑性《しんぴょうせい》、それは相変わらず高いとは言えないが。

「ウビルクさんに星が語りかけてきた段階で、そのグルービーって人は絶対に生きてくれてるの？　だったら、こいつも説得しやすいけど」

「残念でーすが、星からもたらされたのは『大災』へ抗《あらが》う人材の要点だけでして。その方々が生きてる生きてないまでは僕にはわかりかねますねー」

「死したグルービー・ガムレットが持つ、『大災』への対抗策か」

生死は不明、と何度も言ってやるのも面倒で、スバルももう訂正はしなかったが、アベルのこぼした一言はこの先のために大きな意味を持つだろう。

ウビルクの予言を信じることが前提なら、グルービーだけが持っていた特別な何かが、

この災厄を止めるために必要な要素となるはずなのだ。

それに加えて――、

「――ルイ」

ウビルクが語った二つの光、その片方がグルービー・ガムレットという帝国一将のことならば、もう片方が示しているのは彼女のことだった。

この世界でもとびきりレベルの曰《いわ》く付きである彼女が、災厄を退けるのに必要だと。

ルイとグルービー、この二人に共通する何かが、『敵』を倒すのに有効なはずなのだ。

「グルービー・ガムレットは『呪具師』と呼ばれる、魔法と呪術に通じ、それらの技術を組み入れた装具を作る技術を有したものだ」

おそらく、スバルと同じ思考の流れを辿《たど》ったのだろう。

アベルが説明的に明かしたのは、グルービーという人物が持っている固有のスキル。他のものでは代替できない、だからこそ光に選ばれただろう一因だ。

「一将の一人ってことは、もちろん本人も強いんだよな?」

「力量確かであることは間違いない。指揮能力にも秀でた『将』だ。だが、この『星詠み』めが語った条件を踏まえれば、着目すべきは戦士としての腕ではない」

「わかってる。……魔法と呪術、か」

魔法に関しては、ベアトリスとロズワールが成果を挙げてきたばかりだ。

屍人《しびと》たちの体内に潜んだ核虫の存在、それが屍人の生まれるメカニズムの中心になっていることは間違いないと。しかし、ウビルクの口にした光に二人は含まれていない。

つまるところ、注目すべきは優れた魔法使いという点ではなく――、

「「――呪術」」

スバルとアベルが同時に発言し、互いの黒瞳《こくどう》が交錯する。

自分だけでなく、アベルも同じ結論に至ったということがスバルの確信を後押しする。

おおよそ間違いなく、屍人対策にグルービーが選ばれた理由は呪術だ。

「グルービー・ガムレットを除けば、呪術の知識があるのはオルバルト・ダンクルケンぐらいのものか。見識のあるものを集めるのは急務だな。貴様の方は？」

「うちはベア子がちょっと詳しいのと、俺がいまだに呪われてるぐらい。ロズワールとか姉様はどのぐらい詳しいかな……」

「――。一部は聞き流すとして、それらの知見も語らせる必要があろう」

アベルの言う通り、この場にグルービーがいない以上、呪いの知識がある人間を片っ端から集めて、専門家である『呪具師』がくれたはずの知見に辿り着く必要がある。

そう考えるスバルに、「その上で」とアベルが静かに付け加え、

「――あの娘が如何《いか》なる優位を帝国にもたらすか、貴様は答えを持っているのか？」

当然、話題はルイの方にも波及し、アベルの問いかけがスバルへと突き刺さった。

「――」

口を閉じて、スバルはアベルの問いかけへの答えを一拍待たせる。

しかし、一拍はやがて二拍になり三拍になり、それでも明瞭な答えに辿《たど》り着けない。問われていることは明白で、その答えをスバル自身が持っていないことは、悩むまでもなく明らかなことであったのに。

「リンガを分かったあの場で、俺は貴様に言ったな。――大罪司教と思《おぼ》しき相手を即座に処刑せよと、そのように告げるつもりはないと」

その、押し黙ったスバルに代わるように、アベルがルイの話題を押し進める。

あのみっともない殴り合いの中で、確かにルイについて言及する一幕があった。そこでは確かに、アベルはルイの正体を理由に罰しはしないと言ったが――、

「その考えは今も変わってはおらぬ。――あの娘を如何《いか》なるものとして定義するか、それをすべきは俺ではなく、貴様であるからだ」

「……俺が、ルイを定義する？」

「あの娘の行いと深く関わっているのは、俺ではなく貴様の方だ。あの娘が運命を委ねるとしても、それは俺ではなく、貴様を望もう」

喉の渇きを覚えるスバルにそう告げ、アベルはウビルクに振り向いた。

「貴様が星から伝え聞いた内容に誤りはないな？　『大災』と対抗するためには、此奴《きやつ》の連れていた娘の存在が鍵となると」

「――。ええ、僕の話は変わりまーせん。グルービー一将と同じく、その子の何を星が認めたのか、そーれはわかりませんが」

肩をすくめたウビルクが鎖を鳴らし、金属音がスバルの心を惑わせる。

そうして、その懊悩《おうのう》に胸を痛めるスバルに、他者の痛みを理解しようと振る舞わない皇帝は、一切の容赦なく告げる。

「疾《と》く、結論へ至るがいい。あのリンガの味と、貴様の大言が嘘《うそ》でないならば」

7

「――スバル、聞きたい話は聞けたの？」

ウビルクの囚《とら》われた客室を出たところで、心配げに待っていたエミリアに出迎えられる。

一応、『星詠み』の存在はヴォラキア帝国の秘匿情報に当たるとのことで、スバル以外の王国の人間は同席が許されなかったのだ。

スバルはすでにウビルクと面識があったのと、アベル的にも『星詠み』の話は聞かせるべきだと、そう判断してくれたということだったのだろう。

「聞けたと言えば聞けたし、聞けなかったと言えば聞けなかったけど……」

「……要領を得ない答えなのよ。ただの時間の無駄だったってことかしら？」

「ではない、と思う」

どうしても歯切れの悪くなるスバルに、とてとてとやってきて手を握ったベアトリスも眉を顰《ひそ》める。しかし、そのベアトリスもエミリアも、居合わせるオットーやガーフィールも、スバルの答えを急《せ》かそうとはしてこない。

その思いやりが帝国人とは違うなとぼんやり感じながら、懐かしくて温かい彼らの気遣いに甘えてしまいたくなる。

でも――、

「――それじゃ、ダメだ」

いつまでも、顔を背けたままでいることはできない。

不誠実という以上に、事態は差し迫ったところへきてしまったのだ。何より、なあなあを許してくれる人たちの前を離れたとき、一番苦しむのはスバルではない。

だから――、

「みんな、帝国のためにも、ちゃんと話し合っておきたいことがあるんだ」

「みんなで、話し合っておきたいこと？」

「ああ」

聞き返したエミリアに頷《うなず》いて、スバルは深々と息を吸った。

ここのみんなにも、あるいはこの場にいないスバルの大事に思える人たちにも、決して避けては通ることのできない、避けてはいけない話題。

それは――、

「――『暴食《ぼうしょく》』の大罪司教、ルイ・アルネブのことを、ちゃんと話そう」

第四章　『ルイ』

1

「――村長くん、ちょっといいかい？」

そう背中から声をかけられ、ヴィンセント・ヴォラキアは足を止めた。

振り向く前から、声の相手はわかっている。一度聞いた声や、目にした相手のことは忘れない。これもすぐ、金髪に青い目をした行商人――フロップ・オコーネルとわかった。

「生憎《あいにく》、今は帝国存亡の危機だ。貴様の雑話にかまけている時間はない」

わかったが、わかった上でヴィンセントは取り合わない。

今しがた受け取った『星詠み』ウビルクの託宣、その扱いについてベルステツやセリーナたちと協議しなくてはならない。

敵への対抗策になると指名されたグルービーだが、死んでいる可能性が高い以上、それを当てにした計画を立てるなどと愚の骨頂だ。その点、指名されたもう一人の説得に向かったナツキ・スバルに期待する方が、まだマシな愚考と言えるだろう。

故に、ヴィンセントは現実的な策の検討を積み重ねるのみ――、

「おっとっと、いくら賢い村長くんでも、これがただの雑話で終わるかどうかは話してみなくちゃわからないことじゃないかな！」

「貴様……」

そのヴィンセントの肩を掴《つか》んで、フロップがこちらを引き止めてくる。場が場なら、即座に首を刎《は》ねられかねない暴挙、浅慮の極みである。

「今すぐ放せ。さもなくば、命がないぞ」

「もちろん、僕もすぐに話したいところだとも。ただ、ちゃんと話すのにそれなりの時間をもらいたい内容でね。手っ取り早くとはいかないんだ」

「語れと言ったのではなく、この手を放せと……」

「まあまあ、アベルちん、そう言わないであんちゃんの話に付き合ったげてって」

「——っ!?」

肩を掴まれたかと思えば、次は両脇に手を入れて体を持ち上げられる暴挙に発展した。それをしたのは朗らかに破顔したミディアム・オコーネル——フロップとミディアムの兄妹《きょうだい》が、ヴィンセントを前後から笑顔で挟んでいた。

「アベルちん、ずっとあんちゃんのこと無視してたんでしょ？　あんちゃん、ボロボロで一秒でも長く寝っ転がってなきゃなんだから、意地悪してないで話聞いてあげてよ～」

「たわけたことを言うな。そもそも、いつまで気安い態度で俺と接し続ける。状況が変われば立場も変わる。もはや、シュドラクの集落や城郭都市《じょうかくとし》にいたときとは違う」

「そりゃ、アベルちんは皇帝ぶってるかもしれないけど、それであたしたちを蔑《ないがし》ろにするのはちょっと違うと思う！　あんちゃん！」

「おうさ、妹よ！」

聞き分けのない兄妹は、ヴィンセントの言葉にまるで耳を貸さない。

威勢のいい妹の呼びかけに、これまた威勢よく答えたフロップがすぐ横の客室の扉を開くと、ミディアムがヴィンセントを部屋に連れ込み、扉が閉められた。

手早く皇帝を密室に監禁し、そこでようやくミディアムがヴィンセントを解放する。

「貴様ら、これが一族郎党まで連座させられるほどの蛮行という自覚があるのか？」

「ははは、残念だったね、村長くん。僕たちの家族は僕たちの兄妹だけだ。なので、君の言い分はまるで脅しになっていないとも」

「あ、でも、あんちゃん、養護院のみんなは？　血は繋《つな》がってなくても、逃げたみんなはあたしたちの家族だよ！」

「ははははは、言われてみれば！　村長くん、どうしたら許してくれるかな！」

「――今すぐに俺を解放し、大人しくしていろ」

状況が状況でも、その振る舞いがまるで変わらないオコーネル兄妹。

伸び縮みしたミディアムと、負傷したらしいフロップだが、この様子を見ているとその両方が疑わしく思えてくる。異常事態を体験したはずのミディアムにはその後遺症が見当たらず、フロップも――否《いな》、一応、顔色は化粧で誤魔化《ごまか》しているようだったが。

「商人は、見栄えもなかなか大事だからね」

「――――」

「ただ、本来なら望みのものを売り買いするのが商いの鉄則なんだけど、今の村長くんの要望には応えてあげられない。これ以上、先延ばししたくないんだ」

「何を言って……」

「伝言を預かっていてね。――君の代わりに、皇帝を演じていた人物からの」

また戯言《たわごと》が始まるものと、そう予想していたヴィンセントの目が微《かす》かに見開かれる。

わざわざ、皇帝を無人の部屋に監禁してまで、オコーネル兄妹《きょうだい》がヴィンセントに伝えようとしたこと。――その冠がつくものは、この世に一人しかいない。

だから――、

「君は、彼の言葉を聞くべきだ、村長くん。――いいや、ヴィンセント・ヴォラキア皇帝閣下」

初めて見せるフロップの真剣な表情を遮る術《すべ》を、ヴィンセントは選ばなかった。

2

――『暴食《ぼうしょく》』の大罪司教、ルイ・アルネブ。

それを改めて口にしたとき、スバルは自分の胸の内で大きく軋《きし》む音を聞いた。

それは常に手の届くところにありながら、蓋を開くことを躊躇《ためら》ってきた禁忌の箱。開けようとさえ思えば、いつでも開くことのできたパンドラの箱だった。

「――――」

通路でする話ではないと場所を変え、スバルたちは大きな客室を借り切っている。

必要ならば使えと、実に珍しく人間の気持ちを思いやったアベルの配慮だ。――この話の決着は帝国にとっても他人事《ひとごと》でないのだから、当たり前の配慮かもしれないが。

その客室に集っているのはエミリアとベアトリス、オットーとガーフィールにロズワールといったエミリア陣営の面々、それに加えて――、

「『暴食』の大罪司教《ほおざいしきょう》……ホント、やたら滅多《めった》に縁のあることやねえ」

はんなりと頬に手を当てて、そう静かに呟《つぶや》くアナスタシアと、彼女の傍《かたわ》らで無言を守っているユリウス、この二人の参戦も欠かせなかった。

それは、二人がはるばる国境を越えてスバルたちを助けにきてくれたからではなく、彼女たちもまた『暴食』の被害の当事者であるからだ。

「肝心のルイは、今はレムたちと一緒にいる。アナスタシアさんとユリウス以外は、もうルイのことは知ってるだろうけど……」

「もちのろんなのよ。……正直、最初はとんでもなく驚いたかしら」

「それは……俺もそうだった」

驚いた、というベアトリスの表現はかなりマイルドにしてくれたものだろう。

　実際、スバルも最初にルイと飛ばされてきたと気付いたとき、レムを守りたい一心だったこともあってかなり強硬な態度を取ってしまった。当初はそれが原因で、レムからとにかく信用できない奴《やつ》だと警戒されてしまったほどだ。

　エミリアたちがどんなシチュエーションでルイと出会ったのかはわからないが、そのファーストコンタクトが相当紛糾したのは想像に難《かた》くない。

「よく堪《こら》えてくれたな。オットーとガーフィールなんか、すぐ噴火しそうなのに」

「事実、僕やガーフィールの意見は排除か拘束の二択でしたよ。彼女がそうならずに済んだのは、エミリア様が周りを説得なさったからです」

「エミリアたんが……」

　案の定、過激派の急先鋒《きゅうせんぽう》だったらしいオットーだが、その意見は穏健派のエミリアが引っ込めさせてくれたらしい。

　彼女はスバルたちの視線に、「ええ」と短く頷《うなず》いて、

「ミディアムちゃんが、一生懸命あの子……ルイを庇《かば》ってたの。そのぐらい、周りから大事にされてる子なら、あの場で何もかも決めちゃうのは怖いと思って」

「そっか、ミディアムさんが……」

　ミディアムがルイを庇ったと聞いて、スバルは微《かす》かな安堵感《あんどかん》を覚える。

　元々、明るくて面倒見のいいミディアムにルイはずいぶん懐いていた。それでも、ルイの素性が大罪司教と明かしたことで、ミディアムも彼女を恐れていたのが、スバルが魔都

カオスフレームで目にした二人の最後の接点だ。

その後、彼女がルイを庇ってくれたなら、スバルの知らないところで気持ちの変化があったのだろう。それは、嬉《うれ》しいことだった。

「私も経験があるもの。すごーく怖い存在だって、魔女だってみんなに思われて、周りの誰にも話もしてもらえなかったことが。だから……」

「エミリア様の場合は、ハーフエルフに対する偏見という理不尽です。しかし、彼女の場合は違う。他ならぬ、自分の行いによる厳然たる区別なんですから」

「オットーくん……」

オットーのぴしゃりとした厳しい意見に、エミリアが寂しげに眉尻を下げる。彼は自分がエミリアの味方であり、同時にルイの敵であるという立場の表明を躊躇《ためら》わなかった。

あくまで、ここまでの同行は最終的な結論までの保留に過ぎないのだと。

「少しいいかい？」

そのオットーの立場表明がピリつかせた空気に、どこか気安く手を上げたのはロズワールだった。スバルが視線で彼の発言を促すと、ロズワールは青い方の目をつむり、

「私やラム、それにアナスタシア様たちはあとから合流した組だーぁからね。究極、そのルイという少女の振る舞いを知らないが……怪しい点は？　当然、ガーフィールが目と耳と鼻を光らせていたんだろう？」

「そんなッあちこちピカピカしちゃいねェよ。ッけど、オットー兄《あに》ィと俺様ァ同意見だ。

だァから、出くわしてッからでけェ戦いまでずっと見張っちゃいたが……」

「結果は空振りだったと。なーぁら、何を以《もっ》て少女が危険な大罪司教だと断定を？」

「僕とベアトリスちゃんですよ。プリステラで『暴食《ぼうしょく》』の、ルイ・アルネブを名乗る少女と接触しています。僕は足を抉《えぐ》られもしたので、忘れません」

そう答え、自分の足を撫《な》でたオットー。彼のしばらくの戦線離脱の原因がその傷だ。その際に付き添ったガーフィール共々、二人が強くルイを警戒するのも当然と言える。

「辺境伯に続いて恐縮だが、私からもいいだろうか？」

ロズワールの疑問が消化され、立て続けにユリウスが話題に参加する。

『暴食』についての話し合いということで、冒頭から難しい顔をしていた彼は、より渋い顔をしているスバルを横目にしながら、

「まず確認させてもらいたいのだが、この竜車に乗り合わせているルイという少女は、『暴食』の大罪司教であるルイ・アルネブと同一人物で間違いないのだろうか」

「――？　それって、どういう意味？」

「エミリア様やラム女史もご存知《ぞんじ》でしょう。『暴食』は喰《く》らった相手の能力を再現するために、自らの姿をその人物のものに変えることがあった。つまり……」

「『暴食』の大罪司教と、エミリアさんらが話してるルイって子はおんなじ人間やなくて、食べて食べられての間柄だった可能性があるってことやね？」

ユリウスの立てた推測に、エミリアたちが「あ」と驚いた顔をする。

確かに、『暴食』の特性を考えればありえない話ではない。食べた相手の姿かたちを再現するなら、食べられたオリジナルがいるのが道理だからだ。

もしもそれが事実なら、あのルイと『暴食』との存在を切り分けて考えられる。

しかし――、

「……いや、その線はない。ルイは、たぶん喰った相手の能力を再現してる。それは、『暴食』の権能が理由で間違いないはずだ」

「そう、か。惑わせるだけの発言ですまない」

首を横に振ったスバルに、ユリウスが目をつむって謝罪する。

彼が悪いわけではない。もしも彼の推測が合っていたなら、スバルもこうまで悩まずに済んだ。だが、その場しのぎの言い逃れではダメなのだ。

必要なのは、真実を共有した上で導き出される答えでなくてはならない。

「――。まず、順繰りに説明させてほしい。エミリアたんたちがルイと合流する前、俺がレムと飛ばされてきた帝国で、ルイとどんな風に過ごしてたのかを」

じっと、皆の視線が集中してくる。

気心の知れた仲間たちの目、それなのにスバルは息苦しさを確かに味わった。ここから始まるのが、まるで採点か答え合わせのようにも思えて。

ルイが本当の意味でどう扱われるべきなのか、それを決めるための答え合わせに。

「スバル、焦らなくていいからね」

意気込むスバルに柔らかく、エミリアがそう声をかけてくれる。傍《かたわ》らではベアトリスも、スバルの手を優しく握り直しながら頷《うなず》いてくれた。

その思いやりに救われながら、スバルは息を吸い、話し始める。

「一番最初、俺たちが気付いたのはずっと東にある大きな森の傍《そば》で──」

3

淡々と、できるだけ手短に事実が伝わるように言葉を選んだつもりだった。

それでも、語るべきことは次から次へと湧き水みたいに溢《あふ》れ出て、ほんの短い間の出来事だったにも拘《かかわ》らず、濃厚な日々だったのだと痛感する。

そもそも、わずかな期間でとんでもないトラブルが起こりすぎなのだ。

それも全部がスバルとレム、仲間たちの命を危うくするようなアクシデントばかりで、そこには当然ながらルイも巻き込まれる形になった。

当然ながら。──そう、当然なのだ。

だって、ルイはスバルたちとずっと一緒に行動して、レムに優しくされてはスバルのヘイトを集めながら、それでも自分を邪険にするスバルにめげずについてきた。

だから──、

「──俺とルイはヨルナさんと協力して、オルバルトさんとの勝負に勝てたんだ。かくれんぼを鬼ごっこルールに変えるっていう、反則技込みでだったけど」

「――――」

「あのあと、カオスフレームでとんでもないことが起こったって、聞いてる。住んでる人たちは奇跡的に無事で、アベルたちの反乱軍と合流したって。俺はそこで意識をなくしてはぐれて……その先は、みんなの方がルイについては詳しいよな？」

「――。ええ。私たちがボロボロにされちゃったグァラルで、戻ってきたアベルたちを出迎えたのが、そのあとのことだから」

スバルの確認にエミリアが頷くと、一通りの説明を終えて長く息を吐く。

あまり長く時間をかけないつもりが、結局は小一時間も話し続けてしまった。その間、仲間たちは聞き役に徹してくれて、スバルもできるだけ俯瞰的《ふかんてき》に説明したつもりだ。

その上で――、

「話した通り、俺といる間にルイが怪しい行動をしたことはなかった。レムからも、同じ話が聞けると思う」

「それは別に疑っていませんよ。本気で疑わしいと思ったなら、ラムさんが彼女をレムさんの傍にいさせるわけありませんから」

身内の、それもレムのこととなればラムの目の厳しさは言うまでもない。

ルイに大なり小なりの危険性を感じたなら、彼女がようやく目覚めたレムの傍にルイを置いておくなんてありえないことだった。

「……おおよそ、ナツキくんがどんなに大変だったかはウチらもわかったわ」

と、それまで黙って聞いていたアナスタシアが、説明を終えたスバルの旅の過酷さに指で眉間《みけん》を揉《も》んでいる。彼女ほど賢い女性でも、消化し切るには手間暇のかかる情報量だった経緯。それを何とか飲み下し、アナスタシアは眉間から指を離すと、

「そのあと、魔都で意識の飛んでしもたナツキくんがどうなったのかも気になるけど、それは今は主題やないから置いとくとして」

「ああ、今重要なのはルイのことだ。話した通り、ここまでのルイは自分の危ない側面は見せてこなかった。それに、ウビルクって『星詠み』の予言……それもある。だからこの先の戦いにも、ルイには協力してもらうのが――」

「――その話、落とし所はどこに持ってくんかが疑問やわ」

ピタリと、その静かな一言がスバルの続けようとした言葉を止めた。

言い放ったアナスタシアは、眉間を揉んでいた指で自分の唇をそっとなぞり、理知的な浅葱色《あさぎいろ》の瞳《ひとみ》でスバルの心を搦《から》め捕ると、続けた。

「ナツキくんの、その何でもかんでも利用してこぉて考えは嫌いやないよ。アウグリア砂丘を越えるためのメィリィさんかて、元は敵だったたって話やし、そういう区分の話をするんなら、その子のこともおんなじ括《くく》りや」

「それは、そう、おんなじだろ？　メィリィとルイは、同じ立場のはずだ」

「ううん、違う。――それは、きっとナツキくん以外の全員がそう思うてるよ」

「──っ」

　重ねられる静かな声に、スバルはハッとした顔で周りを見る。

　アナスタシアが言った、スバル以外の全員の顔を見回した。その中の誰かが、アナスタシアにそんなことはないと言い返してくれることを期待して。

　しかし、誰一人として、スバルの期待には応えてくれなかった。

「誰も言いたくないでしょうから言いますが」

　難しい顔で黙り込む一同の中、オットーが手を上げる。ただし、その冷静な表情と声のどちらも、決して無条件にスバルに寄り添ってくれるものではない。

「僕はアナスタシア様と同意見です。彼女とメィリィちゃんは同じ立場ではありません」

「オットー！」

「これも、誰も言いたくないでしょうから引き受けます。──大罪司教だからですよ」

　思わず声を高くしたスバルに、オットーが淡々とした声色で答える。

　どうしてと、そう問われるのに先回りした彼の回答は、その場の全員がスバルの味方をできなかった理由として、これ以上ないほど適切だった。

「スバル、ベティーはスバルに味方してあげたいのよ。あの娘……ルイが、今は悪意のない娘だって話も信じてあげられるかしら。でも……」

「事実として、『暴食《ぼうしょく》』の被害は我々も被《こうむ》っている。ましてや、その被害が顕在化しにくいことを考えると、潜在的にはどれだけの被害者がいるのだろうねーぇ」

「確かめる術《すべ》はないが……己を失い、他者から忘れられ、寄る辺をなくしたまま復帰の叶《かな》わなかったものの無念は、私には察して余りある」

スバルを気遣ったベアトリス、彼女の言葉にロズワールとユリウスが続けたのは、『暴《ぼう》食《しょく》』の権能の被害関係者と、被害の当事者からの偽らざる意見だった。

ロズワールとユリウスの言う通り、被害に遭ったとわかっているものはまだマシだ。

真に絶望するしかないのは、『記憶』や『名前』を奪われ、帰る場所をなくしたまま救われなかった多くの被害者がいただろうということ。

そして、そんな被害者を多数生んだ『暴食』の大罪司教のことを——、

「みんな、きっと信じられないいんじゃないわ」

「エミリア……」

「そうじゃなくて……許して、あげられないんだと思う」

スバルの説明不足や、気持ちが届かなかったわけじゃない。

問題の焦点はそこではないのだと、眉尻を下げたエミリアの言葉がスバルの心を砕《くだ》く。

ルイがスバルといた間の話を知り、スバル不在となったあとのことを知るエミリアたちは、『今』のルイが自分たちに危害を加える存在ではないとちゃんとわかっている。

わかった上で、問題になるのは『過去』のルイの行いなのだ。

「——やらかしたことは、絶対に消えてなくならんよ」

「——っ」

ぽつりと、アナスタシアが呟《つぶや》いた言葉。

それはかつて、ナツキ・スバルを凍《い》てつかせ、粉々に打ち砕いた絶望的な忠告だ。

あの言葉を投げかけられた事実は、すでにスバルの中にしかなくなっている。それがまた機会を変えて、再び彼女の口からスバルの耳に届けられた。

「ナツキくんが、どれだけその子が無害やって言い聞かせても、有害やったときのことがチャラになるわけやない。現に被害者は被害者のまま……お為《ため》ごかしで誤魔化《ごまか》せるほど、薄っぺらい問題やないから」

「──ぅ」

「まず、これまで食べた『記憶』やら『名前』やら、それを全部戻してからやないの？　それなしで話進めよなんて言うても、ナツキくんも納得いかんのと違う？」

強張《こわば》ったスバルを、アナスタシアの言葉の刃《やいば》が次々と切り刻む。

いずれも正論と、その中で最も強く痛みを発したのは、一番最後の指摘──奪った『記憶』と『名前』を戻さなければ、ルイの処遇を決める土台にすら立てていないと。

それこそがエミリアの言った、『許せない』に繋《つな》がる大前提だった。

「もっとも、スバルくんが聞いた予言とやらは皇帝閣下も知っているんだ。そのルイという少女を戦いに協力させない、というのは現実的ではないだろーぅあろうね」

「あァ？　そりゃ何がッ言いてェんだ。シャキシャキ話せや」

「あとは彼女に何をどう言い聞かせ、協力させるかという話さーぁ。例えば、この帝国存亡の危機を乗り越えた暁には恩赦を与える――。と、約束しておいて、事が済んだら粛々と罪に見合った刑を執行する。これが一番、後腐れのない方法だろう」

「――ッ、ざッけんな！」

ロズワールの語った悪辣な方針に、ガーフィールが牙を鳴らして噛《か》みついた。

「相手ッが外道だろォと、こっちまで外道になるこたァねェだろォが！　ありもしねェ餌ぶら下げて手伝わせるなんて、俺様ァ認めねェぞ！」

「おや、そうかい？　オットーくんも同じことを考えていたと思うが……」

「オットー兄《あに》ィをてめェと一緒にすんなッ！」

「――。辺境伯の言いようは、大抵の人間の代弁でしょう。大罪司教に恩赦なんて与えるべきじゃない。それとも」

そこで一度言葉を切り、オットーがスバルをじっと見据えた。

その視線に息を呑《の》むスバルに、彼は容赦なく続ける。

「ナツキさんは、大罪司教が許される前例を作ろうとでも？」

「――っ、そんなつもりはねぇ。世の中、許されちゃいけない悪党だっている。魔女教の、大罪司教だってそうだ」

ペテルギウスやレグルス、ライとロイの兄弟に、シリウスとカペラと、スバルがこれまで出会った大罪司教たちはいずれも、度し難《がた》く外れたモノたちだった。

自らの欲望を満たすために、他者を犠牲にすることを何ら躊躇《ためら》わないモノたち。

しかし――、

「――彼女は、ルイ・アルネブだけは別だと？」

「そ、れは……」

オットーの問いかけ、それがスバルの心の奥を暴き立てようとしてくる。

大罪司教は許されてはならない。オットーだけでなく、全員が譲れないラインとして引いたそれは、スバルにもちゃんと理解できる。

それなのにルイを別枠に置きたがるのは、オットーの言う通り、おかしな話だ。

スバルは、ルイをどうしたいのか。『記憶の回廊』であれほど憎み合い、スバルは『死に戻り』を体感して絶望する彼女を救わないという選択をした。あれが間違っていたとは思わない。またあの場面に至っても、同じ決断を下すだろう。

だがそれと同時に、ヴォラキア帝国で苦難を共にしたルイを知っている。

スバルを助けるために命懸けになり、実際に命を落とした彼女の姿を幾度も目にした事実も、しかと魂に刻み付けられているのだ。

そんなルイの懸命さに、いつしかスバルの警戒は溶かされて――、

「どうして？」

不意に、考えるスバルの横顔に、その静かな問いかけが投げかけられた。

閉じた瞼《まぶた》を開けば、問いを発したエミリアの紫紺の瞳《ひとみ》と正面からぶつかる。彼女は長い睫毛《まつげ》に縁取られた瞳を細め、今一度、同じ問いかけを繰り返す。

「どうして、スバルはそんな風に思えるようになったの？」

「どうしてって……」

「スバルも、『暴食《ぼうしょく》』の大罪司教のことはすごーく嫌いだったでしょう？　許せないってそう思ってた。なのに、今はどうして？」

「それは、さっきも話したじゃないか。あいつが……ルイが、この帝国で俺たちとたくさんの苦難を一緒に過ごし、ルイは健気《けなげ》にスバルやレムを守ろうとした。

『記憶の回廊』で許し難《がた》い敵と思わされたのと同じか、それ以上に痛烈に帝国での出来事はスバルに残った。だからだ。

だから、ナツキ・スバルのルイへの感情は変わっていった。

「スバル、改めて君に残酷な事実を伝えよう」

エミリアの問いにたどたどしく答えたスバルに、ユリウスが低い声で告げる。

あえて残酷と、そう前置きした事実がスバルに身構えさせた。その身構えたスバルへ、ユリウスが左目の下の傷を指でなぞり、

「この世界の人間は決して、『暴食』の大罪司教を、ルイ・アルネブという少女を許しはしない。王国も帝国も関係なく、それが世界の総意と言えるだろう」

「――――」

「たとえ、世界のどこへ逃れようと、それが許される場所はない。罪を犯せば罰される。そして、命で以《もっ》てしか償えない罪人が大罪司教だ」

残酷な事実だと、その前置きに偽りはなかった。

はっきりと強い口調で、捉え違えようのないほど断定的にユリウスは言い切った。

この世界に、ルイ・アルネブが生きて許される場所はないのだと。

その重い言葉に、スバルは何も言葉を返せなくなり――、

「私も、大罪司教には死しか望まない。我々が世界の敵だと、そう思う存在の『死』しか。それが、私の言える精一杯だ」

「……え？」

「ユリウス・ユークリウス!!」

鋭い声を張り上げて、そうユリウスを睨《にら》みつけたのはオットーだった。

付け加えられた言葉の意味が呑《の》み込めず、目を丸くしたスバルを余所《よそ》に、オットーとユリウスが互いを視線で射抜き合う。

ユリウスは痛々しく、オットーは苦々しく、お互いを傷付け合う眼差《まなざ》しで。

「それを、部外者のあなたが言うのは横紙破りもいいところだ……！」

「すまないが、その認識は正そう。私も当事者の一人だ。意見を言える立場にいる、その権利を使わせてもらおう」

歯軋《はぎし》りして、オットーがますます強くユリウスを睨みつけた。

武力では遠く及ばないのがわかっているのに、眼力では一歩も引かない。ユリウスも、オットーのその意思の強さに片目をつむり、小さく吐息する。

「大罪司教の、『死』しか……」

その二人の応酬の傍《かたわ》ら、スバルは脳の一部が痺《しび》れた感覚の中でそれを呟《つぶや》く。

ユリウスが言おうとしたこと、それに察しのいいオットーがああも噛《か》みついた。そこにはスバルの気付かない、言葉面以上の何かが隠されているのだ。

大罪司教の『死』しか望まれない。ルイ・アルネブを、世界は許さない。

大罪司教を、ルイ・アルネブを、世界は――。

「――ぁ」

「スバル、ベティーの話をするのよ」

微《かす》かな風が、思考の迷路を吹き抜けたと感じた瞬間、ベアトリスが言った。

彼女はその、特徴的な紋様の浮かんだ丸い瞳《ひとみ》でスバルを見上げ、

「ベティーは、プリステラで大罪司教のルイと出くわしたかしら。そのあと、今度は帝国で出くわして、あの娘の様子をこう思ったのよ。――別人みたいかしらって」

「――――」

「あの娘は、ベティーの知ってる大罪司教と違っているのよ。スバルから見て、どうだったのかしら。大罪司教と、間近で言い合ったスバルから見て」

ベアトリスの優しく、しかし逃げ道を許さない言葉に問い詰められる。

彼女の言いようはわかる。スバルも、認めたくなくて認めてこなかったことだ。

今の『ルイ』と、『記憶の回廊』で出会ったルイ・アルネブとは、別人のようだ。

しかし、ユリウスの疑問に反論したように、『ルイ』は権能を使っている。『暴食《ぼうしょく》』がそうしたように、喰《く》らった相手の異能を自在に操っている。

『ルイ』は『暴食』の権能を持ちながら、その精神だけ生まれ変わったのだ。

例えばそれは——、

「自分の記憶がなくなったときの、俺みたいに」

もしそうなら、『ルイ』はずっと苦しんでいたんだろうか。

あのとき、スバルが『ナツキ・スバル』の幻影を追いかけ、周りの誰も信じられなくて悩み苦しんだように、『ルイ』も助けを求めていたのだろうか。

そんな状況でも、『ルイ』はスバルやレムを助けて、今日このときまでやってきた。

そして——、

「——私、ずっと考えてたの。悪いことをしたら、もう取り返しがつかないのかなって」

「エミリア……」

「謝って、償って、それでもダメって言われるなら、謝るのも償うのも嫌になっちゃうことだってあるでしょ？　だから、そうならないための方法を考えてて……でも、そんなすごい方法は簡単に見つからなくて。でも」

「でも？」

「一個だけ、もしかしたらって方法があるの。スバルが教えてくれた方法」

エミリアが自分の胸に手を当てて、精一杯の気持ちを込めて言葉を選ぶ。

彼女が言ってくれた言葉に、スバルは自分の胸の内を探る。だが、スバルがエミリアに教えたことなんて、今この瞬間に当てはまることなんて何も浮かばなかった。

そんな、心当たりのないスバルに、エミリアは優しい目をして、

「その人が、許せないって思われる以上に、幸せになってほしいって思われること」

「――――」

「周りの、うんとたくさんの人に幸せになってほしいって、その人が思われること。私たちがあの子を許してあげるには、そう思わせてもらうのが必要なんだと思う」

エミリアの言葉がゆっくりと、スバルの胸へと静かに染み入った。

悪人を、許すための方法。悪事を、許すための方法。謝って償って、その先にあるかもしれない救済の方法、懸命に考えた答えがそれなのだとエミリアは語る。

それが、スバルのいったい何から学んだことなのか、いつスバルが彼女に教えたことなのかちっともわからない。

でも、すとんと、スバルの胸には言葉がしっかりと落ちたように思える。

どうして、スバルが大罪司教のために、『ルイ』のためにこうも心を砕《くだ》くのか。

それは『ルイ』が、ルイにされた以上のことを、スバルにしてくれたから。

だから――、

「もっかい、おんなじ話をさせてもらうわ」

エミリアの話と、スバルの微《かす》かな吐息を聞いて、アナスタシアがそう言った。

彼女は首元のエキドナを撫《な》でながら、スバルとエミリアを交互に見て、告げる。

「──その話、落とし所はどこに持ってくつもりなん？」と。

4

「あーう？」

すぐ目の前、不思議そうに自分の顔を覗《のぞ》き込んでくるルイの頬《ほお》を両手で挟んで、レムは長く深い吐息をこぼした。その反応に、ますますルイの不思議そうな顔が深まる。

心配をかけてしまっている。その事実にレムは反省した。したのだが──、

「はぁ……」

「ずいぶんと物憂げなため息ね、レム。どうかしたの？」

「姉様……」

大きくため息をついたところで、横合いから優しい声をかけられる。

それは宛《あて》がわれた客室に、お茶の用意を整えて戻ってきたラムのものだった。彼女は後ろに鹿角の生えた少女──タンザという名前だったか、彼女を連れていて。

「ちょうど手持ち無沙汰にしていたようだったから連れてきたのよ」

「いえ、手持ち無沙汰というわけでは……」

「そう？　他のうるさい連中から遠ざけられて、不服が顔に滲《にじ》んでいたわよ。帝国にも、

女子供を守って戦いたいみたいな考えはあるのね。もっと馬鹿だと思っていたわ」

「ね、姉様、それは言いすぎでは……」

かなり端的な姉の物言いに、レムはわずかに頰《ほお》を引きつらせた。

まだ、姉と自分の中ではっきりと消化し切るには時間がかかるが、それでも魂の根っこの部分の訴えは正直で、彼女の一挙手一投足に心が揺すぶられるのを感じる。

それはそれとして、ラムの言いようにタンザは不満げだったが。

「戦団の皆様が、セシルス様を筆頭に物事を単純に考える方が多いのは事実ですが、中には総督様のように頭のキレる方もいらっしゃいます」

「そう。じゃあ、その頭のキレる総督とやらに言われてお留守番なのね」

「――。いえ、私に休むよう仰《おつしや》ったのはシュバルツ様ですが」

ラムの切り返しに、わずかに口の端を硬くしたタンザがそう答える。途端、レムに頰を挟まれているルイが、その手の感触が強くなったことで「う」と呻《うめ》いた。

しまった、とレムは「ごめんなさい」とルイに謝る。

「うっかりしてしまいました。大丈夫ですか、ルイちゃん」

「あうー……うあう？」

「……いいえ、全然関係ありませんが」

「うー」

頰を挟んだままのレムの答えに、ルイが疑わしげな目を向けてくる。

そのルイから視線を逸《そ》らすと、ちょうどお茶の配膳をしてくれるラムと目が合った。彼女は温かい香りのお茶のカップをレムの前に置いて、

「帝国の秘密の竜車とはいえ、さすがに茶葉までは充実していないわね。あまり大した味ではないけれど、体を温めておくといいわ」

「あ、ありがとうございます。いただきます」

「それで？　バルスに何か無礼なことをされたの？」

「ごほっ」

ようやくルイの頬を解放し、お茶に口を付けた途端の言葉に思わずむせる。慌ててカップを置くレムに、ルイが自分の袖で顔を拭おうとしてくれた。

「大丈夫です、大丈夫ですから、ルイちゃん。……あの、なんですか、姉様」

「なんですかも何もないわ。バルスの行動は大抵の場合、無礼で無遠慮だもの。当てずっぽうでも、レムの顔が曇った理由に当たる可能性は高いわ」

「それも、いくら何でも言いすぎでは……」

つまりは山勘の当てずっぽうだった。それでも、レムの反応は十分、察しのいいラムにため息の原因を悟らせたらしい。正面に足を組んで座り、ラムが薄紅の瞳《ひとみ》を細める。

その姉の無言の圧力に、レムはすぐに耐えかねて白状した。

「あの、エミリアさんのことですが」

「エミリア様……そう、エミリア様も無知で無遠慮なところがあるものね」

「い、いえ、そうではなくて！　その……あの人と、ナツキ・スバルという人と、エミリアさんはどういう関係なのかなと……」

声の調子を落とし、できるだけ平静を保ちながら質問するのにレムは成功する。

問題は、「なるほど」と頷《うなず》く察しのいい姉には、その成功が何の意味もなかったことだ。

「そうね、バルスは八つ裂きにすべきだわ。あとで一緒にやりましょう」

「姉様!?」

「ふふ、姉妹の共同作業ね。バルスもたまには役に立つものだわ」

薄く微笑《ほほえ》む姉は見惚《みと》れそうなほど綺麗《きれい》だが、発言は物騒極まりない。と、そんなラムの発言を聞いて、文字通り角を立てたのはタンザだった。

彼女は自分も淹《い》れてもらったお茶に口を付け、「ふわ」と味に驚いていたが、

「少々、軽率な発言では？　バルス……というのはシュバルツ様のこととお見受けしますが、シュバルツ様に手出しするのであれば私や戦団の皆様が容赦いたしません」

「健気《けなげ》な返事ね。……タンザ、あなたは何歳？」

「――？　今年で十二になりますが」

「そういうこと。納得したわ」

「勝手に納得されてもこちらは納得ゆかないのですが」

不満げなタンザにレムも同意見だ。何故《なぜ》、ラムはタンザの年齢を聞いて納得したのだろうか。そもそも、質問の答え――エミリアと、スバルとの関係も答えてくれていない。

「……ものすごく、親しげでしたが」

だから何なのか、と言われればレムにも「は？」としか言い返せないのだが、とにかくあの二人の距離感には色々と思うところがあった。

ので、それが何なのかできるだけ早急に解決し、レムはレムの問題に注力したい。

レムの問題、そうすなわちそれは――とにかく、レムの問題だ。

「そうです。もっと大きな問題に向き合うために、早く片付けておきたい些事《さじ》なんです。それ以上でも以下でもありません」

「――レム、ちょっといいか？」

「は!?」

ガタン、と大きな音を立てて、レムは思わずその場に立ち上がった。そのせいで、レムの膝の上にいたルイを思わず抱き上げてしまった。レムに持ち上げられ、「あうー!?」と驚くルイにまたしても謝りつつ、レムは声をかけられた客室の扉の方を見やり、

「ど、どなたですか？」

「どなたも何も、八つ裂きバルスでしょう。――話し合いが終わったのかしらね」

優雅にお茶を味わうラムの言葉に、レムは小さく吐息し、ルイを抱きしめた。「あう？」と首をひねるルイ、その金色の髪に鼻先を埋めながら、レムは目をつむる。

直前、連環竜車が攻撃されかけた件ではレムも同席したが、その後の、アベルが深刻な顔をしてスバルを連れていった先の話には加わらなかった。

もちろん、重要な話に交ざっても役に立てないというのもあるし、さっき自分に確かめたささやかな些事《さじ》が引っかかっていたというのもある。

しかし、一番大きな理由は――、

「う？」

この、腕の中にいるルイのことで、嫌な胸騒ぎがしたのが原因だった。

何故《なぜ》だかわからないが、ルイの傍《そば》にいるべきだと、そうレムの心が直感した。それで、こうして客室に引っ込んでいたところに――、

「――シュバルツ様、どうぞ」

「ああ、ありがとう。……って、タンザもここにいたのか」

「はい。シュバルツ様が皆様と共謀して、私に留守居を押し付けましたので」

「なんか、罪悪感が込み上げてくる言い方だな……」

そうレムがまごつく間に、代わりにタンザが来訪者を部屋に迎えてしまった。

タンザとのやり取りに困り顔の来訪者、背丈が縮んでもその横顔の雰囲気はあまり変わらない。きっと、背が縮む前から子どもっぽさが拭えない顔つきだったからだろう。

「目つきは悪いのに、変な人です……」

「あれ!? 今、誰か俺の目つきの悪口言った？ 聞こえたぞ？」

「大したものね。ルグニカ王国の国民の訴えが国境を越えて聞こえたなんて」

「王国みんなで俺の目つきの話なんかしてるわけねぇだろ！ 今日の夕飯とか明日の予定

とか幸せそうな話してくれてるよ、きっと！」

　ラムの茶々入れに大仰に反応して、のしのしと部屋に踏み入ってくるスバル。

　何となく、そのスバルの方を見られず、抱き上げているルイの後ろにレムが隠れると、代わりに少女が「うあう」とスバルの相手をしてくれる。

「よう、ルイ、お前にも用があったんだ。レムがどこにいるか知らないか？」

「あーうう」

「そうか、知らねぇのか。参ったな。大事な話があったんだけど……」

「――。大事な話があるなら、悪ふざけしないで本題に入ってください」

「わあ、レム！　ルイの後ろにいたのか！　気付かなかった！」

　口を挟んだレムに、スバルはわざとらしくそう反応した。ただ、そのわざとらしさはルイには通用したらしく、レムを隠し切れなかったことにルイは残念そうな顔をする。

　そのルイを床に下ろし、頭を撫《な》でて慰めてやりながら、レムは目を細めた。

「……もしかして、無理していませんか」

「――――」

「前にも、言ったと思います。そうやって無理して、無茶《むちゃ》を担ぐのはやめてください。あなたは、何でもできる英雄じゃないんですから」

　直前のスバルの態度、それが何だか虚勢を張っているように思えて、レムは前にも彼に伝えたのと同じ言葉を引用した。

その言葉にスバルは目を丸くし、しかし、すぐに苦笑すると、

「いいや、意外と俺は客観的に見てスーパーマンだから、レムのその意見はありがたく、可愛《かわい》い声だなってだけ受け取っておくよ」

「ふざけないでください」

「ふざけてない。――レム、ルイのことで大事な話がある」

居住まいを正し、苦笑を消した表情でスバルが真っ直《ます》ぐにそう言ってくる。

それを聞いてレムが息を呑《の》むと、代わりに二人のやり取りの傍《かたわ》らでラムが嘆息し、

「バルス、ラムたちは席を外す？」

「うんにゃ、姉様もタンザもいてくれていい。姉様は姉部門代表、タンザはロリ部門代表で立ち会ってくれ」

「フレデリカよりも姉として上ということね。当然だわ」

「あの、『ろり』部門というのは……？」

立ち会うことを要請され、ラムが胸を張り、タンザが首を傾《かし》げる。

その上で、再びこちらを向くスバルの視線に、レムはそっとルイを引き寄せた。そのまま、ルイの後頭部を自分の胸に抱え、レムはスバルをじっと見る。

そして――、

「――決着を付けよう。俺たちのこの、よくわかんない愛《いと》おしい関係に」

5

本当に、自分たちは奇妙な関係だったとナツキ・スバルは思う。

奇妙というよりも、悪質というべき巡り合わせが、スバルたちをここへ導いた。

その理念も在り方も全部大嫌いだ、ヴォラキア帝国。――触れ合い、助け合った人たちもいるのだ、ヴォラキア帝国。

どうしてなんだと泣きたくてたまらない、『記憶』のないレム。――優しさと思いやり深さは泣きたくなるくらい一緒の、『記憶』のないレム。

全部お前の責任だと憎たらしかった、『暴食《ぼうしょく》』の大罪司教ルイ・アルネブ。――何度も命懸《けな》けで健気《げ》に尽くしてくれた、『暴食』の大罪司教ルイ・アルネブ。

呪うしかない状況をお膳立てされて、敷かれたレールの通りに嘆いて怒って、優しく傷付け合いながら、スバルはこの日々を死んで死んで生き抜いた。

呪い、嘆き、憎むのか。呪わず、嘆かず、許すのか。

その、曖昧であり続けた関係に、決着を付けなくてはならないときが訪れたのだ。


客室を訪れたスバルの宣言に、空気の張り詰める感覚が室内を覆った。

室内にいるのはレムとルイ、それに加えてラムとタンザの合計四人。前者は当事者として、後者は見届け人として、スバルは彼女らと話すことを望んだ。

エミリアやベアトリス、他の一同は決着を待ってくれている。

それが如何《いか》なる決着でも、ナツキ・スバルが答えを出すのを待ってくれている。

「……アベルさんとの、大事な話は終わったんですか？」

切り出し方を考えていたスバルに、先に言葉を発したのはレムだった。

傍《かたわ》らにルイを座らせ、その手を握ってやっているレムのそれは、彼女が意識しているのかいないのか、牽制《けんせい》のようにも思えた。それにスバルは首を横に振り、

「今は中断ってところだ。こっちの話が片付かないと、その話も進められない。……そのアベルとの話にも、ルイのことが関係してる」

「どうして、ルイちゃんが？」

「『星詠み』って奴《やつ》の予言で、この戦いにはルイの存在が重要だって話になったからだ」

包み隠さず、前提を伝えたスバルにレムの表情に苦みが走る。ルイの手を握ったまま、レムは「それでは」と薄青の瞳《ひとみ》でスバルを見据えて、

「あなたは、ルイちゃんを戦わせようというんですか？　こんなに小さくて、まだ何もわからないような子なのに、そんな残酷なことを……」

「戦うのが必要かどうかってのは、いったん後回しだ。ただ、先に後ろの話だけは言わせてもらう。――ルイが何もわからない子ってのは、それは間違いだよ」

「何を……」

「言葉で意思疎通が難しくても、ルイはちゃんと置かれた状況をわかってる。味方したい

相手も、そうしたくない相手も選べる。その上で、こいつはここにいるんだ」

「それは……っ」

スバルの静かな言葉に、レムが下を向いて言葉に詰まった。

ヴォラキア帝国に飛ばされてきた時点で、わけのわからない状況で、初めて対面したスバルやレムに刷り込みのように甘えている。――なんて、そんな理由では説明がつかないぐらい、自分たちはとんでもない修羅場を乗り越えてきた。

刷り込みが愛情ではなく、自分が生き残るための庇護者《ひごしゃ》を求めた防衛本能の表れなら、スバルやレムといない方が、ルイにとってずっと楽だったはずなのだ。

「その点は、ラムもバルスに同意見ね。事情はレムからぽつぽつ聞いただけだけど、レムともバルスとも離れてその子がここにいるのは、自分で選んだ結果でしょう」

「姉様……」

「勘違いしないで、レム。ラムはレムの全面的な味方で、あとでバルスを一緒に八つ裂きにすることは心に決めているけれど、事実を捻《ね》じ曲げて語りはしないわ」

「一部聞き捨てならない宣言があったけど、ありがとう」

口を挟んだラムに、スバルは感謝と渋さの合間ぐらいの気持ちで礼を言う。

それもまた、ラム側からの牽制だとスバルは感じた。同時に、ラムはこの話に公正に関わり、感情的にレムの味方をするつもりはないとの、そういう提示だとも。

「姉様は、優しすぎます……か」

レムがたびたび口にしていた評価、それを反芻《はんすう》するスバルの呟《つぶや》きが聞こえたのか聞こえていないのか、ラムは何も言わずに鼻を鳴らし、静観の姿勢を態度で示した。

その傍《かたわ》らで、どこか所在なさげにしていたタンザも、その黒目でスバルを見ると、

「ラム様と同じく、私もシュバルツ様に肩入れはしません。事情も測りかねておりますので、味方のつもりで置いたのでしたら勘違いなさらないようお願いします」

「わかってる。タンザはちゃんと俺に厳しい。味方してくれとは思ってないよ」

「――――」

「あれ？　なんかちょっと不機嫌になった？　なんで？」

ラムに倣い、公平な立会人宣言をしたタンザの表情がちょっとムッとなった。

表情変化の少ないタンザがわりとする謎の顔だ。セシルスの無茶《むちゃ》な言動かヒアインの余計な一言で見ることも多いが、一番高頻度なのはスバルに向けるパターンである。

ともあれ、立会人二人の意思表明が済んで、スバルは改めて本命に向かい――、

「ルイ、今から大事な話をする。お前についての、俺の腹の中身を包み隠さずにだ。逃げないで、聞いてくれるか？」

「……あーう！」

「そっか。いい子だ。ありがとな」

一瞬の躊躇《ためら》いのあと、ルイがしっかりと頷《うなず》く。

その反応からも、ルイがちゃんと周りの話を理解できていると伝わる。そのルイの横顔

に自分の期待する感情を探し、レムの薄青の瞳《ひとみ》が懸命さを湛《たた》えていた。

少しでもルイが嫌がる素振りを見せたらと。しかし、それは見つけられなかった。

「レムもルイも、わかってると思う。俺が最初からずっと、ルイを警戒して、疎んで……嫌ってたってことを。レムにやたら滅多《めった》に俺が疑われてたのも、それが一番の原因だもんな。何とか二人を引き離そうとして、指まで折られたっけ」

「あのときのことは……私も、やりすぎました」

「いいんだ。今となっちゃ、あれも俺とレムとのいい思い出だよ」

「は？」

左手の指を折り曲げしながら答えたスバルに、レムが正気を疑う顔をした。

レムだけでなく、ラムとタンザにも同じ顔をされたので、指を折られた話なのに、心を折られる前にスバルは「ともかく」と話を変えた。

「俺はバリバリ、ルイのことを警戒してた。そんな俺のことを、レムはバリバリ疑ってた。ルイがどんな気持ちだったかわからないけど、ピリピリした空気は感じてた、よな？」

「うー？」

「一回はぐれて、シュドラクのみんなと合流したあとも、グァラルから一回逃げ帰ったときも、そのあとのグァラル攻略戦の前後も、ずっとそうだった」

だからますます、スバルとレムとの間には埋め難《がた》い溝が広がっていった。

ルイの存在がレムとの関係悪化の原因と、彼女を憎んだことも一度や二度ではない。

そんなルイへの悪感情も、レムと別行動になって、魔都カオスフレームへ向かい、そこでの出来事で変わることになった。レムを介さずルイと過ごし、彼女がその懸命さでスバルを守ろうとして、徐々に徐々に、スバルも認めざるを得なくなって。

だから、魔都ではぐれたあと、帝都でベアトリスと再会した場にも、ルイがいたことを素直に喜べた。そこに、もう最初の頃にあった悪感情はどこにもなくて。

「そのまま、なあなあで深く考えないでいけたら、きっと楽だったんだと思う。でも、そんなのは無理なんだ。傷口とおんなじなんだよ。放っておいても治る傷もあれば、放っておいたらどんどん悪化する傷もある。これは、放っておいちゃいけない傷なんだ」

傷口を癒《いや》すためには、治療をしなければならない。

そして治療は、魔法や薬に頼るだけじゃなく、時には大胆な方法を使うこともある。

これもまた、そうしなくてはならない類の傷なのだ。

だから――、

「今まで一度も、俺は言わなかった。どうして俺が、ルイ、お前を嫌ってたのかを」

「うあう……」

じっと、その青い目を見てスバルは心情を吐露する。

スバルの真剣な眼差《まなざ》しと声に応えるように、ルイもそこから目を逸《そ》らさなかった。何を言われても受け入れようと、そういう覚悟が少女にはあった。

その代わりに――、

「……やめてください」

唇を噛《か》んで、震える声でそう言ったのはレムの方だった。

まるで懇願するように震える声を、彼女はルイの手を握ったままで言った。――否《いな》、違った。そうではない。手を握られているのは、ルイではなかった。

レムの方だ。レムの方が、ルイに手を握られていると、それがわかる。

「聞きたく、ありません。あなたがルイちゃんを嫌っていた理由なんて、そんなのどうでもいいです。あなたが薄情なだけで、いいじゃないですか」

嫌々と、弱々しく首を横に振って、レムがスバルの言葉を拒絶する。

そのレムの気持ちを尊重してやりたい。レムの望みなら何でも叶《かな》えてやりたいと思う。

「ごめん。このことは、お前にも耳を塞がせてやれない」

でも、ダメだった。

レムのその望みを叶えてやることも、尊重してやることもできなかった。

レムにあるのはこの部屋を飛び出して、聞かないという選択を取ることだけ。彼女が本気でそれをするなら、スバルにもレムを止める権利はない。

しかし、レムにもわかっている。ここでスバルの言葉に耳を塞ぐということは、自分の欠けた『記憶』に背を向けるということであり――、

「――――」

無言で自分を見守っている、ラムの気持ちを裏切るということなのだと。

「それでも、嫌です……聞きたく、ない……っ」

ぎゅっと目をつむり、歯を食い縛って、レムはここから逃げ出すことを選ばない。

しかし、スバルの言葉の先には拒絶感を強く強く訴える。

その言葉に胸を叩《たた》かれながら、スバルもまた、ルイから目を離さなかった。

「うあう」

ルイの唇が動いて、そう、言葉にならない声を音にする。

その音が、『スバル』と自分の名前を呼んでいるのも、ちゃんとわかっていた。

わかっていたから。

「ルイ、俺がお前を嫌って……憎んでた理由は」

「やめて……っ！」

「──お前が、レムの『記憶』を奪った張本人、『暴食《ぼうしょく》』の大罪司教だからだ」

──わかっていたから、スバルもそれに応えなくてはならなかった。

6

言い切った。言わずにおいた言葉を、ついに。

秘密を打ち明けた感慨も、憎い相手を糾弾するような胸のすく感覚も一切なかった。

あったのは、胸に溜《た》め込んだものを明かしてなお、重さと苦みを増した懊悩《おうのう》。

そしてそれは、続くその後の展開でさらに加速する。

「わあああ――っ!!」

高い声を張り上げ、その顔をくしゃくしゃにしながら、レムの手が伸びてくる。

すごい力だった。レムの手がスバルの胸倉を掴《つか》み、押し倒され、馬乗りになられる。

レムの力ならいつでも、こうしてスバルの口を塞ぐことなんて簡単にできたはずだ。それでも、レムは決定的な一言が出るまで、それをしなかった。

「どうして……どうしてなんです……っ」

そして今、声を震わせ、息がかかるほどの距離でスバルの顔を睨《にら》みながらも、やはりレムは腕ずくでスバルを黙らせようとはしなかった。

感情を爆発させた最後の一線でも、レムは理性的であろうとしていた。

「――――」

そのレムの熱い息を顔に感じながら、スバルは伸ばした手で外野を制する。

スバルが押し倒された瞬間、とっさにタンザはスバルを守るために動こうとした。そのタンザの腕をラムが引き止めていたのが、視界の端に見えていたから。

スバルの側からも、それでいいと二人に訴え、目の前のレムを見つめる。

その、レムの薄青の瞳《ひとみ》からぽたぽたと、涙がスバルの頬《ほお》に落ちた。

怒りでも悲しみでもない、やり切れなさが強く宿った瞳と、彼女に最後の一線の理性を守らせた理由。それが涙にこもっている。

それは――、

「あなたに言われなくたって、私だってわかっていました……ルイちゃんが、私の思い出せない『記憶』と関係あることは、わかっていました……！」

「レム……」

「だって、他にないじゃないですか。あなたがあんなに、ルイちゃんのことを邪険にして、何度も何度も私から遠ざけようとする理由なんて、ルイちゃんの傍《そば》にいたら私が危ないんだって、それしか、ないじゃないですか……っ」

吐息も、声も、その瞳《ひとみ》も、全部を弱々しく震わせて、レムが己の心を吐露する。

当然の、心の叫びだった。失った『記憶』の当事者であるレム自身が、誰よりも自分の『記憶』の在処《ありか》を焦がれ、悩み抜いたに決まっている。

そうして悩み抜けば、その答えに辿《たど》り着くのは必然であったのだ。

「気付きますよ……私のこと、馬鹿だと思ってるんですか？　馬鹿かもしれません。何にも知らない馬鹿な女です。あなたのことだって何にも知らない！　知りたくもない！　それなのにずけずけと踏み込んで……大嫌いです、あなたなんて！」

「――――」

「あなたなんて、ルイちゃんと比べ物になりません。ルイちゃんはずっと、私と一緒にいてくれて、私を気遣ってくれて……その、ルイちゃんが、私の……」

とめどなく溢《あふ》れる涙が、スバルの頬《ほお》を打つだけでなく、レム自身の心を偽ろうとする。

わかっていて、その上でわからないでいることを望もうとする。

「全部、全部何かの間違いで……全部、あなたの嘘《うそ》で……」

「――レム」

「――ぁ」

吐息をこぼすレム、その瞳《ひとみ》から大きな涙滴が落ち、ぼやけた視界がわずかに晴れる。そこには押し倒されたまま、両手をそっとレムの顔に添えたスバルがいた。

黒瞳《こくどう》と青い瞳とが交錯して、涙でびしょびしょの愛《いと》しい顔にスバルは告げる。

「嘘じゃない。レムの思ってたことは全部そうで、ルイは、俺たちの敵だった」

「――っ、敵って、なんですか。私の、私の『記憶』をどうかしたからですか？　だったら……だったら！」

強く頭を振って、レムはスバルの手を離れると体を起こした。そのまま彼女は、最初の位置に立ったままのルイを振り向いて、

「だったら、私が……私がルイちゃんを許します。私が許すんですから、それでいいじゃないですか。ほら、それで、全部解決じゃないですか……」

「いいや、ダメだ。それじゃ、何も解決してない」

「なんでですか!!」

「――俺が、お前を苦しめたルイを、絶対に許さないからだ」

声をひび割れさせ、ルイを許すと、そう言ったレムにスバルは断言した。

目を見開き、息をこぼしたレムの体から力が抜ける。そのレムの体を支えるように体を起こして、スバルは至近距離で彼女と見つめ合い、なおも続ける。

「俺だけじゃない。ラムも、他のみんなも、レムを大切だって思ってる全員が、ルイのことを許さない。お前がルイを許すって、どんなに言ってもだ」

「そん、なの……」

「それにな、レム……ルイがしでかしたことは、お前のことだけじゃない。もっと、もっとたくさんの、大勢の人が、ルイのしたことで、『暴食《ぼうしょく》』の罪に苦しんでるんだ」

たとえレムが本当にルイを許しても、勢い任せでない心からの慈悲で彼女を許しても、この世界にはもっと大勢の、ルイを許せないたくさんの『レム』がいる。

その人たちが救われない限り、レムの必死の訴えが実を結ぶことは、ない。

「……他にも、大勢の？」

「ああ。途方もないくらい、たくさんの人が苦しんでる」

「じゃあ……じゃあ、どうにもならないじゃないですか」

「――――」

「最初から、どうにもならない、そういう問題じゃないですか。どうにもできないってことを伝えて……それが、それがあなたの言う決着ですか？」

わなわなと唇を震わせて、レムの瞳をまたしても大粒の涙が伝っていく。

あるいは自分の『記憶』について苦しむよりも強く、レムはルイのことで涙する。

自分の『記憶』なんていいからルイを救いたいと、救ってほしいと、そう感情的になった通りに、レムは唇を震わせた。涙した。

「ごめん、ふざけてるよな」

「……謝らないで、ください」

「でも、ごめん。レムにとって、ずっと辛《つら》くて苦しいことしか言えなくて」

「だから、謝らないでください……っ。私は、聞きたくない……！」

「ごめん、でも聞いてくれ」

「だから……っ！」

「俺は、諦めたくない。――ルイを、許さないままでいたくない」

「――え」

ひゅっと、レムの喉から息が漏れて、彼女の目が見開かれる。

そのレムの正面で、スバルは大きく深呼吸して、自分の唇を舐《な》めた。一言一句、自分の考えが過《あやま》たず、ちゃんと聞かせたい子たちに伝わるように。

「俺も、レムと同じだ。ルイを許したい。ルイを許せないままでいたくない。でも、無理なんだ。だって俺は、レムのことが大事だから」

「――っ」

「だから、そのレムにひどいことをして、レムの『記憶』を奪って、今もレムをこんな風に苦しめてるルイのことを許してやれない」

そっと手を伸ばし、スバルはレムの頬《ほお》を伝う涙を指で拭った。

その指を、かつてのようにレムは折らなかった。拒まれなかった証《あかし》だと、そう信じる。

「みんなにも散々言われたよ。馬鹿なこと言うな考えるなって、すげぇ叱られた。たぶん、オットーは今もルイが死んだ方が丸く収まると思ってると思う」

でも、それがきっと自然な発想なのだ。皆が心で理解しているそれを、スバルも頭ではわかっていて、だからこそ強く反対された。

だけど――、

「ユリウスに言われた。あいつ、すげぇ奴《やつ》だ。逆に馬鹿かもしれない。あいつだって、レムに負けず劣らずの被害者のくせに、あんなこと、普通言えねぇ。馬鹿だよ」

「――――」

「賢い奴にも、馬鹿な奴にも色々言われて……カッコいい奴にも、優しい子にも、すごい人にもたくさん言われて、考えた。いっぱい考えて、決めた。俺の落とし所」

「落とし、どころ……」

「俺は、ルイを信じたい。許したい。……でも、今すぐは許してやれない」

そう、自分の考えを口にするスバルの脳裏を、ある男から言われた言葉が過《よぎ》った。

『好みでコロコロ他人の生き死にを決めるような奴と、付き合えるわけあるか』

相容《あいい》れなかった男に言われた言葉が、ナツキ・スバルの魂に痛々しく爪を立てる。

きっと、あの言葉は正しい。一番信用ならないのは、スバル自身の心だ。

それでも、誰に譲るわけにもいかないこの心と折り合いをつけて、やっていく。

絆《ほだ》されやすくて、すぐに掌《てのひら》を返すような脆《もろ》くて情けない魂と、折り合いをつけて。

「──ぁ」

スバルの言葉に驚いて、動けずにいたレムをぎゅっと抱きしめた。

へたり込むレムの体から下敷きにされた自分の足を抜いて、彼女の頭をお腹《なか》に抱えるようにぎゅっと。スバルが心から、レムを大事に思っていることが伝わってほしくて。

それから──、

「──うあう」

その声が聞こえて、呼ばれたスバルはルイの方を見た。

レムに手を離され、その場に立ち尽くしていたルイは、自分の番がきたのだとわかっていて、スバルのことを呼んだ。

「うー……」

心細そうに立つルイ、その姿に「あ」と声を漏らし、スバルに抱きしめられていたレムが慌てて立ち上がった。そしてレムはルイを正面から抱きしめて、

「ご、ごめんなさい、ルイちゃん……私たちで、勝手に……」

「あう、うあう、あーあう」

「ごめん、なさい……っ」

弱々しく謝りながら、レムが自分の顔を袖で拭い、ルイの隣に立った。

また、ルイの手をぎゅっと握り、しかし、寄りかかるのではない顔で。そうレムの心を動かしたルイに、またちょっとだけ嫉妬《しっと》して、その上で尋《たず》ねる。

「――ルイ、まだ俺になりたいか？」

「……う？」

「……何を、言ってるんですか？」

スバルの質問、その意味がわからなかったらしく、二人が揃《そろ》って首を傾《かし》げる。

そう、二人で首を傾げた。レムだけでなく、ルイもまた。

「さっき、レムに言った通りだ。たとえレムが許しても、俺はルイを許さない。他の大勢の、『暴食《ぼうしょく》』の被害に遭った人たちも、ルイを許さないはずだ。でも」

「……でも？」

「でも、ルイ、俺はお前を許したい。許せるものならそうしたい。だから聞かせてくれ」

しっかりと、声が震えないように意識して、スバルはルイを真《ま》っ直《す》ぐに見る。

レムがルイの手をぎゅっと握り、ルイもその手を握り返しているのを見る。それが、二人の関係の答えなのだと、そう願いながら。

「お前は、大罪司教か？　それとも、可能性か？」

「――――」

「散々言われた。俺もそう思ってる。この世界は大罪司教を許さないし、許しちゃいけない。『暴食』の大罪司教、ルイ・アルネブは許されちゃいけない存在なんだ」

「でも、お前は俺を助けてくれた。何度も何度も庇《かば》ってくれた。自分が、俺になりたがってたことも知らない。俺の知ってるルイ・アルネブとは全然違う。それでも、『暴食《ぼうしょく》』の権能は使える。魔女因子は持ってる」

「――――」

それがスバルの、これまで過ごしてきた『ルイ』への印象の全部だ。

『記憶の回廊』で出くわした大罪司教、ルイ・アルネブと同じ見た目をしていて、彼女と同じ権能を持っているにも拘《かかわ》らず、同じ人間とは思えない態度。

それはいつかの『ナツキ・スバル』のように、今こうしている『レム』のように。

同じでありながら、違っているもの。

同じであることも、違っていることも、自分の意思で選び取ることができるもの。

そんな『ルイ』に、問いたい。

「お前は、この世界の誰も許してくれない大罪司教か？　それとも、大罪司教が奪ったモノを取り戻せるかもしれない、可能性か？」

「あ、うぅ……」

「お前は……お前は、新しく生き直せるか？」

もしも、もしもだ。――もしも、『ルイ』の置かれている状況が、『ナツキ・スバル』や『レム』と同じなら、それはひどく残酷で理不尽な問いかけだった。

身に覚えも、心当たりもない、自分ではない自分の負債が圧し掛かってくる苦しみを、スバルはよく知っている。レムも、わかっている。

そしてそれと同じものを、こうしてルイにもまた被《かぶ》せようとしているのだ。

だけど――、

「それができるなら、それを望むなら、俺の手を取ってくれ」

言いながら、スバルはゆっくりと自分の手を、ルイへと差し出した。

ルイの目がスバルの顔と、差し出された手とを行き来する。レムも、短く息を呑《の》んだ。

「ルイ、たくさんの人が、俺とおんなじようにお前を呪ってる。その人たちみんなの気持ちを代弁するのは俺にはできない。けど、一個だけ」

「――――」

「お前がどうしたらみんなに許されるのか、俺にはわからない。ただ……ただ、俺がお前を許すために必要なことは、教えてやれる」

ここにくる前に、この時間を許してもらう前に、エミリアが言ってくれた。

エミリアは、スバルが教えてくれたなんて言っていたけど、とんでもない。スバルはいつだって、みんなに教えてもらってばっかりだ。

自分の気持ちの解決方法さえ、教えてもらわなくちゃわからなかった。

「――ルイ、大勢の人間を救え」

「――――」

「今、お前は理不尽な目に遭ってる。自分には身に覚えのないことで、とんでもなく理不尽な十字架を背負わされそうになってるのかもしれないってわかってる。それでも」

大きく息を吸って、揺れない瞳《ひとみ》でルイを見て、伝える。

「大勢の人間を助けるんだ」

「──」

「助けて助けて、助け続けて、奪った以上に助け続けていれば……少なくとも俺は、俺だけは、お前に味方してやれるんだ」

──やらかしたことは、絶対に消えてなくならない。

それはアナスタシアが以前、そして直前にも、スバルを凍りつかせた発言だ。

スバルの『死に戻り』にさえ、決して覆せないものがあると教えた、スバルにとってはトラウマに等しい忠告だと、そう今は思えている言葉。

しかし、アナスタシアはこの発言のとき、合わせてこうも発言していた。

「自分の正しさを信じてもらいたければ、それなりのものを見せなくちゃいけない。評価を変えるには、別の評価で覆すしかない」

それこそが、スバルのトラウマになった忠告の、最も重要な部分だ。

スバルが今、こうしてルイに手を差し出しているのも、彼女の行動が、スバルの抱いていた悪感情を覆したから。

その、スバルに起こった心の変化を、『暴食《ぼうしょく》』の被害に遭った全ての人たちに起こす。

それが──、

「──それが、俺がお前に用意してやれる『ゼロから』だ」

ゼロどころか、世界規模でマイナスから始めなければならない。途轍《とてつ》もなく、途方もなく、遠大で荒唐無稽な難題で、やり遂げられるなんて誰が信じられるだろうかという、そんな誇大妄想みたいな理屈。

だが、それがスバルが用意してやれる精一杯だった。

そしてこの途轍もなく、途方もなく、遠大で荒唐無稽な難題で、やり遂げられるなんて誰も信じられないような誇大妄想みたいな理屈なら、スバルは手伝ってやれる。

他ならぬ、ナツキ・スバルがかつてそうしてもらったのと同じように。

手を差し出したまま、スバルはじっと、答えが出るのを待つ。

急《せ》かしもしない。永遠に待つこともしない。必要な時間を、必要なだけかけて、必要な答えが出るのを、じっと待ち続ける。

「私は……知りません」

その静寂の中、押し黙っているスバルとルイの傍《かたわ》ら、レムが呟《つぶや》いた。

一瞬、それがスバルの提案を聞き入れないという意味かとも思われる発言だった。しかし、そうではないとその眼差《まなざ》しで語りながら、彼女は続ける。

「大罪司教というものも、ルイ・アルネブなんて名前のことも、全部」

「──」

「でも、その大罪司教というものも、ルイ・アルネブという人間も、この世界にいることを許されないなら……この子は、何になるんですか？」

声は、震えていた。でも、その薄青の瞳《ひとみ》に涙は湛《たた》えていなかった。

潤んでぼやけた視界では、自分の欲する答えも、相手が提示した答えもちゃんと見えないと、そう訴えかけるように、レムの瞳は真《ま》っ直《す》ぐだった。

大罪司教でも、ルイ・アルネブでもないことを選ぶなら、何になるのか。

『ルイ』として、たくさんの理不尽を背負い、その向こう側にあるかどうかもわからない許しを求める道を往《ゆ》く。――そんな少女が、何者になるのか。

そう問われ、スバルが返せる言葉は――、

「――スピカ」

「え……？」

「新しい生き方と、新しい自分を生き直すその子に、俺はこの名前を贈る」

レムの目が見開かれ、そしてルイもまたその瞳を見開いた。

これまでと違う生き方を選び、これからは全く異なる未来を目指すなら、スバルは自分がしてやれることは全部してやるつもりだ。

誰も大罪司教を許さない世界で、誰もルイ・アルネブを許さない世界で、それでも目の前の少女を許したいと心から思うから。

スバルが少女のことを許せるように、そんな何者かになってほしいと望むから――。

「スピカ……」

唖然《あぜん》と、呆然《ぼうぜん》としながら、その名前を口にして、レムの視線が傍《かたわ》らを見る。

少女はじっと、スバルを見つめていた。スバルも、目を逸《そ》らさずに少女を見ていた。

こうなってほしいと、そういう願いはある。

でも、それを口にすれば、きっと少女はそうしてしまうから。自分の願いではなく、スバルの願いを尊重してしまうから、言わない。

誰かのためじゃなく、自分のために選び取ってほしいから。

自分が歩いて歩いて歩き続けて、歩き続けた先にその道を振り返ったとき、自分が選んで歩いてきた道だと、そう思えるようであってほしいから。

「――うあう」

少女の薄い唇が動いた。スバルの名前が、柔らかく呼ばれた。

じっと黙って、スバルは待つ。急《せ》かしたくもない。永遠に待ちもしない。必要な時間をかけて、必要なものを選んだ、その答えを聞きたくて。

そうして、自分を必死で抑え込むスバルに、少女の表情が変わった。

「あうあう」

緩く柔く、紡がれた言葉と浮かんだ微笑《ほほえ》み。

そして、青い瞳から、その眦《まなじり》から涙が伝い落ちて、少女の手が、差し出されたスバルの手を、そっと握る。

その細く、柔らかい感触を迎え入れ、スバルはぎゅっと目をつぶった。

大罪司教でも、ルイ・アルネブでもない、新しい生き方。

大罪司教であり、ルイ・アルネブであったという、拭い去れない過去。

それを抱え込み、茨《いばら》の道を歩んでいくことになる少女――『スピカ』の手を、ぎゅっと強く、手放さないように握りしめて。

「俺は、いつかお前を許したい。――だから、一緒に頑張ろう」

「……あう！」

ニッと、白い歯を見せて、涙顔でスピカが笑った。

そのスピカの笑顔を横から覗《のぞ》き込んでいたレムの、その感情が膨れ上がり、決壊する。

「――っ」

それまで以上に、熱く、たくさんの涙を流したレムがスピカを抱きしめた。

抱きしめて、掻《か》き抱《いだ》いて、わんわんと声を上げて、レムが泣く。そのレムにつられ、抱きしめられて驚いたスピカの表情が曇り、くしゃくしゃになり、

「――ああああう！」

スピカもまた、大きな声で、顔をくしゃくしゃにして、年相応の様相で、年相応とは言えない宿命を背負いながら、泣き出した。

新しく、この世界に生まれ落ちた存在が、誰もがそうするみたいに。

産声みたいにわんわんと、少女たちは泣き続けた。泣き続けたのだった。

――スバルも、ちょっと泣いた。

第五章　『死にゆくものの願い』

1

「——スピカ、ね」

泣きじゃくる二人、レムと、それまでルイだった少女を眺め、呟《つぶや》かれる声。

涙目を手の甲で拭い、振り向いたスバルは声を発した相手、ラムを見る。彼女は常の落ち着いた面持ちでテーブルに頬杖《ほおづえ》をつき、長い足を組んでいた。

彼女は小首を傾《かし》げると、薄紅の瞳《ひとみ》を細めてスバルを見やり、

「由来は？」

「……星の名前だ。俺の地元での、だけど」

「そう。バルスらしくもなく詩人ね。でも、わかっているの？」

瞳を細めたまま、ラムの視線が抱き合う二人の方に向く。

それだけで、ラムが何を言っているのかはスバルにも伝わった。

それは当然ながら、この客室にやってくるまでの間にも散々交わされた議論。

「大きな目的のためとはいえ、大罪司教を利用するということがどんなことなのか、ちゃ

んとわかっているの？」

「――。もちろん、考えた。わかってるなんて偉そうに言えないけど……」

「なら、やめなさい」

「――っ」

冷たく、硬い言葉をぶつけられ、スバルの喉が小さく呻《うめ》いた。

しかし、スバルの感じた痛みに忖度《そんたく》しない目で、ラムは今一度重ねる。

「ちゃんと、わかっていないならやめなさい。――この目と、向き合うことの意味を」

そう言いながら、ラムは頬杖をついていた手を伸ばし、傍《かたわ》らの細い肩に触れた。

それはラムの隣で、スバルたちのやり取りを一緒に見ていたタンザだ。スバルに立会人として指名され、全てを見届けた彼女は黒目がちの瞳を揺らし、

「シュバルツ様のお気持ちは、重々承知しています。ギヌンハイブでも、その後の道程でも多くの無理を通してこられましたから。ですが……」

「――――」

「ですが、セシルス様ですらお連れしたシュバルツ様でも、大罪司教をお連れになることはすべきではないと、私は思ってしまいます」

毅然《きぜん》と、途中まで揺れていた瞳の光を正し、タンザはスバルを見つめて言った。

耳心地のいい言葉を選ぶような媚《こ》び方をせず、正直な自分の考えを主張する。幼くも実直なタンザの意見は、だからこそスバルの胸にも染み渡った。

「……そうだな、俺が馬鹿だった」

タンザの言葉を受け、改めてラムの言葉の真理を痛感する。

そしてそれが、ナツキ・スバルが選ぼうと決めたことの、間違った重みなのだ。

「ちゃんとわかってる。散々言われたことだから、全部背負う」

「そう。言っておくけれど、バルスやレムがなんと言おうと、ラムは許さないわ」

「……っ、姉様」

「ダメよ、レム。あなたの優しさは姉として誇りに思うけど、それとこれとは別」

ぎゅっとスピカを抱いて涙ぐんだレム、その眼差《まなざ》しに首を横に振るラムは、自分の半身を奪われた『暴食《ぼうしょく》』の被害者という事実を決して譲らない。

ラムはその薄紅の瞳《ひとみ》の鋭さを一切緩めず、スピカを静かに見据えながら、

「許されたいなんて、そんな願いの入口にすらまだ立てていないわ。ラムが今もその娘を……スピカを八つ裂きにしていないのは、『記憶』の問題、それだけよ」

「……『記憶』の戻し方がわからない今、スピカに何かあったら」

「万一にも、レムの『記憶』が戻らないなんてあってはいけない。レムは『記憶』が戻らなくてもいいと言ったけれど、ラムは御免よ。レム自身にもラムのことを、そしてラムもレムをどれだけ愛していたのかを思い出させてもらうわ」

ぴしゃりと愛を取り戻すと宣言するラム、その結論は以前のそれと同じだ。

プレアデス監視塔でライ・バテンカイトスが死亡し、ロイ・アルファルドの身柄が確保

されたとき、ロイは『暴食』の被害者を救済できる可能性として命を奪われなかった。

「あのときと違っているのは、あっちの大罪司教と比べれば協力的という点ぐらいね」

「ラム……」

「その顔をやめなさい。いい？　許されたいなら、償いが先よ。それが道理というものでしょう。どうせ、これも言われたあとでしょうけど」

「──。だな」

ラムの言葉に頷《うなず》いて、スバルは小さな拳を自分の胸に押し当てた。

まさしく彼女の言う通り、今、スピカに許されているのは寛大な保留だ。彼女に関わった人間がその行いと有用性を理由に、その刑罰の保留期間を延長している。

スバルは生き直す決意の切っ掛けとしての名前と、より多くの人が保留期間の延長に同意してくれるよう手伝うという、それを与えてやることしかできない。

「差し当たってはスピカ……お前、権能の力でレムの『記憶』と『名前』をスパッと戻してやれたりできない？」

「うう、あう……」

「さすがに、それは虫がいいか……」

抱き合ったレムの肩口で、スピカが申し訳なさそうに首を横に振る。

自分の両手を閉じたり開いたりしているスピカだが、権能を自在に操り、『暴食』たちが集めた『記憶』や『名前』を返還する道は容易《たやす》くはないようだ。

「……本当に、ルイちゃん……いえ、スピカちゃんにできるんですか？　私や、他の人たちの消えてしまった『記憶』を戻すことが」

「少なくとも、一番可能性の高いのがスピカで、それができることが最低条件だ。それ自体はもう、『星詠み』の話とは別個」

レムも不安がっているが、やれるようにならなくてはならない。

それがスピカが『ルイ』の十字架を背負い、歩いていくために必要な前提なのだ。

そのために、スピカには『暴食《ぼうしょく》』の権能を使いこなして――、

「――――」

「――？　あの？」

一瞬の、刹那の不安が言葉を閉ざし、レムの瞳《ひとみ》を揺らがせた。

ラムが提示してくれた寛大さ、それを引き取るために必要な条件、そのためにクリアしなければならない手段とわかっていて、権能の存在は恐ろしい。

許されざる大罪司教でなくなるために、大罪司教の用いる権能を使い続けることで、スピカという生き方が再び、『ルイ・アルネブ』に近付くことの恐ろしさだ。

スピカを生かすということは、その恐怖と戦い続けることなのだ。

それを、覚悟した上で――、

「――それをやってもらう。頼んだぞ、スピカ」

「う！　あうあう！」

青い瞳に確かな決意を宿し、スピカがスバルの言葉に勢いよく頷《うなず》いた。

そのスピカの姿と、悪辣な『ルイ・アルネブ』の姿とは、見た目は同じでも心根の部分で重ならない。それが、確かに信じられる希望だった。

「タンザ、お前の忠告を聞いてやれなくてごめん」

「――。いつものことですと、私が笑って許すとお思いですか？」

振り返り、声の調子を落としたスバルにタンザが硬い声でそう応じる。その返答に、スバルは「いや」と肩をすくめて、

「思わないよ。だって、お前は滅多《めった》に笑ってくれないから」

「そういうことでは……」

「ちゃんとわかってる。でも、猶予をくれ」

「……そうさせたいのでしたら、仰《おっしゃ》ったらよいではありませんか。彼女の力がヴォラキア帝国のため、ひいてはヨルナ様をお救いするために必要だからと、そう仰れば」

きゅっと唇を結んだタンザに、ヨルナを引き合いに出せばと、そうすれば自分は納得せざるを得ないと言われ、スバルは首を横に振った。

「そのズルいやり方でタンザを言いなりにはできるかもだけど、それは嫌なんだ。誰にもズルい方法なんて使いたくない。お前は特にそう思う一人だ」

「――。でしたら、シュバルツ様には無理ですね」

タンザは自分の細い腕を抱きながら、ついにはスバルから目を逸《そ》らした。

その仕草にも言葉にも、卑怯者《ひきょうもの》と面と向かって罵られて、スバルは長く息を吐く。

スバルのやりたいことはいつも、周りの、スバルを大切に思ってくれている人たちを傷付けてばかりの道だから。

「それで？　ズルくて卑怯なバルスは外ではどううまく立ち回ったの？」

その、スバルの自嘲を独りよがりにしないでくれるラムの優しさに苦笑する。彼女の言う通り、本当にうまく立ち回れていたならよかったのに。

「そんなちゃんとやれてないよ。ちゃんとやれるまで、やり直す手もあったけど……」

例えば、剣奴《けんど》孤島では躊躇《ちゅうちょ》なくスバルはそれができた。

誤った道へ、望まぬ関係性へ進みかけたとき、それを挽回《ばんかい》するための方法に再挑戦するという、トライ&エラーを繰り返すだけの積極性が。

「でも、みんなと再会した今はやりたくないんだ」

言いながら、スバルは口の中、ずいぶん長く仕込んであった、奥歯の裏の薬包——毒の包みの感触がないのを確かめる。またあの方法に頼ることがあったとしても、それは人間関係の過《あやま》ちから目を逸《そ》らすために用いるのであってはならない。

そう強く、心に決めているからこそ——、

「——オットーにも、あんだけ強くぶん殴られたんだから」

自分の往《ゆ》く道が何に犠牲を強いるのか、それを繰り返してはならないのだと。

2

「オットー兄《あに》ィ、治してッやっから手ェ見せろや」

そう言われ、オットーは自分の正面に立ったガーフィールの顔を見返した。

この荒っぽい見た目の少年は、外見と裏腹にとても中身が繊細だ。気遣い屋な上に心根が優しく、実にエミリア陣営の一員という風情である。

そんなガーフィールの申し出に、オットーは「いえ」と首を横に振り、

「そう気を遣わなくても大丈夫ですよ。そこまで大げさにすることじゃ……」

「らしくッねェぞ」

「――――」

「治してもねェ手ェぶら下げて、大事な戦いすんのが兄ィの望みッかよォ」

「……それを言われると、言い返せませんね」

もっともだと説得され、諦めたオットーは右手――拳の青黒く腫れた手を差し出した。

痛々しく腫れた拳はじくじくと痛む。たぶん、拳の骨が折れているのだ。というか、そう思ったら余計に痛みが増してきた。折れてなくても折れている。

「『弱気なドムスの一番討ち死に』って感じだぜ」

「普段から弱気な人が戦場で張り切って、つまらない死に方をするって意味でしたか」

「まァ、オットー兄ィは弱気ってのと完全に無縁ッだけどなァ」

言いながら、ガーフィールが優しく取った手に治癒魔法をかける。

じんわりとお湯で温められるような感覚が淡い光にあり、ほんの十数秒でオットーの拳の痛みは和らいだ。

「繋《つな》がったばっかじゃャッやわらッけェから、次殴んなら左手で頼まァ」

「利き手まで骨折するなんて嫌ですよ。次はガーフィールにお願いします」

「俺様がやったら洒落《しゃれ》にならねェよ。オットー兄《あに》ィだからあんッなんで済んでんだぜ？」

牙を噛《か》み鳴らし、ガーフィールが首を巡らせ、客車の壁へと視線を送る。

そこにはガーフィールの言う通り、わずかに凹《へこ》み、亀裂の入った壁の跡があった。あれをしたのがオットーの拳であり、その拳の高さが――、

「――ちっこくなった大将の、頭の位置な」

「ナツキさんは小さくなっていて運がよかったですよ。あの状態のナツキさんをぶん殴ったら、どんな言い訳をしても僕が悪者っぽいですからね」

「そいつァ違《ちげ》ェねェ。大将がでかけりゃァ、兄ィの次に俺様も一発やってたかもなァ」

喉を鳴らして笑い、ガーフィールがオットーの軽口に乗っかる。

そのガーフィールの言動に気遣いを感じ、オットーは「ああもう」と治してもらったばかりの右手で頭を掻《か》いた。その乱暴な仕草にまだ手が痛むが、それが助かる。

「安直でも、痛みは薬になりますから。……なんだ、やっぱり小さかろうとナツキさんを殴っておいたらよかったですかね」

「したら、今からッでも一緒に殴りにいくかァ？」

「嫌ですよ。今いったら、見たくないものを見ることになりますから」

そのオットーの答えに、ガーフィールは「がお……」と呻《うめ》き、言葉に詰まった。

そのつもりはなかったのに、八つ当たりのような形になったとオットーは自分の言動を反省する。――否《いな》、本当にそのつもりはなかったのだろうか。

ガーフィールは決して自分には噛みつかないと、そう思う打算はなかったのだろうか。

「……嫌だな」

そう呟《つぶや》いて、オットーはまたしても右手で、少し強めに自分の額を叩《たた》いた。叩かれた額も、叩いた右手も、どちらも骨が痛みを訴えるのを薬として。

――現在、スバルはラムやレムの待機している客室で、『ルイ』と対峙《たいじ》している。

そこで交わされるだろう話は、オットーにとって心の底から不本意で、絶対に現場に居合わせたくない。エミリアやベアトリスは話の流れそのものよりも、その話をするスバル自身が心配でハラハラと結論を待っているはずだ。

そのエミリアたちと同じことはガーフィールにも言える。彼の場合、心配している相手はオットーで、そのために傍《そば》に残ってくれているのだと。

「痛みの効き目が悪いな……」

エミリアたちとガーフィール、どちらもオットーの心を酸っぱくさせてくれる。

『暴食《ぼうしょく》』の大罪司教、ルイ・アルネブに対するオットーの意見は一貫して、なんとしても排除するべきの一言だ。そうするべきと考え、強い決心を固めているからこそ、オットーにはエミリアたちにあえて伝えていない事実があった。

――それは、城郭都市《じようかくとし》グァラルで合流した『ルイ』との幾度もの接触の中、彼女から一度も悪意ある声を聴いたことがないという事実だ。

オットーの有する『言霊《ことだま》の加護』は、どんな生き物とでも意思疎通を可能とするというそれだけの単純な性能だ。地竜や虫と言葉を交わし、情報や協力を得るのが最も多用する使い方だが、その気になればオットーは赤子とでも話せる。

赤ん坊の声は言葉にならなくても、込められた意図は読み取れる。行商人時代、生活が苦しいときは土地の有力者の赤ん坊を世話し、糊口《ここう》をしのいでいたこともあった。

それと同じように、『ルイ』の発する言葉にならない声も、意図は読み取れていた。そしてそこには他者への悪意はなく、スバルやレムへの情が多分を占めていた。

だからオットーは、その事実に蓋をして、絶対にエミリアたちに教えなかった。

疑いがある間は、エミリアたちが過剰に『ルイ』と距離を詰めることを避けられる。

その疑いが晴れれば、優しいエミリアたちが『ルイ』にどんな態度を示すか、どんな距離感で接しようとするか、語るまでもないことだった。

それを――、

「――オットーくんとガーフくん、ちょっとええかな?」

コンコンと、軽く客室の扉を叩《たた》いて顔を覗《のぞ》かせたのは、キモノ姿のアナスタシアだ。

その隣に同じくワソー姿のユリウスを帯同した彼女の出現に、オットーは頬《ほお》を引き締めてから、「ええ」と頷《うなず》いた。

「あっちの方はもうちょっとかかりそうやったから、あんまり大勢で待ってるのもなんかなぁて思うて戻ってきたわ。オットーくんの、手ぇも心配やったし……」

「あんたらに心配ッされねェでも、兄《あに》ィの手ェなら俺様が治したぜ。それッより、あんたにガーフくんなんて呼ばれんのァ落ち着かねェよ」

鼻面に皺《しわ》を寄せて、そう訴えたガーフィールにアナスタシアが目を丸くする。それから彼女は「ごめんごめん」と微笑《ほほえ》み、

「ほら、ミミがガーフガーフてそないに呼んで話してばっかりなもんやから、ついついウチもガーフくんで馴染《なじ》んでしもたんよ。ガーフくんじゃ、あかん？」

「いけねェたァ言わねェが……」

「ガーフィール、気を遣わなくても大丈夫ですよ」

アナスタシアの求めに渋るガーフィール、その肩を叩いてオットーは言った。

アナスタシアたちが入ってきて、ガーフィールはオットーを背後に庇《かば》うように立ち位置を変えた。正確には庇ったのではなく、隠したのだ。

――アナスタシアのすぐ脇に控える、ユリウスの存在から。

その弟分の配慮はありがたいが、弱味《よわみ》を見せるのは得策ではない。と、オットーはガーフィールの隣に並び、治療された右手をアナスタシアたちに見せた。

「この通り、手ならもう治してもらいましたので、ご心配には及びません」

「そかそか。それならよかったわ。もしあれやったら、ユリウスに治させよて思うてたんやけど、お節介やったね」

舌を出し、いけしゃあしゃあと述べるアナスタシアが小憎たらしい。それをアナスタシアから提案されたら、こちらが断れないと思っているならお生憎様《あいにくさま》だ。

オットーとガーフィールが不在のアウグリア砂丘、その道行きで二人はスバルやエミリアたちと交友を深めたかもしれないが――、

「あの方たちと違って、僕はお二人が敵であることをちゃんと覚えています」

「――。やっぱりええね、オットーくん。もちろん、エミリアさんらのことは嫌いやないけど……そういう反応やないと、ウチも張り合いなくなってまうから」

視線を鋭くしたオットーは、そのアナスタシアの答えと強固な目の光に納得する。

たとえ、スバルたちのために国境を跨《また》ごうと、アナスタシアはきっちりと陣営の一線を引いている。カララギ都市国家の使者を引き受けたのも、抜け目のなさの一環だ。

その点で言えば、問題なのはアナスタシアではなく――、

「騎士ユリウス、何か僕に仰《おつしや》りたいことでも？」

「肯定しよう。――先ほどは出過ぎた発言をした。その謝罪をさせてもらいたい」

「謝罪、ですか」

我ながら硬い声で呼びかけた相手、ユリウスの返答に吐息が漏れる。

出過ぎた発言というのは、先のこの場でのやり取りで、『暴食《ぼうしょく》』の大罪司教の処遇を巡る中で彼が口にした一言だろう。

自らの考えを述べるという意味で、ユリウスはその権利を行使したに過ぎない。

それはあの場で、激昂《げきこう》したオットーにユリウス自身が発した言葉のはずだったが。

「考え直したと仰るんですか？　やはり、自分は部外者だったと」

「いいや、『暴食』の大罪司教の権能……その被害に遭った私は関係者だ。私自身、その思い出を振り返れない弟がいる。その点も含め、私は自分を部外者とは思わない」

「……それなら、何を以《もっ》て出過ぎたと？」

声を低くして、オットーは眉を顰《ひそ》めた。部外者と、そうオットーが定義した点について譲らないなら、他にユリウスが謝罪を申し出る理由が思いつかない。

そう訝《いぶか》しむオットーに、ユリウスは真摯な謝意とある種の信頼を宿した瞳《ひとみ》で、言った。

「オットー殿、あなたの役目を奪ってしまったことを謝罪する」

「――――」

「あなたの反応でわかった。あの場で私が言い出さずとも、同じことはあなたの口からも語られたはずだ。にも拘《かかわ》らず、私は自分が『暴食』の被害に遭った当事者である一点を理由に、陣営の識者であるあなたの役目を奪った。故に」

そこで言葉を切り、ユリウスは深々と腰を折って頭《こうべ》を垂れながら、

「心からお詫《わ》びする。申し訳なかった」

そう、一分の隙もない謝意の表明を見せられ、オットーは頬《ほお》の内側を強く噛《か》んだ。

一瞬でも遅れれば、危うく唇を噛むところを見られるところだ。頭を下げたユリウスには見えなくても、アナスタシアに見られる。それは絶対に避けたかった。

「ユリウスが、どうしてもそのことで謝りたい言うてな？　せやから、オットーくんの手ぇの治療がまだやったら、切り出しやすいなぁって思うてたんよ」

「……そォかよ。そりゃ、悪《わり》ィことしたな」

「ええよ。切っ掛けがなくても、ウチの騎士様はちゃんと謝れる子ぉやったから」

当事者二人を置いたまま、アナスタシアとガーフィールがそんな言葉を交わしている。

その間も頭を下げたままのユリウスに、オットーは自分の言葉が待たれているのだと、この謝罪は自分が動かなければ終わらないのだと遅れて気付いた。

「……顔を、上げてください」

ゆっくりと時間をかけて、オットーはようようその言葉を相手にかける。

それを受け、ユリウスもまたゆっくりと下げていた頭を上げた。ワソー姿の剣士、左目の下の傷が精悍《せいかん》さを際立てる面構えを見据え、オットーは嘆息し――、

「あなたの、あの発言に悪意がなく、ナツキさんへの協力する姿勢があったことは疑いません。――ですが、あなたは敵だ。依然、変わりなく」

「オットー殿」

「僕は騎士ではありませんから、剣を交える機会はない。あなたは商人でも文官でもあり

ませんから、言葉を交える機会はない。──それでも、剣でも言葉でもないものを交える立場として、あなたは僕の敵であり、僕はあなたの敵です」

ぎゅっと、痛む右手を強く握り、オットーはユリウスに真っ向から宣言する。

その宣言に目を見張るユリウスの反応に、唖然《あぜん》や呆然《ぼうぜん》といった、敵だと思っていない相手に対する驚きがなかったことが、少なからずオットーの矜持《きょうじ》を救った。

「アナスタシア様、先にお伝えしておきますが……ナツキさんやエミリア様の意思がどうあれ、大罪司教を役立てる理由は帝国にある。大罪司教の存在を理由に誹《そし》られるなら、その責を負うべきは帝国です」

「──。ん、ウチもそれには異存なしや。そうやなくても、こないなことウチかて自分の手札にしよなんて思うてへんよ。やって、そうやろ？」

振り向き、そう武装した理論を振るうオットーに、アナスタシアが白い狐《きつね》の襟巻きを撫《な》でながら、視線を後方──スバルたちのいるだろう車両の方に向けて、

「それがどないな計画でも、大罪司教が関わることを良しとした時点で、関係の深さ浅さに関係なく、周りに嫌な顔されるんは当然やもん。これは帝国だけやなくて、エミリアさんらだけでもなくて、ウチたちにとっても表に出せせん話」

「──わかっていらっしゃるなら、結構です」

アナスタシアの答えに頷《うなず》いて、オットーはわずかに肩から力を抜いた。

事に大罪司教が絡めば、それがどのような場面であっても肯定的に受け取られることは

ありえない。それがこの世界の枠組みであり、動かし難《がた》い真理だ。

被害者であるユリウスが何を言い、心根の優しいエミリアが許すための道を示し、そして愚直で望みが高いスバルが何を願っても、そうなのだ。

だから、突き付け合わなくてはならない。

お互いの首筋にナイフを向け合い、互いにとっての致命傷を押さえているのだと。

「――。すみません、少しやらなくてはいけないことが。ここで失礼します」

その共通認識を確認したところで、オットーは唐突にそう言った。

「そう？」とアナスタシアは首を傾《かし》げ、彼女の傍《かたわ》らではユリウスが先のオットーの宣言を生真面目に受け止めた顔をしている。居た堪《たま》れなくなり、素早く背を向けた。

「兄《あに》ィ！　俺様も……」

「ガーフィール。――一人で、大丈夫ですから」

足早に客室を離れようとするオットーは、ガーフィールをそう手で制した。

それは一人で大丈夫ではなく、一人にしてほしいという懇願だ。そして、気遣い屋の弟分は素直にそれを聞き入れ、頷いて見送ってくれる。

「――――」

静かに客室の扉を閉めると、オットーは大股で歩き出し、そこを離れる。

ガーフィールを、アナスタシアやユリウスと同じ部屋に取り残してしまった。残った彼がどんな話をするのか心配だが、その擁護に回る心の余裕がない。

走りはしなかったが、走り出したいくらい、心中は穏やかではなかった。

「僕の役目を、奪った……？」

頭を下げたユリウスの謝罪、それが頭の中で反響し、奥歯を噛《か》みしめる。

自分の過《あやま》ちを認めて謝れるなんて、さすがアナスタシアの一の騎士だ。その『名前』が忘れられる前はさぞや名のある騎士だったのだろう、なんて思えない。

ただただ、ユリウスの考え違いに、とても苦い感情を覚えるだけだ。

ユリウスは大きな勘違いをしている。——オットーは、あの場でユリウスが言い出さなければ、スバルの袋小路に穴を開けるようなことは絶対、死んでも言わなかった。

役割を奪われたから、ああして激昂《げきこう》したのではない。

言うべきではないこと——否《いな》、言ってほしくないことを言われたから、オットーはあの場でユリウスに激昂した。それを、ユリウスはわかっていない。

なのに、あんな勘違いをしているのは——、

「道理で、似た者同士なわけだ」

根っこのところで、ユリウスもスバルと同じような理想主義者である証《あかし》だ。

人間の根幹が善なるものと信じている。でも、それはお気楽だからではない。現実を知らないからではない。現実を知っていてなお、ああ嘯《うそぶ》ける。

それはナツキ・スバルやエミリアと同じ、光の歩き方だった。

「——っ」

「――オットーくん、それはいけない」

不意に、自分の腕を掴《つか》まれる感覚がオットーを現実に呼び戻した。

見れば、振り上げた腕を背後から引き止められている。どうやら無意識に、また壁を殴ろうとしていたらしい。――治してもらったばかりの、その右腕で。

「この治り方はガーフィールの治癒魔法だろう？　治したばかりだろうに、またすぐに壊してしまっては君でも気まずくなるだろうに」

「……馬鹿なことをしたのは認めますので、放してくれませんか」

我ながら態度が悪いと思ったが、相手は聞き慣れている様子で苦笑し、手を放した。

そこに立っていたのは、あまり会いたくない相手のロズワールだ。もっとも、いつでもあまり会いたくないのだが、今は特にそうだった。

「その顔、私と口も利きたくないという様子だーぁね？」

「それが見て取れて話しかけてくるんですから、辺境伯も筋金入りですね」

「君らしくもなく、嫌味《いやみ》に切れ味がない。思ったよりも応えているようじゃーぁないか」

「――――」

そのロズワールの嫌味に、オットーは苛立《いらだ》ちを顔に出さないのに苦心する。

当然だが、ロズワールも客室の話し合いには参加していて、オットーの怒り心頭も、大罪司教の扱いに対して強硬的な意見を持っていたことも知っている。

知っていてこの態度なのだから、その目的は明々白々、オットーを怒らせることだ。

そうでなかったとしたら、他人との付き合い方が下手すぎる。

「辺境伯もおわかりかと思いますが、今の僕には余裕がありません。僕が買収した鼠《ねずみ》に全身を齧《かじ》られたくなければ、あまり逆撫《さかな》でしないでください」

「もし今後、鼠に齧られるようなことがあれば下手人は君というわけだ。それは有益なことを聞かせてもらったが……君を案じているんだよ」

「……僕を？」

怪訝《けげん》に思い聞き返すと、ロズワールが頷《うなず》いた。

その反応に、オットーは彼が新たな角度から嫌がらせをしてきたと理解する。余裕がない状況でそれをされると、本当に胸が悪くなるのでますます憎たらしい。

「辺境伯は、どうお考えなんですか？」

「私かい？　私はもちろん、オットーくんと同じで帝国なんて滅んでも一向に構わないというスタンスでいるとーぉも」

「――――」

「おや、違ったかな？　大罪司教なんて薬になり得ない毒でしかないものだ。その活用法を考えるくらいなら、帝国なんて消えてしまってもいいだろう。君がスバルくんに提案した通り、見捨てて気が咎《とが》めるメンバーだけ連れ帰ればいい」

名案だと言わんばかりのロズワールの目論見《もくろみ》通り、オットーの気分は最悪だ。

心配などと白々しいことを言って、わざわざオットーにオットー自身のやり方を見せつけるのだから、ロズワールの性格の悪さは極まっていた。

同時に、それが一番現実的な案だとも思う自分に辟易《へきえき》とする。

「これだけは伝えておくけどね、君は十分にやっていると思うよ、オットーくん」

「……やっぱり化粧がないと、辺境伯の舌鋒《ぜっぽう》も鈍《にぶ》るんですね。まるでちゃんと僕に寄り添おうとしているみたいに聞こえますよ」

「寄り添う才能はないから、そうしようとは思わないさ。いずれにせよ、君は十分にやっているとも。だが、どう足掻《あが》いてもという話でもある」

「――。どう、足掻いても？」

妙に引っかかる物言いをされて、オットーはピクリと眉を震わせた。

そのオットーの反芻《はんすう》に、ロズワールは深々と頷く。彼は自分の細い顎《あご》に手を添えて、化粧をしていない顔の中で青い瞳《ひとみ》を残して目をつむると、

「今回のことがいい例だろう。大抵の場合、スバルくんやエミリア様が望んだことは通るんだよ。寄ってたかって筋道を整え、それが通るようになっている」

「……何を言ってるんですか？」

唐突なロズワールの発言に、オットーは困惑に眉を顰《ひそ》めた。

スバルやエミリアの望んだことが叶《かな》うだなんて、馬鹿馬鹿しいにもほどがある。それが本当なら、エミリアはとっくに王様だし、ナツキ・エミリアになっている。

そうなっていないということは、そうではないということだ。

「僕を馬鹿にしてるんですか？　それとも、ナッキさんやエミリア様を馬鹿に？」

「どちらでもない。ただ、君を不憫《ふびん》に思っている。こうしてルグニカからヴォラキアへやってくるのには、君の生家の貢献もあった。その点、私は君に感謝しているから、あえてこうした忠言をすることにしたんだ」

「――――」

「過度に入れ込み、スバルくんやエミリア様と意見を違《たが》えるのは君にとって毒だ。その毒が君を蝕《むしば》み、やがて殺しはしないかと心配なんだよ。君は、得難《えがた》い人材だからね」

静かに、その声の調子を落ち着かせ、ロズワールが真っ向からそう語りかけてくる。

いつしか、その口調からは道化めいたものが抜け、左右色違いの瞳《ひとみ》に真摯なものを宿してオットー・スーウェンへと訴えかけていた。

その態度と言葉に、オットーはしばらく、しばらく黙って、気付く。

ロズワール・L・メイザースという人物の、狙いに。

「辺境伯、お話はわかりました。その上で、忠告は聞けません」

「ふむ……」

目を細め、ロズワールが憂慮を秘めた風に吐息をこぼす。

その先の、忠告を受け入れないという真意を聞こうとする彼に、オットーは言う。

「わかっています。――僕が邪魔なんでしょう。僕は辺境伯が仕組んだことを許していませんし、まだ何か企《たくら》みがあると疑っていますから」

「……おや？」

「だから、僕に大きな不満が溜《た》まったのを見計らって声をかけてきた。適当な理由をつけて僕を取り除く、絶好の機と思ったのかもしれませんが、大きな間違いです」

確かに、ロズワールの見立ては正しい。

先ほどのやり取りは、オットーがエミリア陣営に加わって以来、最も大きな怒りを覚えた瞬間と言っていい。陣営に加わる前なら、スバルを殴り飛ばすまで至った出来事があるのでそれが入ってくるが、それと並ぶほどの怒りだった。

「だけど、それで僕が何もかも投げ出すと思われるのは大間違いですよ」

「オットーくん……」

「大体、先ほどの世迷言《よまいごと》はなんなんですか？　ナツキさんとエミリア様が望んだことはまかり通る？　馬鹿なことを言わないでください。ちっともそうじゃないから、僕もガーフィールも、ベアトリスちゃんもラムさんもペトラちゃんもフレデリカさんもパトラッシュちゃんも、みんな必死にここまでやってきたんでしょうが」

見当違いもいいところだと、オットーはロズワールに心から腹が立つ。

先ほどのロズワールの言い分はこうだ。――スバルとエミリアが望んだことは、周りが何とかして叶《かな》えてしまう。だから余計な気を回してすり減る必要はない。いくら反対したところで意見を封殺され、自分の存在意義を疑うことになるだろうと。

「でも、そんなのは真逆ですよ」

「――――」

「辺境伯の仰《おっしゃ》った、寄ってたかってというのがどの範囲のことかはわかりませんが……仮に僕がナツキさんの意見に全部味方して、全部が通るように筋道を整えようとしても、それができるほど、僕は自分で自分が有能だなんて思っていませんよ」

ベアトリスやガーフィールのように、強い力が貸せるわけでもない。

ラムやフレデリカ、ペトラのように、なくてはならない支えを遂げられるのでもない。

望んだ万事を叶《かな》える力にもなれない、オットーがいる意味とは何なのか。

「それはできない。認められない。許せない。ナツキさんやエミリア様が何かを望んだとき、それを言わなくなったそのときが、僕の存在理由がなくなるときです」

「――――」

「生憎《あいにく》ですが、辺境伯、あなたの望んだ通りにはなりません」

そうはっきりと、ロズワールを強く見据えてオットーは宣言した。

こうも一息に、ロズワールに一方的に畳みかけたことは今までにもなかった。無論、口に出してこなかっただけで、ロズワールとの関係は常に薄氷の上にあったものだ。

それ故にロズワールも、好機と見ればこうして容赦なくオットーの排除に動いてくる。

だが、オットーは屈さない。少なくとも、今日のようなふざけた理屈では。

「僕の立つ瀬は決めてある。僕は光の歩き方はできませんが、それでいい」

「――――」

「悪手でしたね、辺境伯。あなたは、ここで僕に声をかけない方がよかった」

それでも結論は変わらなかったと、そう言いたいところではある。

しかし、少なくとも結論へ至るまでにはもっと時間をかけ、揺らいだはずだ。だが、ロズワールが望む結果を急いだことで、逆に彼の望まぬ結果になったのだ。

と、味のある渋い顔をしているロズワールの前で、オットーが息を整えたときだ。

「あ、オットーさん！　見つけた！」

パタパタと小さな足音がして、高い声に呼ばれたオットーが振り返る。

すると、手を振りながら走ってくるペトラと目が合った。

「ペトラお嬢様……じゃなく、ペトラちゃん」

とっさに潜入中の癖で呼びそうになり、オットーは口に手を当てて呼び直す。そのオットーの前に駆けてきたペトラは少し息を弾ませながら、

「オットーさん、手は大丈夫？　思いっきり壁を叩《たた》いたって聞いたけど……」

「それ、みんなに言われますね。幸い、ガーフィールが治してくれたので大丈夫ですよ。心配かけてすみません」

「ううん、大丈夫ならいいんです。……旦那様は何してるんですか」

苦笑し、オットーは心配してくれたペトラに無事な手を見せる。それで安心した風なペトラは、すぐに表情を切り替えてロズワールを睨《にら》んだ。

その視線にロズワールは「いや」と弱々しく首を横に振り、

「日頃の行いを噛《か》みしめていたところだよ」

「旦那様が……？　反省なんてしないんだから、何の味もしないんじゃないですか？」

「うわぁ」

オットーもかなり強くロズワールを追い詰めたつもりだったが、ペトラの一言の強烈さはその比ではなかった。事実、ロズワールも肩を落としているが、そんなロズワールをじと目で見ていたペトラが突然、「あっ」と思い出したように声を上げた。

それから彼女はオットーに振り向くと、頭の上のリボンを揺らしながら、

「そう言えば、手だけじゃなくて、聞きました。少し前に、ルイちゃんのことで話し合ってたって、それで……」

「あ、ああ、そうですね。でしたら、それも心配をかけて──」

「それでわたし、オットーさんの代わりにスバルを引《ひ》っ叩《ぱた》いておきましたからっ」

「──」

きゅっと、握り拳にした小さい手を突き出して、ペトラがそう言い切った。

その突き出された拳と、意気込んだペトラの顔を交互に見て、オットーは目をぱちくりとさせる。

そんなオットーの反応に、ペトラは少し鼻息を荒くすると、

「オットーさん、我慢したって聞きました。今のちっちゃいスバルをオットーさんが叩《たた》いたら可哀想《かわいそう》だからって。だから、わたしがやっておきました」

閉じていた拳を開いて、ペトラが掌《てのひら》を見せつける。その掌の裏側からこちらを覗《のぞ》き込んでくる彼女に、オットーはしばらく押し黙った。

でも、堪《こら》えるのは無理だった。

「は、ははは、あっははは！」

ユリウスに謝罪されたときの、居心地の悪さには耐えられた。

ロズワールに攻勢を受けたときの、滅多《めった》打ちにされるやるせなさにも耐えられた。

でも、今のペトラの小気味のいい言葉には、耐えられなかった。

笑って何かが変わったり、問題が片付くわけじゃない。

問題は残ったままで、オットーは相変わらず、スバルの考えに反対の立場だ。

それでも、反対したまま、スバルが見つけた落とし所に対して、それではいけないと言い続けるのが自分の存在理由であるから、言い続ける。

屈してなんて、たまるものか。

「ペトラちゃん」

「はい？」

「ありがとうございます」

そう言って、オットーは少女が差し出している掌に、自分の掌を合わせた。

パチンと軽い音が鳴ると、「どういたしまして」とペトラが笑った。

3

――ヴィンセント・ヴォラキア皇帝閣下。

真剣な面差しで自分を見るフロップにそう呼ばれ、ヴィンセントは片目をつむった。

突然、連環竜車の一室にヴィンセントを監禁したフロップとミディアム。この二人は自分たちの行いが極刑さえありえる暴挙の自覚が足りない。

ましてやそれが、他人からの伝言を伝えるためだというのだからどうかしている。

「その伝言なんだけど……その前に、少しだけ昔話をしてもいいかな？」

挙句、本題の前に無駄話を挟もうというのだから畏《おそ》れ多いどころの話ではなかった。

そのフロップの内心が読めず、ヴィンセントは片目をつむったまま無言になる。その沈黙を自分への追い風だと思ったのか、フロップは「それと」と続け、

「図々《ずうずう》しいのは承知だけど……伝言を聞いたら、ぜひとも僕の頼み事を一つ聞いてくれないだろうか」

「おい」

「おやおや、怖い顔だね、皇帝閣下！　しかし、忘れないでくれたまえよ。君が聞くべき伝言は僕しか知らないのだから、迂闊《うかつ》に僕を黙らせられないのだと」

「『悪辣翁《あくらつおう》』にでも命じて、シノビの拷問で貴様の口を割らせるという手段もある」

「お互い、平和的に話すのがいいんじゃないかな、皇帝閣下！」

ヴィンセントが声に脅しを含めると、フロップはすぐさま両手を上げた。

皇帝相手に交渉しようなどと、不敬どころの話ではない。とはいえ、前置きされた昔話も、それに乗じようとした頼み事とやらも、彼にとって重要ではあるのだろう。

「でもあんちゃん、あんまり時間ないんでしょ？　このままだと、アベルちんが戻ってこない～ってゴズちんたちが騒いじゃうよ？　お願い事はともかく、昔話って？」

もっとも、そう述べるミディアムは兄に情報共有してもらえていないようだったが。

「貴様は貴様で、何も聞かずに兄の暴挙に加担などするな」

「え～？　けど、あんちゃんのすることでしょ？　そしたら、それが何でもあたしは手伝っちゃうかな～。それがあたしの家族の誓いだし。アベルちんもそうでしょ？」

「たわけ。貴様はヴォラキア皇帝がどう誕生するのかを知らぬのか？」

平然と戯言《たわごと》を口にしたミディアムは、その答えに目をぱちくりさせる。彼女の本気の反応に、非常識にも限度があるとヴィンセントはフロップの方を責める目をした。

決して聞こえのいい話ではないが、ヴォラキア皇族が兄弟姉妹で殺し合い、次の皇帝を決めるという『選帝の儀』は帝国では常識だ。

それさえ知らないミディアムに、ヴィンセントはフロップの教育の偏りを疑うが。

「その視線の意味はわかるよ、皇帝閣下。妹が非常識だと驚いているんだろう？」

「それ以外のなんと言える。それと、いちいち皇帝閣下と呼称するのもやめよ。他に該当するものがおらぬなら、閣下のみでいい」

「そうかそうか。わかったよ、皇帝閣下くん」

「――――」

微笑《ほほえ》んだまま頷《うなず》いて、そう続けるフロップにヴィンセントは目を細めた。

先の、真剣な面差しにも感じたことだが、今日のフロップはただの人の好《い》い商人という
だけでなく、肩書きの向こうの顔を見せるつもりがあるようだ。

正しく、ヴィンセントに対して何らかの思うところがある人間の、顔を。

「妹よ、僕に聞いたね。どうして昔話をするのかと。それはね、僕たちの過去と皇帝閣下
くんとの間に繋《つな》がりがあるからなんだよ」

「ええ!? そうなの!? あたしたちとアベルちんの間に!? なになに!?」

「ははは、こらこら、いくら何でも忘れっぽすぎるぞぅ、妹よ。皇帝閣下くんは帝国の皇
帝なんだ。つまり、『九神将』とも繋がりがあるんだから――」

「――バル兄《に》ぃのこと?」

驚きに目を丸くしていたミディアム、その表情がふっと溌剌《はつらつ》さを失った。

彼女が口にした誰かの呼び名と、直前の『九神将』という単語。それらが結び付けば、
ヴィンセントの脳裏にも自然と一つの名前が浮かぶ。

「貴様たちは、バルロイ・テメグリフの関係者か」

「ああ、そうだよ、皇帝閣下くん。いわゆる義兄弟というものかな。最も多感な時期を共
に過ごした、大切な大切な愛《いと》おしい家族だとも!」

ぐっと拳を固めて、そう声を高く答えたフロップにヴィンセントは吐息をこぼした。

ミディアムは眉尻を下げて、兄とヴィンセントを交互に見ている。その表情にはありありと困惑と、悲哀めいたものが浮かび上がっていた。

「この竜車だが、セリーナ・ドラクロイ上級伯が乗り合わせているそうだね。実は、僕と妹は一時期、ドラクロイ伯にもお世話になっていたんだ」

「セリ姉《ねえ》……」

「ちなみに、これはドラクロイ伯がミディアムに他人行儀にされたり、間違っても実年齢より上の女性と扱われないために強制した呼び名なんだ。面白いだろう？」

「本題に入れ」

無意味な話題を引っ張って、集中力を切らせるのは行商人の手口だ。

この兄妹《きょうだい》とセリーナとの関係も、二人がバルロイと関係があると告げた時点で予測はできた。元々、バルロイ・テメグリフはセリーナ・ドラクロイの部下であり、その確かな力量を理由に『九神将』へ召し上げられた、将来を嘱望された『将』なのだから。

ただし、そのバルロイの顛末《てんまつ》を知れば、多くの将兵の眼差《まなざ》しは失望に変わる。

皇帝へ謀反を起こし、それに失敗した挙句の敗死――それが世に知られるバルロイの最期であり、二人が家族と呼んだ男の、史書に残すだろう結末だ。

「――いや」

あるいは、屍人《しびと》となって蘇《よみがえ》ったことで、バルロイ・テメグリフが史書に残す記述は謀反ではなく、帝国を滅亡させた存在としてのモノになるかもしれない。

そう思った事実を、ヴィンセントはフロップたちには語らなかった。

今ここで、屍人《しびと》となったバルロイの話を持ち出せば、ヴィンセントが欲している話題はますます遠ざかると、そう予想ができたからだ。

「そうだね、本題に入ろう。昔話も、それほど長いものじゃない。要点は、図らずもミディアムが口にしてくれたからね」

微《かす》かに眉尻を下げ、フロップがゆるゆると首を横に振る。

彼の言葉にミディアムは心当たりのない顔をしたが、ヴィンセントは言及しない。際限なく横道に逸《そ》れる兄妹《きょうだい》の会話は、逸れたときだけ正せばいいと考えた。

「僕たち兄妹は孤児で、劣悪な施設にいた。そこから救われ、向かった先がドラクロイ伯の領地……そこでバルロイと出会い、義兄弟の誓いを立てた。ここまではいいかな？」

「――続けるがいい」

「色々と慌ただしい日々だったよ。僕もミディアムも、外の世界にあまりに無知で、見るものが何でもかんでも新鮮でね。ドラクロイ伯はとても広い視野をお持ちの方だから、行き場のない僕たちにも教育を受けさせてくれたんだ」

「そのわりには、妹の方に成果が出ていないぞ」

「あたしは、バル兄《に》ぃたちと一緒に体動かす方が好きだったから……」

少しだけ元の調子を取り戻したミディアムが、唇を尖《とが》らせて口を挟む。

フロップの語ったドラクロイ領の方針は、ヴィンセントの知るそれと一致している。『灼熱公《しゃくねつこう》』などと呼ばれ、その苛烈な姿勢と戦の能力を評価されることの多いセリーナ・ドラクロイだが、彼女の本領は既成概念に囚《とら》われない柔軟な発想だ。

大抵の場合、ヴォラキア帝国には長い目で物を見るという視野がない。

子どもの多くは労働力としても戦力としても期待されないため、多くが生まれ、その中の地力と環境に恵まれたものだけが生き残り、極少数が強者として大成する。

自分の家の人間ならともかく、子どものうちから教育し、広く人材を育てようなどという試みはほとんどが机上の空論とされる国だ。

フロップとミディアムの二人は、その稀《まれ》な機会に恵まれた兄妹だった。――否《いな》、その才能を見出《みいだ》されたバルロイも、その一人だろう。

「もちろん、楽しいことばかりじゃなかったし、ドラクロイ伯も僕たちに優しいだけじゃなかった。当時は、ドラクロイ伯ご自身もお父上から領地を簒奪《さんだつ》したばかりだったから忙しくしていたしね」

「今考えると、危ない目にも結構遭ったよね」

「ドラクロイ伯のお命を狙った刺客に襲われたりね。あれは大変だった」

懐かしい思い出を回想する二人に、無言のヴィンセントは本筋を探る。

ただ、それは早々に察しがついた。こう言ってはなんだが、言われ慣れている言葉、向けられ慣れている視線というものがある。この二人の目的も、おそらく同じだ。

すなわち――、「そうした日々を共に乗り越え、僕たち兄妹《きょうだい》とバルロイとの間には強い絆《きずな》があった。そんな間柄だからこそ、君に聞きたい、皇帝閣下くん」

「――――」

「僕たちの義兄弟、バルロイ・テメグリフは広くみんなに知られているような、愚かで先の見えない謀反人として、分不相応な望みの果てに命を落とした……そうなのかい？」

再び静けさを取り戻したフロップに問われ、ヴィンセントはやはりと得心する。

戦場で死するのが戦士の誉れ、剣に貫かれてもなお屈さずが剣狼《けんろう》の在り方。それが尊ばれるヴォラキア帝国でも、近しい人間の死を祝福できるものばかりではない。

死に意味を、理由を求め、人々はヴィンセントに言われ慣れた言葉、向けられ慣れた視線を投げかける。それは人の性《さが》であり、道理だ。

故にフロップたちの問いかけも、ヴィンセントには慣れ親しんだ慟哭《どうこく》だった。

「何故《なぜ》、疑う。市井にまで流れた風説には不純物が混ざり、信用に置けぬという腹か？」

「いいや？　ただ、せっかく当事者と話せる機会があるんだ。だったら噂話《うわさばなし》じゃなく、直接その人の口から話を聞けた方が信じられると思って不思議はないだろう？」

「対話の機会は、貴様たちが無理やりに作ったものだがな」

やや都合よく話を捻《ね》じ曲げたフロップに応じ、ヴィンセントは珍しく思案した。

市井には、バルロイ・テメグリフの死は企てた謀反の失敗による敗死と知られている。

フロップとミディアムが聞いたものも、それ以上でも以下でもない話のはずだ。

そしてヴィンセントにとって、それ以上でも以下でもない話が広まるのが望ましい。

「答えてほしい、皇帝閣下くん。それがわかれば、僕も君に伝言を——」

「——。貴様たちが何を欲しているか知れぬが……」

二人が聞き及んだ噂で間違いないと、そうヴィンセントは答えようとした。

しかし——、

「——アベルちん」

弱々しく、ほんの短い呼びかけに、ヴィンセントの言葉は遮られた。

客室の扉を塞いでいるミディアム——否《いな》、彼女にそんなつもりはもうないだろう。

そこに立ち尽くすミディアムは、女性にしては長身の肩を小さくして、ぎゅっと自分の腕を抱きながらヴィンセントを見ている。その青い瞳《ひとみ》に、涙を溜《た》めて。

涙目など、命乞いでも懇願でも見慣れている。

だから、それがヴィンセントの心を揺すぶるようなことは一切ない。ただ、心は揺れなかったが、平常心に思案のひと時が与えられた。

——二人が何を欲しているかは知らない。そうヴィンセントは答えようとした。

しかし、本当にそうだろうか。二人が何を欲しているかは、わかっているはずだ。二人が欲しがっているものは明白で、ヴィンセントはそれを持っている。

持っていて、それでも話さない。それがヴィンセントのやり方だ。

ただ、そのやり方には、『これまで通りの』という冠がつく。

「――――」

『これまで通りの』やり方は、ヴィンセントが己の考えで全てを決め切るものだ。

だが、その『これまで通りの』やり方で、ヴィンセントは忠臣に足をすくわれた。おめでたい頭をした男に、確実視した推測が的外れだと殴り飛ばされた。

『これまで通りの』やり方では、限界がある。

ヴィンセントに求められるのは、『これまで以上の』やり方でなくてはならない。

そして、そのやり方を手に入れるために――、

「――バルロイ・テメグリフの死には、市井に流布された風説と異なる真相がある」

そう、『これまで通りの』やり方とは違う答えを、ヴィンセントは選んだ。

4

ヴィンセントの答えを聞いた瞬間、フロップとミディアムの表情に変化が生じた。

フロップは軽く目を見張り、ミディアムは唖然《あぜん》と目を瞬かせる。どちらも驚きに見えるが、その驚きの質は違った。

その二人の反応の違いに、ヴィンセントは理解する。

「フロップ・オコーネル、貴様は事実が風説通りでないことを知っていたな」

「え……あんちゃん？」

「知っていた、というのとはちょっと違うよ。噂されている話はあまりにもバルロイらしくない。そのぐらいはミディアムだって思っていたさ」

「う、うん……」

水を向けられ、困惑の消えない表情でミディアムが頷《うなず》く。

だが、妹を頷かせたフロップは、ヴィンセントの問いかけを明確に否定していない。

「まさか、皇帝閣下くんは僕とバルロイが親しいから、事前にバルロイ本人から話を聞いていて、鎌をかけたと思ってはいないかい？」

「――。可能性はあるが、皆無に近い。俺の知るあの男は、過《あやま》つ余地をわずかでも上昇させまいと、決行の瞬間まで誰にも口を割らなかったはずだ」

「……そうだね。皇帝閣下くんの言う通りだと思うよ。よかった。どうやら、君とならば僕もよく知っているバルロイの話ができそうだ。なにせ」

「――――」

「あの件以来、帝国のどこでバルロイの名前を聞いても、僕やミディアムの知らない人間の話としか思えなかったものだからね」

寂寥《せきりょう》感に眉尻を下げたフロップ、彼の言葉は事実だろう。驚きもしない。

そうであるよう、そうなるように風説を調整したのはチシャで、そう指示したのはベルステツで、そうなるよう命じたのはヴィンセントだ。

全ては、バルロイ・テメグリフが謀反人となった理由、その真相を伏せるため。

それは——、

「——あの謀反は、バルロイの本意じゃなかった」

「あんちゃん⁉」

紡がれたフロップの言葉に、悲鳴のようにミディアムが叫んだ。

彼女は丸い目を見開いて、ぶんぶんと強く首を横に振ると、

「そんなの変だよ、おかしいってば。バル兄《に》ぃは、だって……アベルちんも！　何か言ってよ！　あんちゃんにおかしいって……」

「訂正する必要があればしている。なければせぬ。それだけだ」

「何にも、言うことがないって、それじゃぁ……」

唖然《あぜん》と言葉を失い、ミディアムは事情が呑《の》み込めない顔でいる。

一方でフロップは深く長い息を吐くと、自分の口にした疑惑——バルロイの死の真相を、ヴィンセントが否定しなかったことを受け止める。

市井の噂では、バルロイ・テメグリフは『九神将』の地位に満足せず、より高みを目指して謀反を起こし、敗死した愚かな負け犬となっている。

それはヴィンセント・ヴォラキアの玉座の盤石さを証明し、多くの野心家たちの無謀の火を弱らせる役目を生んだ。

「皮肉にも、俺自身の謀《はかりごと》で此度《こたび》の内乱を後押しし、弱らせた火勢を再び強めたが」

「――。そうだね、平穏は短かった。でも、それはおそらく結果をそう利用しただけで、元からそれが目的だったんじゃないはずだ」

「――――」

「バルロイの目的は別にあった。皇帝閣下くんは結果を利用しただけで、前提はまた別のはずだろう。皇帝閣下くんは、その目的までも知って？」

考える時間は多くあった。それが、フロップの話に澱《よど》みのない理由だろう。

バルロイが死に、真相と異なる噂が流布され、フロップはいったい真相がどこにあるのかと考え続けてきた。故に、千載一遇の好機を逃さずにおれた。

『魔弾の射手』バルロイ・テメグリフが、あの謀反に与《くみ》した目的、それは――、

「――ルグニカ王国へ特務を受けて向かい、命を落としたマイルズ上等兵の敵討ちだ」

「――っ」

「何を驚くことがある、フロップ・オコーネル。貴様はこれもわかっていたはずだ。ことごとく皇帝を試す真似《まね》をする。不敬であろう」

息を詰めたフロップ、その反応を白々しいとヴィンセントは鼻を鳴らした。

先と同じで、これも会話を続ける価値があるか見極めるための鎌かけだろう。しかし、フロップはその顔に驚きを、それも二種類の驚きが混じった顔で首を横に振った。

「言い逃れをするつもりはないよ。確かに僕は君を試そうとした。だけど」

「なんだ？」

「……君が答えたことと、マイルズ兄ぃ《に》の名前が出たことに驚かされたんだ」

声にも驚きを乗せたフロップに、ヴィンセントは目を細める。

試された前者の答えはともかく、後者の方は驚くに値しない。バルロイと関わりの深いマイルズ上等兵のことは知っている。――否《いな》、マイルズだけではない。

「自分に仕えるものの名と容姿、立場を把握しておくのは当然だ。いったい、将兵が如何《いか》なるものの命を受け、その全霊を費やすと考えている」

そうでなくとも、皇帝の立場は常に背に刃《やいば》を向けられているも同然だ。

命を懸けろと命じるのだから、そうする相手のことは知っておく。命を奪いにくるかもしれないのだから、知らぬ顔でないか把握しておく。

そして、自分の命令に従い、命を落としたものの名は、忘れてはならない。

「俺は王国のものたちとは違う。一人一人の将兵の死に心など砕《くだ》かぬ。ただ覚えておくだけだ。故に、マイルズ上等兵のことも、バルロイ・テメグリフのことも――」

「アベルちんは、忘れない……？」

「――それだけだ。慰めにもならん」

弱々しく、たどたどしいミディアムの言葉にヴィンセントはそう答えた。

そうした上で、ヴィンセントはフロップとミディアムに付け加える。

「もし仮に、貴様たちがバルロイめの名誉の回復を望むなら、それは叶《かな》わぬぞ」

「――！　ど、どうして？」

「流布された風説と実情が異なると知れば、いずれの噂にも邪推を働く輩《やから》が出よう。それらの台頭は帝国の土台に無用な罅《ひび》を入れる。そのようなことは……」

「バルロイも望まない。そうだね？」

どこまでわかっているのか、フロップがヴィンセントにそう確かめる。

もはや伏せるだけ無意味だと、ヴィンセントは顎《あご》を引いた。ますます、強い動揺がミディアムの顔に広がっていく。

そんな妹に、フロップは兄らしく優しく、しかし厳しさも込めて、

「妹よ、自分で言っただろう？　僕のすることなら何でも手伝ってしまうと。それが家族の誓いだ。僕もそうだと胸を張って言える」

「そ、そうだよ？　だけど、それが何なの？　それが……」

「もし、バルロイが本気で皇帝閣下くんを殺して謀反を起こすつもりだったなら、バルロイは僕たちに手伝ってくれって言ってきたさ。それがほんのわずかな可能性を上げるためだったとしても、本気でやるならそうした」

「――ぁ」

フロップの言葉に、ミディアムが目を見開いた。

彼女も先だって口にした『家族の誓い』――それがどれほどの強制力を持っているのかヴィンセントにはわからないが、もしも皇帝への謀反に誘われても断らないというほどに強い意味を持っていたなら、フロップの説は成立するものだった。

「バルロイには本気で謀反を成功させるつもりはなかった。一方で、マイルズ兄《に》ぃの敵討ちがしたいという目的はあった。そこが矛盾しているってことは、バルロイはマイルズ兄ぃの仇《かたき》を皇帝閣下くんとは思っていなかったたってことだね」

「――――」

「最後に、もう一個だけ聞いてもいいかな」

もうずいぶんと図々《ずうずう》しい時間を過ごすだけ過ごしたはずだが、まだ指を一本立てられるフロップの胆力は、あるいはセシルスに比肩するかもしれないとすら思われた。

そうヴィンセントが黙っていると、フロップはまたもそれを追い風と思ったらしく、今さら咎《とが》める気も起きない言葉を続け、問いを重ねた。

「バルロイの悲願は、マイルズ兄ぃの敵討ちは果たせたのかい？」

「――。否《いな》だ」

「そう、か」

短く、ヴィンセントはそれ以上の情報を渡さなかった。

もしもフロップがそれを求めても、渡すつもりもなかった。フロップがバルロイとマイルズ、二人の兄弟の敵討ちを志したとしても、それを果たすのは不可能だ。

何より、それは――、

「バルロイ・テメグリフが望まぬであろうからな」

5

「長々と、すまなかったね、皇帝閣下くん」

ヴィンセントと、バルロイ・テメグリフを巡る問答を終え、フロップが頭を下げる。

下げられたところでの頭ではある。実際、長々とした問答だった。

「貴様はこの危急のとき、俺の時間がどれほど貴重か想像が働かぬのか？」

「元は商人だ。目利きには自信があるとも。だからこそ、預かった伝言は今が一番高く値がつくだろうと、僕と妹の欲しい答えを得るために活用したんだよ」

「不敬どころの話ではないな。加えて、俺に偽りを述べるな」

「うん？」

「貴様とミディアムの欲しがった答えではなく、貴様が欲した答えだ。これは、貴様のその願いに付き合ったに過ぎん。『家族の誓い』とやらでな」

顎《あご》をしゃくり、ヴィンセントはフロップの言の間違いを正した。それを受け、ミディアムが目を見張り、フロップも驚きのあとで、「そうだね」と頷《うなず》いた。

「答えを知りたがったのは僕だ。首を刎《は》ねるなら、僕だけにしてほしいな」

「たわけ。貴様の放言にこれ以上付き合えたものか。ミディアム、貴様もそのような目で俺を見るな」

兄の助命を懇願するミディアムの目にそう応じ、ヴィンセントはフロップを見る。

「それで、貴様は満足したのか？」

「そうだね。皇帝閣下くんが時間の惜しい中、真摯に対応してくれたことはしっかり伝わってきたよ。度重なる、僕の鎌かけにも引っかからなかったしね！」

堂々と皇帝を試したと発言するフロップに、ヴィンセントは無言。

もしも、ヴィンセントの答えが望みに適《かな》わなかったなら、どうするつもりでいたのか。

「そのときは、この伝言を皇帝閣下くんではなく旦那くんのところに持っていって、帝国を救ってもらった上で、彼に皇帝になってもらうところだったかな」

「貴様は……」

「いやぁ、そうならずに済んでよかったよかった！　……君は、僕が復讐《ふくしゅう》すべき世界の作り手の一人であって、そうじゃなかった」

「復讐すべき世界？」

安堵《あんど》に紛《まぎ》れた物騒な言葉に、ヴィンセントは眉を動かす。すると、皇帝と兄の会話の傍《かたわ》ら、グスグスと鼻を啜《すす》るミディアムが「あのね」と口を開き、

「あんちゃんがいつも言ってるの。嫌なことが起こるのは、誰か一人の悪い人がいるんじゃなくて、その人を悪くしちゃう世界の方がおっかないんだ～って」

「かなりざっくりだけど、そういうことだね！　まぁ、そういう理不尽に嫌なことが起こる世の中が嫌なので、小さいことでもコツコツ改善に努めるのが、僕なりの世界への復讐というものなんだよ」

「——。くだらんな」

復讐すべき世界と、その世界の作り手。

まるでセシルス・セグムントのような物言いだと思いながら、ヴィンセントは呟《つぶや》く。それにフロップは苦笑し、ミディアムは赤い目で「なにさ～」と怒る。

その兄妹《きょうだい》の反応を見ながら、ヴィンセントはますますくだらないと感じる。

間違いなく、フロップが不条理を感じる世界を形作った一人がヴィンセントだ。故あって変革を考えていても、そうできていない以上は復讐対象なのは変わらない。

それを、どうしてヴィンセントをそこから外したのか、理解できない。

まさか、『これまで通りの』やり方をやめたことが原因だとは考えたくない。誰の考えを参考に『これまで以上の』やり方を目指したのかと思えば、なおさらに。

それよりも——、

「貴様は言ったな。俺が望みに適わなければ、伝言の内容を別の相手に伝え、それを以《もっ》て帝国の危難を取り除くと」

「うん？　そうだね。旦那くんに任せるつもりだったよ」

「託す先が誰であれ関係ない。むしろ、あれに託して『大災』を取り除くなどと言えるのであれば、それはよほど重大な一手であろう」

ヴィンセントを謀《たばか》ってまで生かし、『大災』と戦うお膳立てをしたチシャの伝言だ。

いったい彼が何を画策し、何を残したのか、ようやく紐解《ひもと》けるというもの。

「故に一言一句、漏らさず伝えよ。落とした一句で、帝国の行く末が変わると思え」

「元からそのつもりでいたけど、それはとても怖いなぁ！　全部で三つの伝言を預かったんだけど……おほんおほん。僕がうまくやれるように応援していてくれ、妹よ」

「うん！　任せて、あんちゃん！　がんばれ～！」

ヴィンセントの真剣な眼差《まなざ》しに、腰の引けるフロップをミディアムが激励する。その茶番にヴィンセントが焦《じ》れる中、フロップは「まず一つ目」と何度か咳払《せきばら》いして、

「――セシルス・セグムントだが、あれはオルバルト・ダンクルケンの術技を写し取り、縮めて剣奴《けんど》孤島へ放り込んだ。おそらく、自力で這《は》い出してこようが、仮に出遅れるようであればそこにいると伝え聞くがいい」

「――――」

「いや、僕の前で話してくれたときは皇帝閣下くんと瓜二《うりふた》つの姿をしていたからね。話し方や口調もそうだった。でも、この通りの言い方だったよ」

無言のヴィンセントにフロップが慌てて付け加えるが、弁明の必要はなかった。

ヴィンセントを玉座から追いやって以来、チシャが皇帝に扮《ふん》していたのは事実。慎重なチシャのことだ。一度として元の姿には戻らなかっただろうし、その口調さえもヴィンセントを模したまま最期の時を迎えたに違いあるまい。

縮んだらしきセシルスの事情にチシャが関わっていたのも、おおよそ推測の範疇《はんちゅう》だ。

「あれはチシャであろうと言いくるめられぬ。セシルスが平時のまま帝都にいれば、何を

揃《そろ》えても俺を玉座からどかすことは叶《かな》わなんだろう」

　端的に言えば、計画の邪魔だったから縮めて放逐したというのが正しい。

　もしも相手がオルバルトであれば、セシルスも不覚は取らなかっただろう。だが、相手がチシャであったなら、セシルスが油断して縮まされたのも頷《うなず》ける。

「異論はない。続けよ」

「じゃあ、二つ目。――『神域』は城塞都市に留め置いた。あれの有無次第で、帝国を滅びへ誘う『大災』の在り方が知れよう。……と、正直、これはかなり重要そうな内容だったんだけど、詳しい意味はわからないんだ。とても聞き返せる空気でもなくて……」

　と、自信のない態度でフロップが言葉を発し、息を詰める。

　その理由は、今の伝言を聞いたヴィンセントの表情、その変化にあった。

「――――」

　ぐっと、ヴィンセントは強く歯を噛《か》んで、自分の口元に手を当てて押し黙っていた。左右の目は同時に閉じない。だから、右目だけを強く強くつむった。

　城塞都市ガークラを目指したのは、チシャであればそこに何らかの対抗手段を残したはずと考えたためだ。――だが、違った。

　チシャ・ゴールドが城塞都市に残したのは対抗策ではない。『答え』だ。

「一刻も早く、城塞都市へ入る必要がある」

「待って待って、アベルちん！　伝言は三つでしょ？　もう一個あるよ！」

立ち止まる時間が惜しいと、扉へ向かいかけたヴィンセントをミディアムが止める。彼女の言葉に足を止め、ヴィンセントは深く息を吐いた。

一つ目が『力』、二つ目が『答え』。ならば三つ目には何を残したのか。

「聞かせよ。まだ何事か手札を伏せていたならば――」

それも用いて、ヴォラキア帝国を『大災』から守り抜く。

そう訴えるヴィンセントの黒瞳《こくどう》を見返し、フロップは託された伝言をそのまま伝えようと再び咳払《せきばら》いし――、

「――閣下」

「――――」

「当方の車輪を抜くお手伝い、ここまでにございますなぁ」

――。

――――。

――――――。

「――大たわけが」

それだけを言い切り、ヴィンセントは客室の扉に向かった。

その背中に「待ちたまえよ！」と真似事《まねごと》をやめたフロップの声が投げかけられる。

「急いで部屋を飛び出しても、ガークラに辿《たど》り着く速度は変わらないんじゃないかな！ 皇帝閣下くんが地竜より速く走れるなら別だけども！」

「急ぎ、城塞都市へゆかねばならぬ。必要なら竜船でも何でも飛ばすだけだ」

「空も安全とは限らないだろう！　死んだ飛竜が飛んでるかもしれない！　それにまだ一個話が残って……ミディアム！」

「う、うん！　わかった、あんちゃん！」

竜船の危険性を真っ当な角度から指摘してくるフロップ、彼はミディアムに命じると、またしてもヴィンセントの行く手を妹に遮らせた。

「これ以上、俺の時間を浪費させるな。邪魔立てするなら処刑するぞ」

「あんちゃん、アベルちんの目が本気だよ⁉」

「だが、本気で生きてる度合いなら僕たちも負けたものじゃないだろう！　皇帝閣下くん！　最初に言っただろう。伝言を聞いたら、頼み事を聞いてほしいと」

焦《じ》れる心情を抱えたまま、ヴィンセントはフロップの訴えに舌打ちした。

「言ってみるがいい」

すでに、バルロイの名誉の回復が不可能な旨は伝えてある。

それ以上にフロップとミディアムが望むようなことで、実現が不可能なことはヴィンセントにはひとまず候補が浮かばない。

あまりに突拍子のない話で、受け入れ難《がた》いというならどうしようもないが――。

「皇帝閣下くん、今回の危機が去ったあと、君はヴォラキア皇帝の座に戻って、帝国を元通りに……いや、よりよくするために頑張ることになるだろう？」

「言い回しは思うところがあるが、概《おおむ》ねはそうだ」

一部、ヴィンセントにはヴィンセントの腹案があったが、チシャの画策に足下をすくわれた現在、それが成立するかは話し合う必要があると感じている。

そのため、否定する余地はないとヴィンセントは頷《うなず》いた。

その答えにフロップはうんうんと、我が意を得たりとばかりに微笑《ほほえ》んで頷くと、

「じゃあ、どうだろう。全部が終わったあと、皇帝閣下くんはたくさんの奥さんを迎えることになると思うんだけど……ミディアムをその一人にしてくれないかな」

「え？」

「なんだ、そのようなことか。構わぬ」

「え？」

元より、ヴィンセントが皇妃を迎えなかったのは、先述の腹案実現への無用な障害をなくすためだった。その腹案を再考するなら、それに拘《こだわ》りすぎる必要はない。

『選帝の儀』に関しても、手を入れる必要性を感じていた。

故に、ヴィンセントもヴォラキア皇帝として、果たすべき義務と向かい合うだけだ。

そう答えたヴィンセントに、フロップがホッとした顔で胸を撫《な》で下ろした。

そして――、

「え？」

と一人、話題に置いていかれたミディアムだけが、首を傾《かし》げ続けていた。

第六章『ベルステツ・フォンダルフォン』

1

——それは、ペトラ・レイテの平手でナツキ・スバルが頬《ほお》を腫らし、フロップ・オコーネルの爆弾発言でミディアム・オコーネルが混乱したのと同刻。


「——やっぱり、到着まで待ってくれんかったみたいやねえ」

煙管《きせる》を噛《か》んだ顔を上に向け、都市国家最強のシノビは気だるげに呟《つぶや》く。

なで肩気味の肩をさらにだらっとさせ、胡坐《あぐら》を掻《か》いた狼人《おおかみびと》——ハリベルは流れる夜景の中にいて、静かな宵の警戒を竜車の屋根で行っていた。

直前の、連環竜車そのものが狙われた一件がある。

ハリベルに先んじ、奇襲に気付いた子どもたちのおかげで難を逃れたが、あんなたまたまはそうそう起きない。起こさせてもならないのが、ハリベルの役目だ。

「あのあと、ごっついアナ坊の視線が厳しいやん。僕も挽回《ばんかい》せなならんわ」

親戚絡みで昔から知る少女は、今回の帝国行きのために破格の代償を支払った。

ハリベルの同行と、都市国家の使者としての役割の獲得。——さぞや、商人魂に火を付ける商機が眠っているかと思いきや、その目的はなんと消えた友人の捜索ときた。

弱味《よわみ》を見せたがらない少女だ。もちろん、それを口になんて絶対に出すまい。

「それやから、昔から知っとるオッチャンが手ぇ貸してあげんと」

言いながら、ゆっくりとハリベルがその場に立ち上がる。

複数の竜車を連結し、多数の地竜で一度に引っ張る連環竜車は『風除《かぜよ》けの加護』の出鱈《でたら》目《め》さを悪用した、実に帝国らしい技術の傑粋だが、どうにもハリベルは慣れない。カララギで景色が流れ、デコボコの道を車輪が噛んでいるのに、風も揺れも感じない。

は地竜の絶対数が少なく、獣車の方が一般的で、揺れも遅さも馴染《なじ》み深かった。

そして、慣れない不自然さで言えば——、

「なんや、動く屍《しかばね》も相当やったけど……飛竜も『ゾンビ』になるんやなぁ」

ワソーの隙間に指を入れ、だらしなく腹を掻きながらぼやくハリベル。

夜空を見据えた糸目に映り込んだのは、雄々しい巨体と広げた翼に痛々しい亀裂の刻まれた飛竜の屍——否《いな》、『屍飛竜《しひりゅう》』の群れだった。

星々を覆い隠す黒雲のような群れが、ゆっくりと連環竜車へと迫ってくる。

だが、肝心の脅威は数の多い屍飛竜ではない。

「——厄介なんが一匹おるなぁ」

ハリベルをして、そう評する気配が屍飛竜の群れに紛《まぎ》れている。

そのおぞましき敵の気配を察し、竜車を引く地竜たちの気にも乱れが生じ始めた。

忠実なる人間の友と知られた地竜でも、飼い馴《な》らされて野性を失うわけではない。迫る脅威には危機感を覚え、怯《おび》える心だって持ち合わせているのだ。

発明としての連環竜車は大したものだが、こうした危機は常にある。ただでさえ、地竜は共感性が高い生き物だ。一頭が怯えれば、恐怖は一気に連鎖して――、

「――ッッ!!」

ハリベルがそう懸念した直後、宵闇を切り裂くような嘶《いなな》きが響き渡った。

それは接近する脅威の、地竜たちを竦《すく》ませる致命的な一声――ではなかった。

嘶きの発生源は先頭車両、連環竜車を引くために連ねた数十頭の地竜、その最も重要な役どころをひた走る、一頭の漆黒の地竜が上げた鳴き声だった。

「へえ、大した漢気《おとこぎ》のある子ぉがおるもんやねえ」

嘶いた一頭の機転で、地竜たちに広まりかけた恐怖の伝染がせき止められた。

そのおかげで、怯えた地竜が役目を放棄し、連環竜車が空中分解を起こす最悪の事態は避けられる。と、感心したところでハリベルはふと気付いた。

「なんや、黒い地竜の子、雌やった。漢気やのうて、乙女気やんか」

細めた糸目を珍しく見開いてこぼし、「かか」と小さくハリベルが笑う。

笑い、そのまま狼人《おおかみびと》のシノビは気軽な歩みで走り続ける竜車の外――何もない空間へ踏み出して、空へ跳んだ。

迎え撃つ。『礼賛者《らいさんしゃ》』ですら厄介と認める難敵、それを近付けぬために。
その難敵とは――、

2

「おいおいおいおいおい、なんだありゃ⁉」

通路の窓枠に張り付いて、外の光景に目をやるスバルの声が裏返った。

客室での、レムとルイ――否《いな》、スピカとの話し合いを終えて、心配して待ってくれていたエミリアたちと合流、報告の最中にペトラの平手を喰《く》らった直後だった。

「これはわたしと、ちょっとだけオットーさんの分っ！」

と、物理的な仕置きの一発を喰らい、彼女たちにかけた心配と、この先もさせ続けることになる憂慮とを噛《か》みしめ、自分の足場を踏み固めようというところだったのだ。

突然の、夜空を打ち壊すような咆哮《ほうこう》が聞こえ、スバルたちが窓に張り付いたのは。

「あれって、黒い飛竜……いや、飛竜と比べ物にならないぐらいでけぇ！」

「あの大きさは、飛竜じゃないのよ。間違いなく、龍《りゅう》クラスかしら。それも……」

「――あの龍、首が三つもある！」

並んで窓に張り付くスバルとベアトリス、その二人に被《かぶ》さって窓に張り付くエミリアが叫んだ通り、それはスバルだけでなく、異世界人も異形と認識する威容だった。

夜景の中、連環竜車と並走するように飛行するのは、その雄々しい巨体と広げた翼にひび割れを走らせた、三本の首を持つ恐ろしく巨大な死したる黒龍《こくりゅう》であった。

「ドラゴンゾンビ……!!」

「三つの頭がある黒い龍……まさか、『三つ首』バルグレン？」

「知ってるのか、姉様！」

窓ガラスに頬《ほお》を当てたまま、スバルたち三人が後ろのラムを振り返る。ラムは己の肘を抱いたまま、その薄紅の瞳《ひとみ》で外の龍を睨《にら》み、

「かつて、王国の商業都市を焼け野原にしかけた悪名高い邪龍《じゃりゅう》よ。『亜人戦争』の決着から数年後のことで、復興中の王国にとって大きな痛手になったわ。それに――」

「それに、なに？　他にも何かあるの？」

「――。先々代のご当主、ロズワール様のお祖母様《ばあさま》が命を落とされた戦いよ」

一瞬の躊躇《ためら》いのあと、ラムが告げた言葉にスバルたちが息を呑《の》む。

身近な人間の親族に犠牲者がいると聞かされると、途端に敵の脅威の現実感が増す。ましてやロズワールの祖母だ。それが弱かったはずもない。

そんな驚異的な邪龍を、今は先んじてハリベルが抑えてくれているが――、

「あの、あちらの狼人《おおかみびと》の方たちはどういう方たちなんですか？」

ぐいっとスバルの隣に割り込むタンザが、窓の外の攻防に目を丸くして尋《たず》ねてくる。

その驚いている彼女の表現は、間違っている風で間違っていない。

戦っているハリベルの姿を、『狼人の方たち』と彼女が表現したのは正しいのだ。

何故《なぜ》なら――、

「ハリベルさんが、三人ぐらいいる……」

「ううん、四人よ、スバル。ずっと、一人は龍の背中で翼を削ろうとしてるみたい」

「この場合、正確な数の問題じゃないと思うのよ……」

竜車を襲ったスピンクス、その攻撃を掻《か》き消した時点で都市国家最強という前評判通りの活躍だったが、今なおハリベルが繰り広げている攻防も相当に規格外だった。

何のことはない。ハリベルは忍者らしく分身して、邪龍と空中戦を行っているのだ。

その高速戦闘ぶりと合わせて、ハリベルと面識のないタンザが、複数人で構成されたシノビ集団『礼賛者《らいさんしゃ》』が都市国家最強の正体と錯覚するのも無理なかった。

いずれにせよ――、

「うあう！」

「その、邪龍だけが敵ではないと思います。皆さんと合流した方がいいのでは？」

高く声を上げたスピカと、彼女と手を繋《つな》ぐレムが合流を提案する。

できれば、スピカの扱いについてはもっと落ち着いた状況で皆と共有したかったが、状況が動き出した以上はうだうだ言っていられない。

「そう、だな。アベルたちも動いてるはずだ。今すぐにみんなと――づっ⁉」

「スバル⁉」

レムたちの提案に従い、その場を移動しようと言いかけたところだった。

不意に胸を焼け付くような痛みが襲い、蹲《うずくま》りかけたスバルをエミリアがとっさに支える。

突然の異変だった。しかも、異変を味わったのはスバルだけではない。

「……大丈夫ですか？」

「お、お前に支えられるなんて屈辱かしら、鹿娘……」

「ベアトリス様まで……バルス、何があったの？」

スバルと同じ、不意の痛みを味わったベアトリスがタンザに抱かれて不満げにこぼす。

そのやり取りを横目にするラムの問いに、スバルは「わ、わからねぇ」と答え、

「いきなり、急に胸のところが痛くなって……うえっ!?」

言いながら、自分の服の首元を下げたスバルは目を見開く。

そこにあったのは、赤いミミズ腫れのような傷だ。それも、ただの傷ではなかった。

「このへんてこな模様……これって、誰かの目？」

「やっぱりそう見える？　これ、目ん玉のマークだよな……って、ベア子の方は!?」

「……ベティーの柔肌にも、おんなじマークが入ってるのよ」

スバルの胸のミミズ腫れは、子どもサイズとなった掌《てのひら》と同じぐらいの、デフォルメされた目のマークを描いていた。同じものがベアトリスの肌にも刻まれているらしく、彼女を支えるタンザがそれを確かめ、スバルたちに頷《うなず》いてみせる。

「けど、俺とベア子だけ？　他のみんなは何ともないのか？」

「いやらしい」

「純粋な心配だよ!?　この状況とこの体のサイズでやらしいこと言わないよ!?」

まだじくじくと痛むマークを手で押さえ、スバルは異常なサインに顔をしかめる。

外の邪龍《じゃりゅう》と屍飛竜《しひりゅう》の襲来と同タイミングだ。これが敵の何らかのアクションなのは間違いないが、どうしてスバルとベアトリスだけが狙われたのかがわからない。

「ベティーとスバルは契約でパスが繋《つな》がっているかしら。もしかしたら、敵の狙いはどちらか一方で、もう片方には影響が出てるだけの可能性もあるのよ」

「俺とベア子の仲良しぶりが仇《あだ》になったか。頼む、うまく原因を探ってくれ」

「ラジャったかしら」

痛みに耐えるベアトリスの了承を得て、スバルは彼女に頷き返す。それから改めて、この場からの移動を提案しようとし――、

「ああう!!」

「――っ！　いけません！」

スピカとレムが泡を食った様子で、並んだスバルたちをいっぺんにその場から押しのける。突然の行為、しかしそれが正解だった。

――スバルたちの真上の屋根を突き破り、飛び込んできた敵影の大鋏《おおばさみ》が、直前までスバルたちのいたところを暴力的に引き裂いていったから。

3

「辺境伯！」

「旦那様！」

と、同時に二人に心配の声をかけられ、ロズワールは苦笑した。

こちらの気遣いは素直に聞いてくれないし、ロズワールに対して欠片《かけら》も心を許してくれていない二人だが、その心配は紛《まぎ》れもなく本物で、その性根の善良さは言わずもがな、彼らもエミリア陣営の人間であると知らしめてくれるから。

――根っこから彼らと交われない、ロズワールとは違っているのだと。

「……っ、印を付けられたか」

浮かべた苦笑を呑《の》み込んで、ロズワールは自分の服の胸元を開いた。

痛みを発したそこを見れば、赤く腫れた傷が目の紋様を浮かび上がらせている。その印を見てペトラが口元を手で覆い、オットーも「それは」と表情を曇らせる。

「辺境伯、印と言いましたか？　まさかとは思いますが……」

「そのまさかで間違いないとーぉも。――これは、おそらくは敵と認められた証《あかし》か、あるいは標的と定められた証。いずれにせよ、歓迎できるものではないねーぇ」

「敵、もしくは標的ですか」

ちらと、オットーに視線を向けられ、その意図を察したペトラが首を横に振った。

その反応からして、二人にはこの紋様は浮かんでいないようだが――、

「旦那様、その紋様、どんな効果があるんですか？」

「――。考えられるのはじわじわと命を蝕《むしば》むものと、対象の思考を読み取るもの。あとは居場所を常に特定するためのものかな」

「……わざと、怖い可能性から順番に言ってますよね」

「それなら、一番可能性が高いのは居場所を特定するための印、ですか」

「まったく、本当に君たちは優秀だねーぇ」

並べた可能性を冷静に拾い、そう判断するオットーとペトラにロズワールは瞑目《めいもく》。

その判断で間違いない。最も危険な命を蝕む類の呪印は、いくら何でも遠隔で刻めるものではないので候補に入れる必要すらないだろう。

もっとも、居場所の特定だけでも十分に厄介な刻印をされたと言える。

「こちらの行動が筒抜けにならないよう、別行動を視野に入れるべきかもしれないね。外のハリベル殿の援護もある。君たちは私と離れて……」

「――いえ、もう遅いみたいです」

そう低い声で応じた直後、オットーが傍《かたわ》らのペトラの腕を引いた。

刹那、ペトラのすぐ真横にあった窓をぶち破って、連環竜車の通路に飛び込んでくる巨体――それは大鋏《おおばさみ》を手にした、黒い甲冑《かっちゅう》を身に纏《まと》った『敵』の襲来だった。

「――っ」

ペトラが悲鳴を噛《か》み殺し、オットーの腕の中で敵に指を向ける。

とっさの状況でも勇敢な少女を称賛しつつ、ロズワールは先んじて踏み出し、大鋏《おおばさみ》を振り上げる敵の顔面に貫手をぶち込むと、その眼窩《がんか》に指を突っ込んで唱える。

「ゴーア」

瞬間、膨れ上がる炎が敵の頭部を呑《の》み込み、兜諸共《かぶともろとも》に内側から爆《は》ぜる。

派手な登場をした敵に何もさせない。ベストな判断を下したつもりで振り返り、ロズワールはその考えが甘かったと気付く。

次々と、竜車の屋根から通路から、同じ装備の兵が車内へと乗り込んでくる。

連環竜車は屍人《しびと》の軍勢に覆い尽くされ、走る戦場と化したのだった。

4

「アベルちん、こっちこっち！　急いで！　あんちゃんも走って！」

「実はこれでも、僕は全力で走っているんだぞ、妹よ！」

懸命に声を上げ、殿《しんがり》を務めるミディアムの蛮刀が敵の攻撃を打ち払う。

蛮刀と大鋏の激しい剣戟《けんげき》、その隙間を掻《か》い潜《くぐ》るように抜けながら、ヴィンセントとフロップは敵の魔の手から逃れ続けていた。ミディアムに庇《かば》われっ放しの様相だが、そうなっているのには、二人が怪我人《けがにん》と非戦闘員である以外にも理由がある。

「皇帝閣下くん、頑張ってくれ！　君には約束を守ってもらわなくちゃ困るんだ！」

「……ふん。案ずるなら野心を多少は隠せ。不敬であろうが」

「野心家ばかりを周りに置いている君は意外かもしれないけれど、世の中には野心以外の理由で君に近付くものもいるんだよ、皇帝閣下くん！」

肩を支えながらそんな妄言をこぼすフロップを、ヴィンセントは鼻で笑った。

その表情が、胸を突き刺すような痛みに微《かす》かに引きつらされる。突然の痛みと赤い傷跡は肉体を蝕《むしば》む棘《とげ》であり、ヴィンセントはその棘に覚えがあった。

「その胸の、不気味な紋様の傷だけど……」

「忌々《いまいま》しくも、俺の兄弟の一人であるパラディオ・マネスクの魔眼であろうよ。彼奴《きやっ》め、『選帝の儀』で敗死しておいて、迷って出たらしい」

「魔眼……！　その効果は？」

「居所の知れた相手に声を届ける程度のものだったが、死後に精度を上げたな」

フロップの問いに答えながら、ヴィンセントはかつて死なせた兄弟を思い浮かべる。

パラディオは帝位を競《い》い合った兄弟の中では手強《てごわ》い部類だったが、自身の魔眼の力を過信し、その性能を活かし切らなかったことが敗因になった。

まさか、死後にそれを是正してくるとは思いもよらなかったが――、

「いや、違うな。――ラミアか」

傷の痛みから思考を離し、ヴィンセントは魔眼の向こうの指し手をそう見定める。

前述の通り、パラディオは手強《てごわ》い部類だったが、欠点も多かった。死後にその欠点を補った可能性を想定するより、誰か別のものが指示していると考える方が自然だ。

そして、ミディアムが相手している大鋏《おおばさみ》を携えた凶悪な兵――『剪定部隊《せんていぶたい》』を引き連れる存在は、『選帝の儀』でヴィンセントが高く評価していた三人の兄妹《きょうだい》のうちの一人、ラミア・ゴドウィンをおいて他にはいない。

そう、難敵の出現をヴィンセントが確信したところへ――、

「うざってえんだよ、死人共がぁ!!」

荒々しく吠《ほ》える声がして、ヴィンセントたちの進路の先で白刃が暴れ回る。

見れば、窓を突き破って車内へ入った屍人《しびと》たちが、ヴィンセントたちと反対の方からやってくる兵士――癖毛に眼帯の男に切り刻まれ、塵《ちり》に変えられていく。

そのまま、鼻息を荒くした兵はヴィンセントたちに気付くと、

「オイ！　てめえら、手ぇ貸せ！　オレの妹が中でへばって……」

「いいや、手を貸すのは貴様の方だ」

「ああん？　てめえ、何言って……こ、ここここ、皇帝閣下ぁ!?」

粗野な物言いで迫ろうとした男が、ヴィンセントの正体に気付いて絶叫する。

それこそ当然の反応と溜飲《りゅういん》を下げながら、ヴィンセントは自分の背後を顎《あご》でしゃくり、

「後ろのものと協力し、敵勢を止めよ。貴様の妹は、これが連れ出す」

「し、承知しました！　ジャマル・オーレリー上等兵が、承知しました！」

「奮励せよ、ジャマル・オーレリー。貴様の働き如何《いかん》で、帝国の存亡が決まる」

「お、おお、おおおおおっ！」

ヴィンセントの一声に総身を震わせ、ジャマルの隻眼が爛々《らんらん》と輝く。

そのままジャマルは双剣を振りかざし、ミディアムに加勢するべく敵に吶喊《とっかん》する。

「眼帯くん！　そのミディアムは皇妃様候補だから丁重に扱ってくれたまえ！」

「あたしはまだ、うんって言ってないから～！」

フロップの声に、緊張感に欠けるミディアムの返事がある。

それを背後に、ジャマルの妹がいるという部屋に飛び込んだフロップが、車椅子に乗って目を白黒させる女性を連れ出してきた。

女性は車椅子にしがみついたまま、その瞳《ひとみ》に痛々しく涙を溜《た》めて、

「な、なに？　なんなの？　なんで、なんで放っておいてくれないのよぉ……っ」

「――。それは、今の帝国にいる誰もが思っていることであろうよ」

状況を嘆く女性の声に心から同意しながら、ヴィンセントは首を横に振る。

どれほど状況が悪くなろうと、今ここで連環竜車の足を止めるわけにはいかない。

一度止めれば、竜車が再び走り出すのにどれほどの時間がかかろうか。

そうなれば――、

「――一刻の猶予もない。俺たちは、城塞都市へ辿《たど》り着かねばならぬのだ」

5

「今、竜車の足を止めればこれ以上の敵勢に囲まれる。連環竜車の仕組みは『風除《かぜよ》けの加護』を前提にしているからな。加護なしで走り始めれば、横転は免れまいよ」

「便利すぎるとは思うてたけど、それって結構な欠点やねえ」

敵の襲撃に際し、竜車を止めて迎撃に徹する提案をしたアナスタシアに、セリーナが明かしたのは連環竜車の致命的な弱点だった。

その欠点を聞けば、アナスタシアも停車するのが現実的ではないと納得できる。

「そうでなくても半日近く走りっ放し……いったん足を止めたら、もう今夜は休ませんと可哀想《かわいそう》に、地竜がみんな潰《つぶ》れてまうわ」

「相手との物量差もある。これを埋めているのは間違いなく竜車の機動力だ。その差がなくなれば、我々の命運は老い先短いベルステツ宰相と同じ末路を迎えるだろうさ」

「言ってるッ場合かよォ！　爺《じい》さんも、言われっ放しにッしてんじゃァねェ！」

「いえ。この『大災』にまつわる一件の決着後、私奴《わたくしめ》が処刑されるのは当然ですので……」

「クソみてェな覚悟ッ決めてんじゃァねェ！　大将たちが心配だってのに……ッ！」

物騒な軽口を叩《たた》くセリーナと、軽口らしさのまるでない言葉で応じるベルステツに、ガーフィールが声を荒らげる。

そのガーフィールの苦悩に、アナスタシアは「堪忍な」と軽く手を上げ、

「ガーフくん的にはあれやけど、残ってくれたおかげでウチたちは命拾いしとるよ」

「……わかってらァ。大将たちも、ラムとエミリア様がいりゃァ心配はいらねェ。ただ」

「オットーくんの心配ならいらんと思うよ。どんなに感情的になっても商人や。理性は消せんから、ちゃんと自分で対処してるはずやよ」

「──。あァあァ、わッかってんだよォ！　兄《あに》ィがすげェってことはなァ!!」

我慢ならずに吠《ほ》えるガーフィール、その剛腕が襲ってくる屍人《しびと》の兵を迎え撃つ。

殴り倒し、殴り飛ばし、殴り潰しの猛撃で、瞬く間に敵兵を狩り尽くす勢いだ。

そうして、打ち倒され、砕《くだ》けて塵《ちり》に変わる屍人の姿に、非戦闘員としてアナスタシアと同じ端にまとめられたベルステツが糸目をさらに細め、

「『剪定部隊《せんていぶたい》』……やはり、ラミア閣下がきておられるようです」

「ラミア・ゴドウィン閣下か。一度、お目にかかってみたかった相手だな」

「そうなん？　どんな人？」

「私よりも宰相殿の方が詳しい。なにせ、宰相殿が皇帝にと仰いでいた方だからな」

剣を手に敵を牽制《けんせい》するセリーナの言葉に、ベルステツは「事実です」と頷《うなず》いた。

「ヴォラキア帝国の皇帝、その器に足る女性でした。同じ代にヴィンセント・アベルクスとプリスカ・ベネディクトがいなければ、彼女が皇帝であったでしょう」

「あるいは屍人となって蘇《よみがえ》り、その本懐を果たしにきたか？　宰相殿も、改めて忠誠を誓えば見逃してもらえるやもしれんぞ？」

「──。残念ですが、私奴《わたくしめ》もラミア閣下も敗者です。それは帝国流にそぐわない」

首を横に振ったベルステツに、セリーナは不満げに片目をつむり、嘆息した。アナスタシアも、死に分かたれた主従の再会を祝せる状況とは思わない。

「──アナ」

ふと、そう耳元でアナスタシアを呼んだのは、狐《きつね》の襟巻きに扮《ふん》したエキドナだ。

ちらと目を向ければ、付き合いの長い相方の黒目が客車の扉を向いていて。

「──アナスタシア様、ただ今戻りました」

その視線を辿《たど》った直後、扉の向こうからユリウスが戻ってくる。

彼は一人ではなく、その腕に細身の優男を抱えている。屍人《しびと》の襲来の最中、狙われる危険性を考慮し、アナスタシアが命じて迎えにいかせた『星詠み』のウビルクだ。

「もうもう、何もかーもいきなりで困りますよ。胸は熱くて痛いわ、こちらの剣士さんにはぶんぶん揺すられるわ、散々です」

「そないにぴいぴい文句言わんと、ウチとウチの騎士様に感謝した方がええよ？　この人らの狙い、もしかしたらあんたさんかもしれんのやから」

「ええ!?」

恩知らずにも文句を垂れたウビルクを、アナスタシアはそう軽く脅しつけてやる。

こんな人物でも帝国の重要人物だ。ヴィンセントも、多少は恩に着てくれるだろう。

「ガーフくんやと、余所見《よそみ》したり浮気したりで寄り道多そうやったからね」

「ちゃんッと戦ってやってんだろォが！　文句抜かしてんじゃァねェ！」

「そう？　ウチがお仕事頼まんかったら、外のハリベル手伝いにいってまうんやない？」

「がお……ッ」

図星を突かれた顔で唸《うな》り、ガーフィールが牙を震わせる。

次々と敵の攻撃に晒《さら》される連環竜車だが、最大の脅威がここに近付かないよう、単独で邪龍《じゃりゅう》を抑えてくれているのがハリベルだった。

時折聞こえてくる激しい龍の雄叫《おたけ》びと、それに伴う空の割れるような轟音《ごうおん》――都市国家最強でなければ、世界で最も強靭《きょうじん》な生物の足止めなど不可能だ。

「ガーフィール、アナスタシア様たちを守ってくれて感謝する。君の勇敢さに敬意を」

「うるッせェ！　大将と同じで、俺様もあんましてめェが得意じゃァねェな！」

「それは残念だ。スバルと同じように、君とも友人になれればと思うのだが」

「がおおォォッ!!」

真正面からのユリウスの言葉に豪快に吠《ほ》え、ガーフィールが拳を突き出す。それがユリウスと交差するように、互いの背後に現れた屍人を打ち砕《くだ》く連携。

ガーフィールは認めなくとも、一流の戦士同士の息はピッタリ合っていた。

「ただし、このままやと対症療法……連環竜車は止めたないけど、止まってしもたら一巻の終わりや。どこかで、状況を動かさなならんえ？」

6

「ぬうううん——っ!!」

野太くたくましい声を上げて、黄金の鎚矛《つちほこ》が振るわれる。

横殴りの衝撃が、分厚い鎧《よろい》を纏《まと》った屍人《しびと》をまとめて薙《な》ぎ払い、竜車の上から外へ弾《はじ》き出される敵が地面に落ちる前に砕《くだ》けて塵《ちり》に変わっていく。

しかし、そうして複数名をいっぺんに処理したとて、敵の物量は衰えない。

「おのれおのれおのれ！　小賢《こざか》しい真似《まね》を!!」

傷と髭《ひげ》で覆われた厳《いか》めしい顔を怒らせ、ゴズ・ラルフォンが獅子《しし》のように吠《ほ》える。

そのゴズの視界、空を埋め尽くすように飛んでいる屍飛竜《しひりゅう》の群れが、その足に掴《つか》んだ屍人を次々と連環竜車へと投下してくるのが見えていた。

この豪快な運搬方法が、連環竜車へと敵兵が乗り込んでくる最悪のカラクリだ。

投げ落とされる敵兵、その全員が竜車に取り付けるわけではない。むしろ、半分近くの兵は竜車を外れ、そのまま地面に激突しては蘇《よみがえ》った肉体を塵に変えている。

しかし、生きた兵には自殺行為でしかないそれも、死した兵であれば損耗を恐れずに行える効率的な戦力投入へと変わる。そして送り込まれてくるのが——、

「——ラミア閣下の『剪定部隊《せんていぶたい》』とはな！」

連環竜車の先頭車両、最も重要な位置にいる地竜たちを守るべく駆け付けたゴズは、死

してなお主《あるじ》に尽くす最悪の忠誠心を目の当たりにすることになった。

——『剪定部隊』とは、ヴォラキア帝国に語り継がれる大粛清を行った凶気の集団だ。全員が顔かたちのわからなくなる甲冑《かっちゅう》を纏い、巨大な大鋏《おおばさみ》を武器に主の覇道に不要な人間を剪定する。それ故に、付いた名前が『剪定部隊』。

彼らが帝国史に名を残したのは、当時まだ九歳だったラミア・ゴドウィンが、反乱を起こした傘下の中級伯の手勢を虐殺したのが理由だった。

粛清の犠牲者たちは、この世の地獄を味わい尽くした凄惨な目に遭わされたという。

当然、手を汚すものの心にも負荷の大きい所業だ。しかし、まだ幼い姫君は部下たち全員にそれを実行させ、呪いのような忠誠心を持つ凶気の部隊を完成させた。

その恐るべき手腕を発揮した彼女は、いつしか『毒姫』とも呼ばれ——、

「——あらぁ。あれから何年も経《た》ってるっていうのに、まだ私のことも、私の可愛《かわい》いケダモノたちのことも覚えててくれるなんて、嬉《うれ》しいわぁ」

不意の戦慄が空を割り、甘ったるい声が頭上から降ってくる。

その瞬間、ゴズは形振《なりふ》り構わず鎚矛を振り上げ、赤々とした軌跡を真っ向から跳ね返して後ろに跳んだ。直後、ゴズの手の中で鎚矛が発火する。

当然だ。——『陽剣』の輝きとは、あらゆるものを眩《まばゆ》く照らすのだから。

「まさか、自ら戦場へ降り立たれるとは……！　ラミア・ゴドウィン閣下!!」

「そんなに驚くことかしらぁ？　この体なら、それが最善でしょぉ？」

奥歯を噛《か》み、正面を睨《にら》んだゴズの視界、そこで妖艶に微笑《ほほえ》むのは高貴なる屍人《しびと》だ。

血のように赤い豪奢《ごうしゃ》なドレス、目にも鮮やかな宝飾品の数々、それら美を飾り立てる品物の価値を暴落させる、ヴォラキア皇族特有の天性の美貌。——ただしそれも、青ざめひび割れた肌と、不気味な金色の瞳《ひとみ》と相まっては見る影もない。

変わり果ててしまったラミア、彼女はそれを証明するように自分の半身——今のゴズとの一合で砕《くだ》かれた腕や足を見下ろし、平然と嗤《わら》ってみせるのだ。

「そのお体は……」

「潰《つぶ》されても壊されてもなくならない不死の体……血色が悪いのが不満なのよねぇ」

そう応じるラミアの体が、驚愕《きょうがく》するゴズの目の前でゆっくりと修復されていく。砕かれた手足が元通りになり、ラミアは治ったばかりの手で『陽剣』の感触を確かめた。

ヴォラキアの宝剣と皇族、その両方が穢《けが》される屈辱にゴズの顔が引き歪《ゆが》む。

「そんなに怖い顔をしないでくれるかしらぁ、ラルフォン二将……ああ、今は一将なんですってねぇ。ヴィンセント兄様が『九神将』制度を復活されたって聞いてるわぁ」

「——」

「『九神将』なんて、ただただ強さなんて物差しだけで上にいける仕組みだものねぇ。頭空っぽで扱いやすい手駒を揃《そろ》えるのに、うってつけの手段だわぁ」

「……確かに、閣下が『九神将』を復活させた背景には、此度《こたび》の『大災』とやらへの対抗手段を用意したい目論見《もくろみ》があったのでしょう。それは私も認めるところ」

「その言い方だと、異論がありそうだけどぉ？」

「畏《おそ》れながら！」

ラミアのその発言には、ヴィンセントの行いを称賛する響きがあった。

『選帝の儀』で対立する以前、ラミアはずいぶんとヴィンセントに懐いていたと聞く。生死が二人の行く道を隔てたが、その信頼は死後も損なわれなかったのかもしれない。

ただし――、

「ラミア閣下は、御身の命がない間のことはどれほどに？」

「変な質問ねぇ。――生憎《あいにく》、死んでしまってた間のことは何にも。今、色々と何があったのか学び直してる真っ最中よぉ。あなたが私に教えてくださるかしらぁ」

「では一つ！　ご無礼を承知で、訂正させていただきたい！」

挑発的に微笑むラミアの言葉、それを大きな声で塗り潰し、ゴズは胸を張った。

「ラミア閣下のお見立て通り、当代の『九神将』は腕利き揃い！　私など歯牙にもかけない強者ばかりですが……決して誰一人、扱いやすい駒などおりませぬ！」

ゴズの心からの豪語、それを聞いたラミアの黄金の瞳がわずかに見開かれる。

もしも、ヴィンセントが『大災』との戦いに備え、自分の言いなりになる手駒を欲して『九神将』を復活したなら、その目論見は失敗したと言えるだろう。

どの一将も筋金入りの曲者《くせもの》揃いで、決して楽などできないのだから。

「ラミア閣下がお思いになられるほど、帝国の素晴らしきは閣下お一人に集約されたものではありませぬ！」

「――。それは、ヴィンセント兄様を侮辱しているのかしらぁ？」

「いいえ！　いいえ！　違います、ラミア閣下！」

目を細め、いくらか声に険を込めたラミアの言葉にゴズは首を横に振った。

ヴィンセントへの感情がラミアを怒らせるが、ゴズもまた皇帝閣下への暴言や無礼にはうるさい性質《たち》だ。しかし、帝都放棄の決断以来、その立つ瀬が少し変わった。

それもこれも、ゴズの方ではなく、ヴィンセントの方の変化が影響したものだ。

「貴様の働きが頼りだ、と仰《おっしゃ》られた」

「……なんですってぇ？」

「ラミア閣下、あなた様の知るヴィンセント・ヴォラキア閣下も優れておいでだった！　だが！　今！　なお！　皇帝閣下はより優れたるを求めて変わっておられる!!」

「――――」

「ヴォラキア帝国は、今後ますますの発展を遂げる！　そのためにも、一度死したものたちの足引きを、これ以上野放しにはできますまい!!」

皇帝に完璧であることを望むという意味で、ゴズとラミアは似た者同士。だが、決定的に両者の間で違うのは、この九年の時の流れを知るか否《いな》か。

時の歩みの止まったものは、歩みを止めぬものに置き去りにされるという、事実。

「歩みを止めぬ賢人は！　歩みを止めたものの期待と予想すらも超克し、そのさらに先へ突き進む！　それが、我らがヴァラキア帝国の頂点たる皇帝閣下！」

先端の燃える鎚矛《つちほこ》を振り上げ、ゴズは躊躇《ためら》いを振り切り、前へ突き進んだ。

寸前まで、その外見が変わり果てようと、ヴォラキア皇族であったラミアへの敬愛がゴズの肉体を縛っていた。――その鎖が、より強く激しい忠誠心に千切られる。

「おおおお――!!」

怒号を上げるゴズの一振りが、半円を描いてラミアへと叩《たた》き下ろされる。

剛力無双であるゴズの渾身《こんしん》の一撃は、たとえ相手が『九神将』の一角であろうと容易《たやす》く止めることはできない。ましてや、『陽剣』を手にしたとて女の細腕では。

事実、ラミアはゴズの一撃に対し、手にした『陽剣』で防ごうともしなかった。

「賢くない頭で、よく喋《しゃべ》るじゃない、ラルフォン一将。――わりと本気で感心させられちゃったから、教えてあげるわぁ」

嫣然《えんぜん》と微笑《ほほえ》むラミア、その姿が振り下ろされる鎚矛に直撃され、粉々に吹き飛ぶ。

何かを教示すると、そう言い残したのを最後に、修復不可能なほど粉々に。

無論、先の軍議でのこともある。たとえ屍人《しびと》は倒されようと、王国の魔法使いたちが見つけ出した核虫とやらを媒介に、再び蘇《よみがえ》る可能性はあるだろう。

それでも、ここでラミアを討つことで状況は好転すると信じたい。

『剪定部隊《せんてい》』に表立って指示するものがいなくなれば、指揮官の能力差で自分たちの方が有利になる。ラミアをこの手にかけたゴズにとって、それがせめてもの願い。

その、ゴズの祈るような期待は――、

「――聞いてるのぉ、ラルフォン一将」

「――っ⁉」

再び、甘ったるい声が耳朶《じだ》を掠《かす》めた瞬間、ゴズの鎚矛《つちほこ》が真後ろに振られた。衝撃が途上にあった敵影の胴体を打ち据え、陶器の割れる音と共に人体の上下を分断する。

弾《はじ》き砕《くだ》かれ、飛んでいくそれを視界の端に収め、ゴズは息を呑《の》んだ。

反射的な攻撃で仕留めた相手、塵《ちり》になって消えるそれが、ありえない顔だったから。

何故《なぜ》ならそれは今しがた、ゴズ自身の手で仕留めたはずの。

「珍しく、小賢《こざか》しいことを言ったあなたの言う通りねぇ」

「馬鹿な……」

その、あってはならない異常な光景を前に、鎚矛を握る手がわなわなと震える。

それが怒りによるものか、あるいは別の感情によるものなのか、ゴズ自身にすら判別がつかない。ただ、確実なことは、それが冒涜《ぼうとく》だということ。

『獅子《しし》騎士』ゴズ・ラルフォンが忠誠を誓う、ヴォラキア帝国に対する冒涜――。

「「――これは、過去に取り残された私たちと、あなたたちとの絶滅戦争なのよぉ」」

そう言って、砕かれたはずのラミア・ゴドウィンがゴズに笑いかける。

――無数の『陽剣』を手にした、無数の『毒姫』ラミア・ゴドウィンたちが。

「ベルステツ、この場は任せたわぁ。死んでも、踏みとどまりなさい」

「は。閣下も、どうかご無事で」

7

——それが、交わした最後の会話だった。

事務的な主従関係で、いわゆる強い結び付きだったかと問われれば否《いな》と答える。

その才気と姿勢に大器の片鱗《へんりん》を感じ、老いるに従って身に着けた見識を役立て、彼女の道を均《なら》し、皇帝が座るべき玉座へと導かんとした。

そこに、彼女自身に向けた忠誠心や情熱がなくとも、成立する主従だった。

一から十まで指示されなくとも、一を知れば百を知り、百一を生み出す人物だった。

能力相応の役目、立場相応の義務、それを自他に律することのできる人物だった。

武威に恵まれず、帝国の剣狼《けんろう》に焦がれながらも届かない立場。

他者から尊ばれることなく、蔑まれるばかりの生き方しかできなかった自分を、彼女が有用だと評した事実は、感謝に値するものだったのだろう。

だから、最後に交わした言葉にも、嘘偽《うそ》りは微塵《みじん》もなかった。

『選帝の儀』の最中、命を賭しても踏みとどまれと厳命され、その覚悟があった。

己を剣狼などと嘯《うそぶ》くこともできず、ただただ老いさらばえていた男の最後の奉公。

情熱のない主従にあっても、その役目に殉じる決意があったのだ。

にも拘《かかわ》らず、ベルステツは生き残った。

そして、無事を祈った主《あるじ》は命を落とした。

今もなお、ベルステツ・フォンダルフォンは生き恥を晒《さら》し続けている。

務めを果たさず、帝国を衰退へ導かんとする皇帝の地位を追い、その己の画策の裏で進行した『大災』の暗躍に気付けず、剣狼を名乗るのもおこがましい恥晒しとして。

与えられた命令の履行も、何一つ果たせぬまにまに、生き恥を晒し続けている。

8

「ラルフォン一将、どうしたのぉ？」

「ヴォラキア皇族好きのあなたらしくないんじゃなぁい？」

「それともぉ、『選帝の儀』に敗退した私なんて好みじゃなかったかしらぁ？」

同じ声が違う口から発されて、数え切れないほどの金色の双眸《そうぼう》に見据えられる。

その瞳《ひとみ》と同じ色の、黄金の鎧《よろい》を纏《まと》ったゴズ・ラルフォンは、自分の眼《め》が映している現実のおぞましさに、顔中の傷を歪《ゆが》ませて、奥歯を軋《きし》らせた。

渾身《こんしん》の力を込めて、鎚矛《つちほこ》の一撃を叩《たた》き込んだ。

ゴズの内を流れる、帝国の剣狼の血。それが悲鳴を上げるのに耐え、ゴズは敬うべき皇族の一人であるラミアを、打ち倒すべき敵として討ったのだ。

魂の引き裂かれるような痛みを味わい、その結果にゴズは真の意味で理解する。

――『大災』が紛《まぎ》れもなく、ヴォラキア帝国を滅亡させせんとする脅威なのだと。

「何ゆえに……！」

歯軋《はぎし》りするゴズ、その眼前でラミア――否《いな》、ラミアたちが首を傾《かし》げる。

さらさらと、細い肩の上を橙色《だいだいいろ》の髪が流れ落ちるのを見て、ゴズの腹の内が燃える。

「何ゆえに、かような真似《まね》を御許しになられますか!!　このような！　このような冒涜《ぼうとく》はない！　ラミア閣下の御命を愚弄《ぐろう》している!!」

込み上げてくる怒りを声に乗せ、同時に込み上げてくる涙を熱い血潮で焼き尽くし、ゴズはその体を無数に複製されたラミアへと訴えかける。しかし、そのゴズの腹の底からの訴えに、ラミアたちは揃《そろ》って手の甲を唇に当てて声を弾ませた。

「勘違いしないでねぇ、ラルフォン一将。これは誰かにやらされてるんじゃなくて、私が自分でやったことだからぁ」

「……なに、を」

「あの魔女は頭が固いのよぉ。砕《くだ》けた端から蘇《よみがえ》れるなら、別に砕ける前にだって蘇らせることはできる。容《い》れ物はいくらでも作れるんだから、あとは源を薄めて満たせばいい。それが感覚的にわかればぁ――こういう、夢みたいなこともできるでしょぉ？」

嫣然《えんぜん》と、青白い顔に血色の笑みを浮かべ、ラミア・ゴドウィンが悪魔的な聡明《そうめい》さは生前のままに、増えた自分の存在を広げた両手で誇示する。

「――――」

夢みたいと、そう語ったラミアにゴズも心中で同意せざるを得ない。

限りなく数を増やし、自らの意思で自らの存在を冒涜するラミア。そのラミア全員が、帝国の象徴である『陽剣』を手にしている。

これがラミアの言う通り、夢――悪夢でなくて、なんだというのか。

「ねぇ、ラルフォン一将、現実じゃ夢は打ち壊せないわぁ。それを認めて……あなたも、私たちの側へきたらどうかしらぁ？」

「――。いったい、どういう意味でしょうか」

「難しい話じゃないわぁ。あなたも死んでしまえば、私や他の子たちと立場は同じだものぉ。どうせなら、早いうちに勝つ側についておいたらぁ？」

剣を握る手を胸の前で合わせ、小首を傾げるラミアがゴズをそう誘う。

戦いの中で命を落とせば、そのものは屍人《しびと》としてラミアたちの軍勢に仲間入りする。戦場ではすでに起こっている事態だが、実際に想像すると精神の負荷は計り知れない。

強く強く、帝国兵の忠誠心《くみ》を抱き続けるゴズも、同じ思いでいたはずの将兵たちも、倒れれば帝国を滅ぼす側へ与し、それを疑問にも思わなくなる。

この帝国の女帝の座に指をかけていた、ラミア・ゴドウィンがそうであるように。

そこで完成するのは、屍人の帝国だ。――剣狼《けんろう》の国の、見る影もなく。

「身に余る御言葉ですが、ラミア閣下！」

ぎゅっと目をつむったあと、ゴズは己の顔を上げ、ラミアへと向き直った。

そのゴズの気迫を前に、ラミアは形のいい眉を顰《ひそ》めると、

「断られそうな雰囲気ねぇ」

「ラミア閣下の寛大な御慈悲ですが！　このゴズ・ラルフォン！　御断りさせていただく所存に御座います!!」

「案の定、断られたわねぇ」

黄金の瞳《ひとみ》を細めるラミアに、ゴズは先ほどの瞑目《めいもく》の中に見た幻影を思う。

命潰《つい》えたゴズが、ラミアたちと同じ屍人《しびと》となり、青白い顔に黄金の瞳を宿して、この帝国を滅ぼすために鎚矛《つちほこ》を振るう姿――その幻影を、粉々にぶち壊した。

ぶち壊し、まとわりつく幻影を振り切りながら、吠《ほ》える。

「先ほどの発言を訂正いたします！『九神将』はいずれも皇帝閣下の思い通りにならぬものと言いましたが！　私は閣下の忠実なる手駒！　他のものがどうあろうと！　私だけは！　そうでありたいと望むのです!!」

死して滅亡の尖兵《せんぺい》となり果てることを拒み、皇帝閣下の生きた駒であることを望む。

それがゴズ・ラルフォンの、帝国の剣狼《けんろう》としての在り方であり、望んだ道。

すなわち――、

「私はヴィンセント・ヴォラキア皇帝閣下が選びし『九神将』の『伍《ご》』！　ゴズ・ラルフ

ォンである!!」

黄金の鎚矛を振り上げ、無数のラミア相手に一歩も引かぬことを宣言する。

次の瞬間、そう大口を開けて豪語したゴズに、ラミアたちが『陽剣』を振りかざして躍りかかった。一太刀触れれば、その魂まで焼き尽くされるヴォラキアの赫炎《かくえん》。

それが己の身に届く前に、ゴズの筋肉が躍動し、鎚矛が薙《な》ぎ払われる。

「――ッ」

迷いの消えたゴズの一振りが、飛びかかったラミアを横殴りに、空中で一緒くたに五人もまとめて打ち据え、陶器の如《ごと》く柔い体を粉々の塵《ちり》に変える。

その一発を目の当たりにして、残ったラミアたちは軽く目を見張り、表情を変えた。

呆《あき》れるほど愚直な剣狼を見据え、残酷に微笑《ほほえ》んだのだ。

「どんなに勇ましく吠え猛《たけ》っても、死んでしまえば私の奴隷よぉ?」

「それが抗《あらが》い難《がた》きことならば！　我が命尽きるその前に石にでもなりましょうぞ！　死なぬことで、皇帝閣下への最期の忠勇とさせていただくのみ!!」

鎚矛を頭上で大きく回し、先頭車両に集まったラミアたちを逃がさぬ構え。

『陽剣』を手にしたラミアが連環竜車の各所に散れば、その陽光がヴィンセントの目を焼くことがあるかもしれない。それを阻止する。

そのために、『獅子騎士《しし》』の巨体はあるのだと、ゴズ・ラルフォンは猛りに猛った。

「――なんて、ずいぶん勇ましい覚悟を決めてるみたいだけどぉ、残念ねぇ」

9

連環竜車の先頭車両、目的地へと向かうその竜車の足を奪われまいと、自らの存在意義をかけて吠《ほ》え猛《たけ》るゴズ・ラルフォン。

その意気込みは大したものだが、肝心の望みは果たされない。

屍人《しびと》と化したラミアを余所《よそ》へゆかせまいと決死のゴズには残念なことに、すでにラミアの姿は連環竜車の他の車両に到達していた。

当然だろう。増えるにしても、同じ場所で増える必要などないのだ。そういった制限も設けられてはいない。ゴズの奮戦は無意味とは言わないが、貢献度は低い。

そして、帝国の生者の中で重要な役割を担うものばかりが乗っている竜車で、ゴズ・ラルフォンという強者の手を塞ぐ重要性は語るまでもなかった。

「残念だけど、あなたが私を抑えてるんじゃないわぁ、ラルフォン一将。私が、あなたを抑えているのよぉ」

『陽剣』を相手に孤軍奮闘するゴズ、その意気込みに水を差しながら、中央の車両を目指して歩くラミアは遠くを見やる。

遠方の空、そこで黒雲の如《ごと》く強大な邪龍《じやりゆう》と激突する、狼人《おおかみびと》の姿がある。

「バルグレンが使えないのは計算外だけどぉ、あれの手を塞いだのは上出来ねぇ」

黄金の双眸《そうぼう》を細めるラミアの目にも、バルグレンと相見《あいまみ》える狼人は別格だ。

帝国の九人の一将の一人であるゴズも、間違いなく世界有数の強者。そのゴズすらも超越したそれは、世界最強の生命体と真っ向から渡り合っている。

——否《いな》、むしろ、邪龍の方が押されていた。

押し切られていないのは、攻撃を浴びる邪龍の回復力がそれを上回るから。砕《くだ》かれても砕かれても、復元する邪龍をシノビは殺し切れない。

邪龍に殺されないだけで、十分以上におかしな光景だったが。

「でも、あの狼人は死んでも使い物にならないのよねぇ。残念だわぁ」

「——そいつァ、聞きッ捨てならねェなァ」

小さな靴音が聞こえて、その荒々しい声にラミアはゆっくりと振り返る。

遠目に邪龍と狼人の戦いが見える屋根の上、金髪の男——否、少年が立っていた。猛々しい戦意を纏《まと》った少年に、ラミアは小さく鼻を鳴らし、微笑《ほほえ》みかける。

「ケダモノ臭いと思ったら……あなた、半獣でしょぉ？」

「……土臭ェ女に言われッたくねェなァ。んや、それッだけじゃァねェ」

「——？」

「おんなじ面ァいくつも並べた女ってなァ、婆《ばあ》ちゃんだけで十分なんだよォ！」

ガン、と強く胸の前で拳を合わせた半獣の少年、その啖呵《たんか》にラミアと、それから他のラミアたちは目を細める。

少年の訴えの意味はわからない。ただ、今のラミアと同じように、同じ姿かたちの存在が群れるところを、少年は以前にも体験しているということだけ。

それと――、

「俺様ァ、あの金ぴかのオッサンと仲良しこよしってんじゃァねェが、あのオッサンの声はでッけェんでな……きてる奴《やつ》の中でてめェが一番手強《てごえ》ェのはわかってんだよォ！」

そう、少年が牙を見せて吠《ほ》えた直後、ラミアは空気の変化を感じ取った。

それは連環竜車の各車両――車列の全体を五分割したなら、ラミアと少年が対峙《たいじ》しているのは三両目で、ゴズが抗《あらが》っているのが一両目だが、変化は二両目と四両目に起きた。

二両目の屋根が炎に包まれ、四両目は逆に凍《い》てつく風によって氷結したのだ。

それはいずれも、このラミアとは別のラミアと『剪定部隊《せんていぶたい》』が乗り込んでいる車両。その抵抗の事実を肌で感じ取り、ラミアが手の甲を口元に当てて嗤《わら》う。

「そーぉ。王国人って往生際が悪いのねぇ」

「……なんで、俺様ッたちがルグニカからきたって知ってッやがる」

「今知ったわぁ。帝国人らしくないから聞いてみただけよぉ。可愛《かわい》いわねぇ」

「いいやァ、違《ちげ》ェなァ。俺様をおちょくるッためだけじゃァねェ」

嘲弄するラミアの笑みを見ながら、少年が首を横に振った。

負け惜しみ、とは違う。かといって、洞察力でもない。強いて言うなら、少年の直感。

本能的な、真偽を嗅ぎ分ける嗅覚の賜物《たまもの》。

その自分の嗅覚と、先のラミアの言葉とを少年は頭で結び付ける。

「『礼賛者《らいさんしゃ》』は使えねェって話と、俺様がどこの奴かでガッカリしたのを考えっと……」

「──お喋《しゃべ》りは十分だわぁ」

見るからに頭を使うのが得意でないくせに、頭を使おうとする少年。不向きなことに懸命な人間を見るのは、とてもとても気分が悪い。

黄金の瞳《ひとみ》を細めるラミア、それに呼応した別のラミアが少年へ斬《き》りかかる。

「勝手に、話終わらせせッてんじゃァねェ！」

迫る斬撃に吠えて、少年が身を低くして赤い切っ先を躱《かわ》す。

空振りしたラミアの胴体に、返礼の裏拳が直撃。が、吹き飛ばされたラミアの体を別のラミアが斬撃し、二つに割られるラミアの体が発火する。

その、燃え上がる炎の幕の向こうから、致命の刺突が少年を狙って放たれた。

「──ちィッ」と短く吠えて、少年が屋根を蹴り、宙へ飛び上がった。──そこに、滑空する屍飛竜《しひりゅう》が迫り、空中に逃れた少年がその竜の牙に喰《く》らいつかれた。

「が、あああァァ!!」

脇腹に牙を立てられ、絶叫する少年をくわえた屍飛竜が上昇、そこに他の屍飛竜が群がっていき、ヴォラキアの名物でもある飛竜の獰猛な食事が実現する。

振るわなかった『陽剣』を握り直し、ラミアはその惨状に肩をすくめた。

「ラルフォン一将もだけど、近付かなきゃいけない子は『陽剣』と相性が悪いわよぉ」

一太刀浴びれば、魂を焼き尽くすまで燃え上がる『陽剣』の焔《ほのお》。手にしたことで身体能力の向上する魔剣の効果は、環境に甘えたヴォラキア皇族さえ一流へ変える。ましてや、剣技の習得に時間を費やしたものであれば、その恩恵は言うまでもない。

「さぁて、ケダモノ臭い子はどかせたしぃ、あとは兄様の居場所を……」

ゆっくりと、散策するように踏み出そうとしたラミアの頭上、不意の轟音《ごうおん》が響く。

見れば、群がりすぎて丸い球体のようになっていた屍飛竜《しひりゅう》の群れが、空中で十数体まとめて粉々に爆散していた。その爆散の中央から姿を見せたのは、先ほどの細くしなやかな少年と似ても似つかない、強大な大虎。

「――オォォォンッ!!」

何本もの丸太をより合わせたような巨腕を振るい、屍飛竜の群れを吹き飛ばした大虎が一気に急降下。連環竜車の屋根をその重量で軋《きし》ませ、刹那、ラミアへ迫る。

一瞬の驚きはあった。しかし、獣化したことで的は大きくなった。掠《かす》めるだけでも勝利を得られる『陽剣』の使い手を相手に、それは悪手だった。

前のめりに飛び込んでくる大虎、そこへ合わせて『陽剣』を下段から斬《き》り上げる。

「――ッッ!!」

「――あらぁ」

『陽剣』の切っ先が鋼を擦れる音がして、ラミアは金色の目を見開いた。

突っ込んでくる大虎、それが太い腕をラミアへ叩《たた》き付けるのではなく、ラミアの半歩前の屋根に爪を突き立て、強引にそれを引き剥《は》がし、盾にした。

ラミアの剣撃はその上を滑り、そして旋回する大虎の反対の腕が彼女を打ち据える。

衝撃がラミアの上半身をもぎ取り、砕《くだ》かれる体が車外へ叩き落とされた。

大虎はラミアの予想を上回った。だが、ゴズと同じで、無駄なことだ。

「この私が死んじゃってもぉ」

バラバラと、地面に激突する前に塵《ちり》になっていくラミアの唇がそれを紡ぐ。

たとえこの体が死んだとしても、他の自分と同じように復元されるだけ。しかも、この復元の利点は、死んでも終わりにならないだけではない。

次に蘇《よみがえ》るラミアは、このラミアの体験を全て持ち越せるのだ。

すなわち――、

「――――」

落ちるラミアは、他のラミアや『剪定部隊《せんていぶたい》』が大虎へ飛びかかる気配を感じながら、砕けていく視界に、自分を置き去りにする連環竜車の車内を見た。

その車内で、窓の外を凝視する相手と目が合った。

その探し人がどの車両にいたのか、それを確認した上で、次のラミアへ持ち越せる。

それは――、

「――ヴィンセント兄様、みぃつけた」

10

「──閣下」

車窓から見えた光景に、常の糸目をわずかに開いてベルステッツは声をこぼした。

今しがた、屋根の上から振り落とされて大地に砕《くだ》かれたのは、紛《まぎ》れもなく、屍人《しびと》として蘇《よみがえ》ったラミア・ゴドウィンだった。

すでに、ベルステッツはその事実を自分の目で確かめたあとだった。

この連環竜車への熾烈《しれつ》な襲撃に参加しているのが、自分もよく知る『剪定《せんてい》部隊』であった時点で、それを率いるのがラミアであることも十分承知だった。

それでも、ラミアの姿が砕かれ、塵《ちり》と化す光景はベルステッツを揺るがした。

「一度お目にかかりたいと思ってはいたが、こんな形とはな」

「ドラクロイ上級伯……」

「そんな顔をするな、宰相殿。私と同じものを見ただろう？　ラミア閣下があぁして砕かれたなら、あの方の私兵である『剪定部隊』も止まるかもしれんぞ？　期待薄だがな」

車窓の外でラミアが最期を迎えるのを見届け、セリーナが皮肉げに肩をすくめる。

期待薄とした彼女の発言通り、忠誠を捧《ささ》げたラミアが討たれようと、『剪定部隊』の猛攻には一欠片《ひとかけら》の陰りもなかった。

先の軍議でのやり取りを踏まえれば、屍人にとって死とは終わりではない。

『大災』の主犯格であろうスピンクスは、死さえ利用して帝国の滅亡を狙った。魔女にできたことならば、『毒姫』にできないことがあろうか。

戦意の衰えない『剪定部隊』を見ずとも、ラミアの終わりが先なのは確実だ。

「アナスタシア様、お下がりください！」

凛《りん》とした声を上げ、ワソーの青年が流麗な剣を扱う。

虹色の軌跡を描いた斬撃は、『剪定部隊』が纏《まと》った強固な黒の甲冑《かっちゅう》を、まるで熱した鋼で氷を斬《き》るかの如《ごと》く容易《たやす》く切り刻んでいく。武威に恵まれなかったベルステツの目にも、青年――ユリウスの力量が、帝国の勇士に劣らぬものであると理解できた。

「でも、うちのユリウスでも永遠には戦えん。状況を動かさんとやけど」

ユリウスの奮戦に守られながら、首元の襟巻きを撫《な》でるアナスタシアの呟《つぶや》き。

車両内に押し寄せる敵はユリウスが、屋根の上はガーフィールがそれぞれ応戦しているが、先の転落するラミアと合わせ、内外はいずれも激戦となっている。

それこそ、戦える人員は警護の兵も含めて全員が戦っている状況だ。

「そーれにしても、ちょっと過剰に狙われてる気がしませんか？」

「たぶんやけど、あんたさんがいるからと違う？　その痛がってた胸のところ、がっつり印が付けられて見えるんやけど」

「印……？　あーれれ、本当だ！」

監禁部屋から連れ出されたウビルクが、自分の緩い胸元を覗《のぞ》き込んで声を上げる。

アナスタシアの言う通り、ちらと見えた彼の白い肌には赤いミミズ腫れの痕跡があり、襲撃と同時に生じたのであれば――、

「標的の居所を掴《つか》む魔眼……まさか、パラディオ・マネスク閣下が？」

「これはこれは、『選帝の儀』の参加者が勢揃《せいぞろ》いとなるか？　それなら、私が父から家督を奪った際、花を贈っていただいたバルトロイ閣下と思い出話がしたいところだ」

魔眼族の血を継ぐヴォラキア皇子、パラディオ・マネスクの魔眼が標的を捉え、それがひっきりなしに『剪定部隊《せんていぶたい》』がここに攻撃を集める理由か。

そう推察するベルステツの傍《かたわ》ら、自身も剣で敵を牽制《けんせい》するセリーナが唇を舐《な》め、

「この場から動くにせよ、前と後ろの二択を選び間違えて死ぬのは避けたいところだ。我々という頭を失って、帝国がどのように崩壊するか興味がないではないが……」

「……不謹慎なことを仰《おつしや》られては困ります。私奴《わたくしめ》のような老躯《ろうく》はいざ知らず、閣下やあなたに替えなど利かないのですから」

「誰であれ、替わりの利かない人間などいないよ、宰相殿。畏《おそ》れ多くも、あなたが皇帝閣下の代理を用立てたように。ともあれ――」

どんな状況でも辛辣な余裕を失わないセリーナ、彼女が帝都でのベルステツの所業をチクリと刺したところで、事態が動いた。

前後、どちらへ動くべきかという選択肢の、選択肢の方から現れたのだ。

「よしいた！　ここで踏ん張っててくれたか！」

「ナツキくん！」

後部車両と通じている扉、すでに『剪定部隊』の攻勢で破られてしまったそれを踏み越えて、ベルステッたちのいる客車に小さな影が雪崩《なだ》れ込んでくる。

その先頭の黒髪の少年の姿に、アナスタシアが声を高くして合流を喜んだ。

どたどたと慌ただしくやってきたのは、ナツキ・スバルという少年と、彼と手を繋《つな》いでいるドレスの少女。付き従うのは鹿人《しかびと》の少女と金髪の少女に、桃髪と青髪で瓜二《うりふた》つの顔立ちをした娘たち――。

「スバル！　エミリア様はどうされた？」

「エミリアたんは最後尾で奮闘中！　敵が入ってこられないように車両を凍らせて強化してるけど、残ってたら俺たちまで氷漬けになっちまうって先にいかされた！　辛《つら》い！」

「強引やねえ。……でも、最善手やなぁ」

車窓を突き破る屍人《しびと》を相手しながらのユリウスに、答えるスバルは苦い顔だ。

そのスバルの答えを聞いたあと、アナスタシアは少年の背後、金髪の少女を見やり、

「ああう……」

「その分やと、話し合いは中断？」

「――いいや、俺の結論は出した。それをみんなに伝えるチャンスが中断だ。アベルの野郎は!?　あいつにも、俺と同じ印が出てねぇか？」

金髪の少女の隣に並び、そう言ったスバルが自分の服の胸元を見せる。すると、そこに

は『星詠み』のウビルクと同じミミズ腫れが浮かび上がっていた。

途端、それを目にしたウビルクが「あーっ！」と大声を出し、

「ほーら、あなたにも印！　僕たちは『星詠み』のお仲間ってことじゃーないですか！」

「違うって言ってんだろ！　俺だけじゃなく、可愛《かわい》いベア子にも同じのが出てて可哀想《かわいそう》だよ！　共通点は⁉」

「──それはおそらく、『大災』にとっての排除すべき障害でしょう」

その声は、今度はスバルたちが乗り込んできたのとは反対の扉、前方車両へと続く通路の方から客車に飛び込んできた。

並んで姿を見せたのは、軍議でも存在感の高かった王国の軍師であるオットーと、将兵の治癒に積極的に参加していた少女だった。

その二人の登場に、振り向いたスバルが目を丸くして、

「オットー！　ペトラ！　無事だったか！　さっきはごめん！」

「そのやり取りは後回しにしましょう。今は大事な情報の共有を」

「スバルとベアトリスちゃんに出てるって話してた印、旦那様にも出てたのっ！　今、旦那様は前の竜車でゾンビを引き付けてるけど……」

「ロズワール様にも印が……」

ペトラと呼ばれた少女の報告に、レムの血縁者だろう桃髪の娘が目を伏せる。

しかし、ウビルクとスバル、ベアトリスという少女に加えて、王国の宮廷魔導師にも印

が浮かび上がったとすれば、刻印の条件もおぼろげながら見えてくる。

それは――、

「――平野で直接、スピンクスと顔を合わせたメイザース辺境伯とベアトリスちゃん。それに竜車への奇襲を止めたナツキくんと、『星詠み』さんやったっけ」

「ここでは確かめようがありませんが、外で黒い龍《りゅう》と戦っているハリベルさんにも、同じように印が刻まれている可能性がありますね」

「それと、我らが皇帝閣下か。十分に可能性はあるな。名前の挙がったものはいずれも、その働きでは替えの利かないものたちだ」

セリーナが先のベルステツの発言を揶揄《やゆ》しつつ、識者たちの会話に同意する。

アナスタシアたちの始めた話に、ベルステツも同じ意見だ。そして、パラディオの魔眼の効果が続く限り、標的とされたものの下には延々と刺客が送り込まれる。

しかし――、

「待ってください。もしも、その想像が正しいとしたら、この子に……スピカちゃんに、同じ印が浮かび上がっていない理由がわかりません」

そう声を上げたのは、小さな少女の肩を後ろから抱いたレムだった。

彼女がスピカと呼んだ少女、その重要性の詳細は聞かされていないが、彼女がウビルクの予言に名前の挙がった一人であることは聞いている。

その点で、ヴォラキア帝国のために重要な人材には間違いないが――、そのレムの訴えに、ベルステッツたちとは違う感慨がありげにオットーが呟《つぶや》く。

「スピカ、ですか」

彼の呟きを聞きつけたスバルが、オットーを見据え、真剣な顔になり、

「俺の立つ瀬は決めた。証明は、ここからの生き方でやる」

「――。奇遇ですね。ちょうど僕も、同じく立つ瀬を決めたんですよ」

静かなやり取り、そこにどれほど複雑な感情が交えられているのか、外野には察しようがない。加えて、この襲撃の最中にあってはそれは後回しにすべき事情だ。

「今は、頭の上で吠《ほ》えてるガーフが焼き虎になる前に動くべきね」

「焼き鳥みたいな言い方するなよ……。でも、さっきのレムの話にも一理ある」

桃髪の娘の言葉に頷《うなず》いたスバルが振り向くと、皆の視線がスピカという少女に集まる。

その視線の集中に少女が喉を唸《うな》らせ、困惑した顔で周りを見た。

「そこの『星詠み』とやらの話を信じるなら、その娘……スピカは『大災』の天敵なのよ。それなのに、どうして見逃されているかしら？」

「――？　それ、そんなに変なこと？　だって、わたしたちもその男の人が教えてくれなかったら知らないことでしょ？　だったら、相手もそうってだけなんじゃない？」

「……それはつまり、屍人《しびと》側には『星詠み』はいないってことか？」

少女たちの疑問の交換に、スバルがハッとした顔で呟いた。

その発言に振り向かれたウビルクは、しかし頼りない顔でゆるゆる首を横に振り、

「いーやぁ、すみません。天命と関わりないことは僕も知らなくて」

「でしたら、せめてスピカちゃんの何があなたの言う光明なのか、そのぐらいは教えてくれませんか？　指名だけして、いくら何でも無責任でしょう」

「無責任ですみませーん」

開き直ったようなウビルクに、レムの表情が険悪な色に染まる。が、ウビルクの答えは望ましくないが、レムの傾けた話題は検討に値するかもしれない。

「現時点の材料では、印を付けられたものを守りながら、空中分解を起こしかねない連環竜車で城塞都市へ雪崩《なだ》れ込むしかない。あの都市もまだ修復中のはずだがな」

「そないに悠長な時間が残されてるとは思えんねえ」

こうして語らう間にも、『剪定部隊《せんていぶたい》』の攻撃に晒《さら》される竜車はじりじりとその原形を失い続けている。移動の足が止まれば壊滅が必至なのは、すでに検討した通り。

この戦闘を止めるには、敵勢を率いる指揮官――ラミアに対処する他にないのだ。

「――――」

目下、対症療法以上の手段が求められる中、ベルステツはその細い糸目の視界に、ひどく葛藤する表情のスバルがいることに気付く。その表情を占めている懊悩《おうのう》は、何かに気付き、そしてその何かを口にすることを躊躇《ためら》っているが故のものだ。

この状況において、少年が口に出すことを躊躇《ちゅうちょ》する発言。発言に吟味の足りないセリナとは違う彼の葛藤、その内容は――、

「――バルス」

「ナツキさん」

同時に、二人の人物がスバルの方に呼びかけた。

ベルステッツと同じで、少年の表情変化に気付いたのだろう二人だ。そして、ベルステッツよりも少年について詳しい二人は、その悩みの中身までわかったらしい。

二人の視線の意図に目をつむり、スバルは大きく深呼吸し、表情を引き締めると、

「――スピカの権能が、状況を打破する可能性がある」

11

「おりゃあああ～!!」

両手に握った蛮刀を振るい、ミディアムは正面に迫る屍人《しびと》を強引に切り払う。

その大振りが理由で背中側ががら空きになり、そこに別の屍人の大鋏《おおばさみ》が叩《たた》き付けられそうになった。しかし、その軌道に細身の長剣が割って入る。

「気軽に手ぇ出してくれてんじゃねえぞ、デカブツ共がぁ!!」

荒々しく吠《ほ》えて、声も剣撃も荒ぶらせるのはジャマルと名乗った隻眼の帝国兵だ。

そのジャマルと協力し、ミディアムはひっきりなしに現れる屍人から、兄のフロップとジャマルの妹のカチュア、そして勝手なアベルを守るべく奮闘していた。

「皇妃様！　ここはオレに任せて下がっててくれ！」

「だ～か～ら～！　あたしはまだうんって言ってないの！」

「皇妃候補様！　下がっててくれ！」

「も～っ!!」

恭《うやうや》しく扱われ、そうした待遇に慣れていないミディアムは困惑でいっぱいだ。

それ以前の、フロップとアベルの話し合いのときからそうだ。アベルに注意されたが、ミディアムはフロップの考えを何も聞かずに兄に協力した。

今思えばアベルの言う通り、ちょっとは先に話を聞いておけばよかった。

「そしたら、あんなに驚かないで済んだのに……！」

「妹よ！　くよくよ悩むのはお前には似合わないぞう！」

「誰のせいだと思ってるの、あんちゃん！」

怒りを蛮刀に込めて、突き出される大鋏を跳ね返し、敵の首を薙《な》ぎ払う。

それでも死んでくれない敵に、ミディアムの脇から飛び出したジャマルの追い打ちが炸《さく》裂《れつ》。塵《ちり》になる敵の残骸を剣で払い、ジャマルは車椅子の妹を振り向くと、

「カチュア！　首伸ばすんじゃねえぞ！　お前には誰も近付けさせねえ！」

「や、やめてよ……別に、もう、どうでもいいから……。どうせ、どうせ生きてたって、いいことなんて、何にもないんだから……っ」

「馬鹿言ってんじゃねえ！　お前が死んだらトッドが浮かばれねえだろ！」

「――っ、に、兄さんの馬鹿……！　言う？　い、言わないでしょ、普通。死ね！　兄さんなんか、し、死ね……！　転べ！」

ひどい言葉を言い直しながら、ポロポロと大粒の涙を流すカチュア。

その姿が、今のミディアムには心から不憫《ふびん》に見える。こんな状況でなければ、兄に振り回される妹同士として、親身になって話を聞いてあげたかった。

しかし――、

「――皇妃なんて、聞き捨てならないわねぇ」

「――っ」

「あなたに、剣狼《けんろう》の中の剣狼と共に往《ゆ》ける資格があるのかしらぁ？」

押し寄せる黒い甲冑《かっちゅう》の屍人《しびと》たち、その向こうに立つ美しい屍人がそうさせてくれない。

悠然と佇《たたず》むお姫様のような彼女は、他の屍人たちと存在感が違いすぎる。そもそも、話しかけられたこと自体にも驚いて、ミディアムは口をパクパクしてしまった。

「その娘が如何《いか》なる答えを返そうと、すでに死した貴様には無用の代物であろう」

だから、そう言い返したのはミディアムではなく、アベルだった。

客車の手前と一番奥、間にミディアムたちと屍人の兵たちを挟んで、アベルとそのお姫様とが睨《にら》み合う。――違う、見つめ合った。

「はぁい、ヴィンセント兄様。相変わらず、凛々《りり》しくいらっしゃるのねぇ。……でも、ちょっとだけ痩せたかしらぁ？」

「兄弟姉妹に煩《わずら》わされなくなったと思えば、貴様やパラディオが迷って出る始末だ。俺の頬《ほお》が多少なりこけようと必然であろうが」

「ふふっ、迷って出たくもなるわよぉ。――プリスカは助けたんでしょぉ、お兄様」

「――――」

「『選帝の儀』の前提を崩したお兄様に、私やパラディオ兄様を罰する資格があるかしらぁ？　事実を知ったら、誰も皇帝なんて認めてくれないんじゃなぁい？」

くすくすと、口元に手を当てて屍人のお姫様が嗤《わら》う。

その一言にわずかに瞳《ひとみ》を揺らがせ、アベルは何かを言い返そうとしたが――、

「誰もなんてことないよ！　あたしは、アベルちんが皇帝だって思ってるから！」

「オレもです、皇帝閣下！　死人の言うことに耳を貸す必要なんざねえ！」

我慢できなくなったミディアムと、それに便乗したジャマルの声が響き渡った。

その二人の発言にアベルがさっきよりも目を丸くすると、お姫様が不機嫌そうになり、

「言ってくれるわねぇ。そっちの兵士は、私が誰なのかわかってるのかしらぁ？」

「あぁ？　見たとこヴォラキアの皇族だろうが、死んでる時点で関係あるか！　死んだ奴《やつ》は負け犬で、生きてる奴が剣狼だ！　それが！　帝国流だろうが！」

世界一わかりやすい理屈で叫んで、ジャマルが敵兵との乱戦を再開する。

その勢いの良さに、ミディアムは目をぱちくりとさせたあとで笑った。笑い、ミディアムもジャマルと同じで、戦いを再開する。

「アベルちんよりカッコいいよ、ジャマルちん！」

「畏《おそ》れ多いぜ、皇妃候補様！」

ミディアムの称賛に野性味のある笑みを浮かべ、ジャマルの双剣が荒れ狂った。

その二人の奮戦を間に挟みながら、アベルとお姫様の対峙《たいじ》は続く。ただ、そのお姫様と向かい合うアベルの瞳《ひとみ》から、先ほどの揺らぎは消えているようだった。

「――『陽剣』の気配を多く感じる。一人ではないな、ラミア」

「だとしたらぁ？　可愛《かわい》い妹が増えて嬉《うれ》しいかしらぁ？　それとも、プリスカじゃないからヴィンセント兄様は興味がない？」

「屍人《しびと》の仕組みを利用して理外の事象を起こしたなら、俺の前に数を集めているはずだ」

挑発的なお姫様――ラミアの態度に、アベルは取り合わない。ただ、彼は自分を兄と呼ぶ屍人の少女の受け答えに、勝手に手掛かりを見つけてしまうのだ。

「数に限りがあるな。加えて、その大半を足止めされている。――ゴズか」

「平然と仰《おっしゃ》るのねぇ、お兄様。それが本当なら、ラルフォン一将の働きは勲章ものでしょお？　なのに可哀想《かわいそう》。彼、自分は手駒でいいなんて言って――」

「――故に、選んだ」

静かな声音で、アベルがラミアの言葉を遮った。

アベルは自然とその場で腕を組み、真っ向からラミアの視線と言葉を受け止め、

「あれは、俺が選んだ『将』の一人だ。その程度の働き、当然であろう」

そう堂々と述べた上で、続けてアベルは「ラミア」と彼女の名前を呼んだ。

そして、わずかに目を見張るラミアに、言った。

「俺は貴様を、取るに足らぬ存在などと思ったことはない」

「――――」

投げかけられた一言に、ラミアの表情が大きく変化した。

それまでは蠱惑的《こわくてき》で、とても嗜虐的《しぎゃく》で、そうでなければ不満げで、そんな表情ばかりを浮かべていた彼女が、そのアベルの一言に違う顔をした。

黄金の瞳を見開いて、唇を噛《か》んだのだ。

「――ヴィンセント・ヴォラキアぁぁぁッ!!」

次の瞬間、ミディアムの見た表情は嘘《うそ》のように掻《か》き消え、違う顔が表出した。

血の通わない顔に激情を宿し、ラミアの手が空中から赤々と輝く宝剣を抜き放つ。そのまま彼女は自ら踏み込み、床を、壁を、屍人を蹴り、アベルへ飛びかかった。

それを真っ向から見据えるアベル、その鼻先に宝剣が振り下ろされる――。

「アベルちん！」

「皇帝閣下ぁ！」

瞬間、それぞれ目の前の屍人を撃破し、飛びずさったミディアムとジャマルの剣が宝剣の軌道に割り込み――停滞を刹那だけ生んで、どちらの剣も溶かされる。

ミディアムとジャマルの妨害を突破し、ラミアの剣撃がアベルへ迫る。

そのまま、アベルの全部が赤い光に呑《の》まれると、ミディアムが悲鳴を上げかけた。

そのときだ。

「――――」

何が起きたのか、誰にもわからない。

仁王立ちするアベルの後ろにいたフロップとカチュアが、二人がかりでアベルの上着を引っ張ってその場に尻餅をつかせたことも、アベルが死ぬと思ったらとんでもなく胸が痛くなったミディアムも、もうダメだと絶望した顔のジャマルも、違う。

――ただその場で、まるで風に打たれたように、ラミアの体勢が崩れていた。

12

「――剪定《せんてい》、やめええ!!」

渇いた喉が張り裂けんばかりに声を張り、そう号令を飛ばした。

『風除《かぜよ》けの加護』の恩恵に与《あずか》り、吹き付けるはずの強い風も、本来凄絶なはずの竜車の揺れもなく、その声は遠く遠く高く、響き渡った。

そしてその号令が聞こえた途端、大鋏《おおばさみ》を手にした屍人《しびと》たちの動きが止まった。

とっさに動かなくなる『剪定部隊』、その事実をどう思えばいいのかわからない。嘆くべきなのか、誇らしく思うべきなのか。

心を『毒姫』に預け、冷たい血の流れる恐怖の象徴と、そう彼らを作り変えてしまったのは自分だ。彼らはその目的に沿い、期待に応えた。

そして、死後もベルステツ・フォンダルフォンの号令に、体が反応してしまった。

「屍人の時は止まっている。ならば、彼らにとってあの『選帝の儀』の戦いは、ほんの昨日の出来事……体に染みついたものは薄れ得ない」

それは、死しても主《あるじ》に付き従う在り方を、彼らが身を以《もっ》て証明したという事実だった。

そう思えばこそ、それはやはり誇らしいことなのかもしれないとも思えて。

「──それでぇ？　私のケダモノたちを封じれるのは一瞬でしょぉ？」

「……ええ。ですが、これであなたはこちらへいらした」

背後から届いた声に振り返り、ベルステツは一人、彼女のことを出迎えた。

屋根が、壁が壊され、元の荘厳さの見る影もなくなった竜車。それでもなお、帝国の希望を乗せて走る連環の竜車の一両で、ベルステツとラミアは対峙《たいじ》した。

「お待ちしておりました、ラミア閣下」

「ええ、そうみたいねぇ。でも、なんで一人で残ってるのかしらぁ？」

小首を傾《かし》げたラミアが、その両手を広げて誰もいない竜車に視線を巡らせる。

ベルステツ以外の、セリーナや王国の面々はここにはいない。ラミアと『剪定部隊』を足止めする秘策があると言い張り、ベルステツが一人でこの場に残ったのだ。

事実、『剪定部隊』の一瞬の足止めはやり遂げた。

もう二度と、ベルステッツの号令が効果を発揮することはないだろうが、作られた数秒の隙をこの竜車に乗り合わせたものたちならうまく使っただろう。

それで、ベルステッツは先へいったものたちとの約束を守った。

「もう、守れない宣言をする歳ではありませんので」

「そう卑下することもないわよぉ。あれから九年も経《た》ってるのに、あなたはちっとも変わらないわぁ。私が死んでしまったときとおんなじ」

「──閣下の、仰《おっしゃ》る通りでしょう」

からかうようなラミアの言葉に、ベルステッツは低い、しゃがれた声で答えた。

それを聞いて、眉根を寄せたラミア。彼女の前でベルステッツは骨の浮いた拳を握り、奇跡的に全部揃《そろ》っている歯を強く噛《か》みしめた。

ラミアは美しく聡明《そうめい》で、物事の本質を見極める目の持ち主と、九年越しに実感する。

「あのとき以来、私奴《わたくしめ》の時間もまた、止まっているのですよ、ラミア閣下」

そう呟《つぶや》いて、ベルステッツが一歩、前に踏み出した。

大きく、決意を込めて一歩。それを踏み出したら、次の一歩。老いた体を動かして、ベルステッツは前に、前に、踏み出した。

「────」

呆《あき》れたように、ラミアの黄金の瞳《ひとみ》が細められる。

ゆっくり、時間の流れが緩慢に感じる。実際に遅い。哀れなほどに弱々しい。

狼《おおかみ》の群れで、自分の体を黒く塗った羊だった。老獪《ろうかい》な山羊《やぎ》となった。角を大きく見せることで、狼の群れの中にも役割はあるのだと必死で誇示して。

「――『陽剣』」

空に手を伸ばしたラミアの手の中に、その赤い宝剣の柄が生まれる。

細い指がそれをしっかりと掴《つか》み、引き出されるヴォラキアの象徴たる宝剣。その赤々と、煌々《こうこう》と、赫炎《かくえん》を閉じ込めた剣がベルステツの目を焼いた。

目を、細めていてよかった。おかげで、瞼《まぶた》を焼かれても眼球を守れる。

そんなつまらない、益体もない思いを抱きながら、ベルステツは拳を振り上げた。その拳には指輪が嵌《は》まっている。ヴォラキア帝国の、宰相の証《あかし》。

火のマナの力が込められた、『ミーティア』だ。

「それ、もう見たわよぉ」

すでに帝都、すでに水晶宮《すいしょうきゅう》、すでに玉座の間で一度目にしたものであると、ラミアの冷めた眼差《まなざ》しの色が変わらない。

鈍速に過ぎるベルステツの進み、すでに一度破られた切り札、相手が所有するのは世界最高峰の力を持った十の魔剣の一振り――、

「――閣下」

ほんの一秒とかからず、斬《き》り捨てられ、灰燼《かいじん》と帰すとわかっていた。

それでも、七十年近い人生で最も長い一秒を、ベルステツは目一杯使った。

そして、一度主《あるじ》にした進言を、今一度、告げる。

「我々は、敗れました……！」

言いながら、ベルステッツは上げた拳を振り下ろし、指輪を床へ向けた。

そこで『ミーティア』を出力、膨れ上がる炎がベルステッツの足下で炸裂《さくれつ》し、遅すぎる老人の前進に炎の勢いを足した。

猛然と、体ごとベルステッツがラミアへと突っ込んでいく。

その飛び込んでくる老躯《ろうく》を目の前に、ラミアはその黄金の瞳《ひとみ》を見開いていた。見開いた黄金の瞳に、ベルステッツ・フォンダルフォンが映り込んでいた。

映り込んだその顔を見ながら、ラミアは『陽剣』を振り上げたまま、

「――あなた、そんな悔しそうな顔ができたのねぇ」

長く仕え、深くは付き合わず、お互いの内心を語り合ったこともない主従。

その皺《しわ》だらけの顔で、瞳を見せない細い糸目で、何を考えているのかわからない従者の初めて見せる表情に、泣きそうな老人の姿に、ラミアの手が止まった。

――正面から、ベルステッツとラミアの体がぶつかる。

爆発の衝撃を和らげられないまま、揉《も》み合う二人の体が客車の壁へ。『剪定部隊《せんていぶたい》』の突入で破られた壁へ向かい、そのまま外へ投げ出される。

ぎゅっと、枯れ木のような老人の指が、美しい少女のドレスを掴《つか》んで放さない。

離れないまま、両者の体は連環竜車の外へと大きく弾《はじ》き出され――、

13

——その瞬間、連環竜車へと現れた無数のラミア・ゴドウィン全員を衝撃が襲った。

「————」

ゴズ・ラルフォンと戦うラミアたちが、ガーフィール・ティンゼルと戦うラミアたちが、ロズワール・L・メイザースと戦うラミアたちが、エミリアと戦うラミアたちが、竜車のいずれの場所にいたラミアたちもが、一斉に衝撃に揉まれた。

『加護』とは、この世界に生まれ落ちた命が授かることのある祝福であり、その全貌はいまだに解明されておらず、多くが謎に包まれている。

ただ一点、多くのものが加護に対して感覚的に持っている確信が一つある。

それは、加護とは授かったものの、対象としたものの、魂に影響するというものだ。

それが事実か否《いな》か、証明されたことはない。ただ、これだけは言える。

——ベルステツ・フォンダルフォンが、ラミア・ゴドウィンの一人と竜車の外へ投げ出され、二人が『風除《かぜよ》けの加護』の対象外になったのと、それは同時だったと。

そしてそれは、ヴィンセント・ヴォラキアへとラミア・ゴドウィンの一人が斬《き》りかかり、ミディアム・オコーネルとジャマル・オーレリーが防ぎ切れず、フロップ・オコーネルとカチュア・オーレリーの前で、悲劇が起こる瞬間でもあった。

「――っ」

風に打たれたように、『陽剣』を構えていたラミアの体が後ろへと引かれる。

このとき、何が起こったのかラミアにも、ミディアムたちにもわからなかった。ただ、引き倒されたヴィンセントが足を伸ばし、ラミアを後ろへ蹴り出したのが事実。

そうして、蹴り出されたラミアの背後、隣の車両と通じる扉が破られ――、

「――――」

虹色の輝きが躍り、扉の前に立っていた『剪定部隊《せんていぶたい》』が斬《き》り倒される。

その虹の光を掻《か》い潜《くぐ》り、小さな影が三つ、車内に転がり込んできた。

その内の一つが手をかざすと、淡い光が三つの影を取り巻いて、その転がり込む速度が上がった。それをした影と手を繋《つな》ぐ、三つの影の真ん中が声を上げる。

「――ラミア・ゴドウィン！」

張り上げた声、両手を左右の少女と繋いだ黒髪の少年の叫び。

ドレスの少女が光を生み出し、黒髪の少年が名前を呼んで、そして飛び込んできた最後の一人が、少年と繋いだのと反対の手を伸ばし――、

「――いああいあう」

――飛んでくる背中に触れた手を振り切り、『毒姫』の名前を剥《は》ぎ取った。

第七章　『帝国の姉妹』

1

──沸々とした予感はあった。

『星詠み』のウビルクが、帝国を救うための光になると彼女を指名したとき、ない頭を懸命にひねって考えに考えた。

いったい、彼女の何を以《もっ》てして蘇《よみがえ》った死者たちの天敵となり得るのかと。

彼女の、いったい何が他の人間と違うのか。

優しい子であること。一生懸命であること。誰かのために踏ん張れること。その全部が素晴らしいけれど、その条件なら当てはまるものは他にもいる。

そうではない、彼女だけが有する他の人が持たないスペシャリティ──。

「──『暴食《ぼうしょく》』の権能」

大罪司教であった過去と離別したくても、その十字架は彼女を決して逃がさない。

その十字架から逃がさないことを、スバルは彼女に誓った。

その十字架から逃げ出さないことを、彼女はスバルに誓った。

――故に、希望はそこにある。

「俺には、『怠惰《たいだ》』と『強欲《ごうよく》』の権能がある」

憎むべき魔女教、唾棄すべき大罪司教。

ペテルギウス・ロマネコンティとレグルス・コルニアス、彼らが持ち得た権能は今、巡り巡ってスバルの内の内にある。

何故《なぜ》、そうなったのか。まるで奴《やつ》らからバトンを託されたみたいでおぞましくて、スバルはそこに深く向き合ってこなかった。しかし、それはもうできない。

彼女のためにも、彼女を選んだスバルのためにも、向き合わなくてはならない。

そして――、

「――お前がルイ・アルネブじゃなく、スピカって生き方を選ぶなら、俺がやってるみたいに、権能の使い方だって変えられるはずだ」

物事は何でも表裏一体、どんな道具も使い方次第。――否《いな》、道具だけじゃない。

その人間が善になれるか、悪に染まるか。最後の一線は、己で引くのだ。そうできない環境がある。でも、そうできる機会を与えられたのだから。

――『美食』のライ・バテンカイトス。

――『悪食』のロイ・アルファルド。

――『飽食』のルイ・アルネブ。

与えられた力を振るい、世界に許されざる大罪人となったものたち。

彼らと同じ力を持ちながら、世界に償いを続ける道を往《ゆ》く贖罪《しょくざい》者。

「――『星食』」

悪《あ》しき前例を作った、切り離せない兄弟姉妹。

それらの前例を、星の名前を有した大罪人たちの行いを、贖罪者として喰《く》らい直す。

生まれたての、星を喰らう娘、『星食』のスピカ。

「――いああいあう」

その『記憶』を虫に封じられ、土で作られた器で蘇《よみがえ》ったモノの『名前』を呼び、真珠星の名を与えられた娘の『星食』が、伸ばした手、触れた指先で発動する。

白い、何もかもが意味を持たない、空っぽな場所を知っている。

全ての魂の、美しいものも汚いものもこそぎ落とされ、新しく生まれ直す場所を。

その場所から引きずり下ろされたものたちの、役割を喰らう。

二度と、その魂が誰かの食い物にされないように、その因果を喰らう。

――星の名を冠する大罪司教の行いを喰らう、『星食』が実現する。

「――おいおうああえいあ」

2

瞬間、ラミアたちがまとめて風を浴び、動きが止まった。

全身に焼ける傷口を晒《さら》したゴズ・ラルフォンは、その一瞬を見逃さなかった。

「――掴《つか》んだ」

如何《いか》なる理由かは不明だが、ラミアたち全員がいっぺんに体勢を崩している。

おそらくはヴィンセントに違いない。ゴズが忠誠を誓うヴォラキアの皇帝は、これほどの事態でも打開の一手を用意したのだ。感涙にむせび泣きたくなる。

それを堪《こら》え、ゴズは手にした鎚矛《つちほこ》を振り上げると、長柄の持ち手の中間をひねってそれを分解、打突部位と柄の二個に分け、柄で打突部位を強く打ち付けた。

刹那、広がった音の衝撃波が、姿勢の崩れたラミアたちにだけぶち当たる。

「――――」

ゴズの振り回す黄金の鎚矛は、槍《やり》のような長い柄の先端に球状の打突部位を組み合わせた代物で、ゴズ専用に鍛造された逸品だ。

一振りで人間十人分も重さのあるそれは、ゴズの剛力と特別な耳と合わさることで、他者にはできない技――生命がそれぞれ持つ固有の振動に、同じ振動を音としてぶつける『遠吠《とおぼ》え』を実現させるに至った。

ゴズ・ラルフォンはその豪快豪胆な外見と裏腹に、風の音色さえ聞き分ける耳と、あらゆる楽器を繊細に演奏する天才的な技量の持ち主。

その必殺の『遠吠え《とおぼ》』こそが、ゴズが『獅子騎士《しし》』と呼ばれる所以《ゆえん》である。

どれほど数が増えようと、同一の振動を持つラミアたちとゴズの相性は最悪だった。

ゴズの『遠吠え』が、戦いの中で固有の振動を掴《つか》んだラミアへ――否《いな》、ラミアたちへと襲いかかり、増えていた全員のひび割れが拡大、屍人《しびと》の姫君たちが砕《くだ》け散る。


――同じことは、ゴズの戦場とは別の車両でもそれぞれ起こった。

『陽剣』相手に炎では分が悪いと判断し、風の刃《やいば》と土の雪崩《なだれ》でラミアと『剪定部隊《せんてい》』を相手していたロズワールも。

獣化した剛力でラミアも『剪定部隊』も、そして竜車も区別なく、その獣爪で猛然と引き千切っていたガーフィールも。

次々と壊される竜車を凍らせて補強し、作り上げた『剪定部隊』の氷像の群れを掻《か》い潜《くぐ》ってラミアたちと戦っていたエミリアも。

連環竜車に乗った全員が予期せぬ形で作られた一瞬を、見逃さなかった。

誰が作るかはわからなくても、誰かが作ると信じた一瞬を、見逃さなかった。

光り輝く『陽剣』を手にした、ラミア・ゴドウィンたちが、次々と砕かれ――、

3

「あううっ！」

奥歯を噛《か》み、身を回したラミアの長い足が、自分の背に触れた少女――スピカへと叩《たた》き付けられる。そのラミアの蹴りを受け、スピカの体が激しく吹っ飛んだ。スピカと手を繋《つな》ぐスバルとベアトリスも、一緒に、過剰なほど飛んでいく。

理由はラミアの脚力以外にある。ベアトリスの『ムラク』で、スバルたちにかかる重力が極限まで減らされ、ピンポン玉のように軽くなっていたからだ。

「いけえ！」

「ゆく！」

その飛ばされるスバルたちの下を潜って、ユリウスがラミアへと踏み込む。

彼は斬《き》り倒した『剪定部隊』の塵《ちり》を破り、虹を宿した騎士剣の刺突をラミアへと放った。極光を宿したユリウスの剣撃は、強兵の大鋏《おおばさみ》すらもプリンのように切り裂く。

しかし、ラミアの手にする『陽剣』もまた、虹の輝きを宿したユリウスの剣以上の光と熱を放って、その刺突を真っ向から受け止めた。

打ち合わせた剣と剣の間で光の爆発が起こり、ユリウスとラミアが互いに弾《はじ》かれる。双方、即座に切り返して、次なる剣戟《けんげき》が――始まらなかった。

「……『選帝の儀』でも、一度も自分では手を下さなかったんでしょぉ？」

「──ああ、そうだ」

唇を緩めたラミアの言葉、それに応じたのは彼女のすぐ後ろに立っているアベルだ。

そのアベルの手には、刀身を半ばで溶かされた蛮刀が握られており、短くなった切れ味の悪い刃《やいば》が、それでもラミアの体を背中から貫いていた。

「ようやく、血を分けた兄妹《きょうだい》を手にかける気になったのねぇ」

屍人《しびと》の急所は心臓でも、頭部でもない。ベアトリスたちが見つけ出した、土の器の中で活動している核虫。それが壊されない限り、屍人の活動は停止しない。

しかし、ゆらりと、その赤い刀身を床に向けた『陽剣』が落ちる。落ちた『陽剣』はその先端を床に突き刺す前に、空間に呑《の》まれるようにして消えた。

ラミアの指先が崩れ、剣を握っていられなくなったからだった。

「────」

身をひねり、体に刺さった蛮刀を抜いて、ラミアがアベルから離れる。

そのまま、ふらふらと歩む彼女は死に体で、誰かがほんの一突きするだけで粉々になってしまいそうだった。実際、ジャマルが溶けた双剣で斬《き》りかかる素振りを見せたが、それは腕を伸ばしたアベルによって制される。

そして、息も絶え絶えのラミアがアベルを振り返ると、

「お父様や、バルトロイ兄様はいらっしゃらないわぁ。二人は、満足してるものぉ」

「──ラミア」

一言、ラミアが残した言葉にアベルの黒瞳《こくどう》が揺れた。

その、たった一つの反応を見て、ラミアは青白くひび割れた顔で、生気のない黄金の瞳《ひとみ》を細めて笑った。――悪戯《いたずら》っぽく笑った。

「――テメグリフ一将！」

直後、ラミアの表情が変わり、鋭い声で誰かの名前を呼んだ。

それは、スバルには与《あずか》り知らぬ名前だったが、この場に居合わせた複数の人間にとっては大きな意味を持つ名前だった。

もちろんそれは、名を呼ばれた当人にとっても同じだ。

「アル・クラウゼリア！」

とっさの反応、俊敏に虹の極光を描いたのはユリウスだった。

構えた剣の先を躍らせ、ユリウスが精霊たちの力を借りた極光の壁を作り出す。そのユリウスの判断が、車両内の全員の命を救った。

だが同時に、守るために張られた極光が行動を阻んだことで、次の一手は遅れる。

ラミアの声に呼応し、連環竜車の横合いから車両をぶち抜いたのは光の弾丸だった。

散弾のようなそれが竜車の壁を吹き飛ばし、中の人間を撃ち抜くのを極光が防ぐ。しかし、防ぎ切れなかった光弾は屋根を剥《は》ぎ、車両の中が丸見えになった。

その丸見えになった車両へと滑空して迫るのは、『剪定《せんてい》部隊』を次々と投げ込んだ群れ成す屍飛竜《しひりゅう》――否《いな》、それらと比べ物にならない曲芸飛行をこなす一頭だ。

鋭角なフォルムの屍飛竜《しひりゅう》が竜車へ飛び込み、猛然と風を巻いて、ラミアをさらう。

すでに『陽剣』を落とした腕が肩までなくなったラミアが空にさらわれる。それをしたのは屍飛竜に跨《また》がった一人の屍人《しびと》――、

「――バルロイ殿!?」「バルロイ……」「バルロイ!?」

その思いがけない姿に、驚愕《きょうがく》の声が複数上がった。

だが、その中で最も驚きが強く、同時に最も悲痛であったものは。

「バル兄《に》ぃ？」

青い目を丸く見開いたミディアムの呟《つぶや》き、それに呼ばれた屍人は答えない。

ただ、跨った屍飛竜の手綱を引いて、かっさらったラミアを抱えたまま一気に上昇。そのまま屍人を乗せた屍飛竜は竜車の後方へ首を向け、反対へ飛んでいく。

連環竜車の走る分だけ、屍飛竜の飛行の分だけ、両者の距離が開いていく。

「バル兄ぃ！　バル兄ぃ――!!」

無我夢中で手を伸ばし、ミディアムがすぐに見えなくなる影を追おうとする。

その妹の暴走を、後ろからフロップが飛びついて止めた。まだ、連環竜車の中には『剪《せん》定《てい》部隊』が残っている。

「おお、おおおぉぉぉぉ――!!」

黒い甲冑《かっちゅう》で顔を覆ったものたちが低い唸《うな》り声を上げ、猛然と大鋏《おおばさみ》を振り上げる。

それはまるで、主《あるじ》の逃亡を果たさせせんとする意志。

かつて『選帝の儀』で主を討たれた際、彼らが『青き雷光』に敗れたがために果たせなかったそれを、屍人と化した今、果たさんとする遺志だった。

「全員、最後まで気ぃ抜かんと！」

アナスタシアの号令が飛び、その意気込みを最初に受けるユリウスが走る。

戦えるものたちが武器を取り、気勢を上げる『剪定部隊』と真っ向から激突した。そして今度の激突は、その最後の一兵までを撃滅する。

――だが、それは正しく、彼らの主が逃げ切るまでの時間を稼がせ、『剪定部隊』の此《こ》度《たび》の襲撃の最期の一花をしかと咲かせたのだった。

4

――バルロイ・テメグリフがラミア・ゴドウィンをさらい、飛び去った同刻。

「――――」

遠く遠く、走っていく連環竜車の轍《わだち》の上に倒れ込んで、老人は顔を手で覆っていた。

全身が軋《きし》むように痛み、焼け爛《ただ》れた足は図々《ずうずう》しくも泣き喚《わめ》いている。だが、その痛みも爛れた傷も、全ては老人が望んだものではなかった。

痛みや傷など、どうでもよかった。――何故《なぜ》、自分はまた死ねなかったのか。

「機会を、いただいたんですのよ」

仰向《あおむ》けに地べたに横たわり、みっともない己を呪い続ける老人に、彼女は言った。

彼女は人の姿をしていなかった。ただ、そのしなやかで強靭《きょうじん》な獣の姿は、ヴォラキア帝国の人間が優れていると、美しいと評するそれで完成していた。

竜車の後方に残した部隊と行動し、伝令のために連環竜車を追って走った彼女は、まさしく『ミーティア』の炎と共に外へ飛び出した老人の姿を目撃した。

そして、老人が地面に叩《たた》き付けられるその寸前で、彼を死から拾い上げたのだ。

「機会、とは……」

「あなたが竜車から放り出されたとき、わたくしの足では間に合いませんでした。でも、一緒に飛び出した死者が、あなたを突き飛ばしたのです」

「――――」

「それがなければ間に合わなかった。わたくしから言えるのは、それだけですわ」

ゆるゆると首を横に振り、美しい黄金の毛並みの豹《ひょう》が老人に告げる。

それが意味するところも、彼女が言いたいこともわかる。しかし、真実はわからない。

あの方はただ、飛びついてくる老人を煩《わずら》わしいと突き飛ばしただけかもしれない。その真意を伝え合うことなんて、一度もしなかった関係だから。

だが、何を考えているのかわからないのは、ヴォラキア皇族全員がそうだ。

『――あなた、そんな悔しそうな顔ができたのねぇ』

「――っ」

そう口にした彼女の意外そうな顔が思い出され、老人の喉が何かで詰まった。

それが何なのか、老人にもわからない。ただ、ただ、思う。

「妹御を……ラミア閣下を殺してまで手に入れた帝国なら、責任を持て……！　皇帝の務めを果たせ……っ！」

剣狼《けんろう》のふりをして、自分の毛色さえ偽った羊か山羊《やぎ》か。いずれかであり、いずれかでもない老人は、絞り出すように声をこぼした。

それが自分自身の、糸のように細めた瞳《ひとみ》の奥にあった本心だったのだと。

老人――帝国宰相、ベルステッ・フォンダルフォンは生き恥を噛《か》みしめ、絞り出した。

5

――世界有数の美しい城と、そう評された水晶宮《すいしょうきゅう》は在り方を大きく変えていた。

城内には屍人《しびと》が闊歩《かっぽ》し、先だっての帝都を中心とした争乱の傷は微塵《みじん》も癒《い》えず、そこには死と破壊のみが残り、それと対になる生と再生が存在しなかった。

それ故に、水晶宮は本来の美しさを喪失し、おぞましきが蔓延《まんえん》する苦界と化した。

しかし――、

「――――」

静かに、その紅の瞳を収めた瞼《まぶた》を開いたのは、苦界の中でも美しさを失わない存在。

橙色《だいだいいろ》の長い髪はほどけてほつれ、その血色の豪奢《ごうしゃ》なドレスのあちこちが引き裂かれ、雪のように白い肌には土埃《つちぼこり》の汚れがあるが、それらは一切彼女を汚せない。

真に美しいものとは、その見てくれの飾りつけなど必要としないものがある。

「もっとも、ほつれた髪も乱れた衣も、今の貴様と比べれば黄金の如《ごと》く上等に見えよう」

「……言ってくれるものだわぁ、プリスカ」

甘ったるい声音に古い名を呼ばれ、プリシラ・バーリエルは目を細めた。

上がった両腕は特別な鎖で拘束され、無理やりに立たされた姿は虜囚のそれだ。にも拘《かかわ》らず、プリシラの瞳《ひとみ》にも態度にも、弱々しさは微塵《みじん》もなかった。

どこに立たされ繫《つな》がれようと、己を曲げる理由になど何一つならないからだ。

帝都ルプガナの水晶宮《すいしょうきゅう》、その地下牢《ちかろう》に入れられたプリシラは、わざわざここまで会いにきた相手——屍人《しびと》となったラミア・ゴドウィンの姿を訝《いぶか》しむ。

九年前、死したときのままの年齢の彼女は、屍人特有の肌と瞳を持ちながら、それでも『毒姫』と称された蠱惑的《こわくてき》な存在感は健在だった。

それが、ボロボロのドレスと崩れた半身の今は見る影もない。

屍人であれば、壊れた部位は修復ができる。そうでなくても、新しい土の器に入れ替えればいい。屍人を観察し、そう推測していたプリシラはそこで理解する。

無様さや見苦しさを極端に嫌うラミアが、そんな姿で自分の前に立った意味を。

「なんじゃ、また死ぬのか、ラミア」

「まぁ、姉になんて言い方するのかしらぁ。でも、そうねぇ。虚《うつ》ろの箱との繋がりを切られた……ううん、繋がりを食べられたみたいだからぁ」

「――――」

「そうそう、聞いて、プリスカ。ヴィンセント兄様の手にかけられちゃったぁ。これは、大事にされてたあなたじゃしてもらえないことでしょぉ？」

崩れていない方の、今にも崩れそうな手を口元に当ててラミアが嗤《わら》う。

それが自慢に値するかは個々の価値観だが、少なくともプリシラは鼻で嗤った。

「ホント、つまんなかったわぁ。あなたとヴィンセント兄様くらいしか、私とまともに話せる相手がいないんだものぉ」

「妾と貴様とが真っ当に話したことなど、数えるほどであったろうが」

「回数の問題じゃないのよぉ。お馬鹿な妹」

呟《つぶや》いたラミア、その口に当てていた手が崩れて消えた。

ゆっくりと、ラミアがその形を少しずつ喪失していく。目の前に立っているが故に、否《いや》応《おう》なくその終わりはプリシラの目に飛び込んでくる。

しかし、プリシラは瞼《まぶた》を閉じなかった。その紅の双眸《そうぼう》で、ラミアを見据える。

見据えながら――、

「役目を終えたなら、疾《と》く退場せよ、ラミア。――また、妾が看取《みと》ってやる」

そのプリシラの言葉に、ラミアが微《かす》かに眉を上げた。

それから彼女は甘い甘い毒のように嗤《わら》い、

「可愛《かわい》げのない妹だわぁ」

プリシラの記憶にある限り、それは生前の彼女の最期と全く同じ言葉と笑顔だった。

6

「姉妹同士の最期の会話が、あれでよかったんですかい？」

ラミアの最期を見届けたプリシラに、どこか軽妙な男の声がかかる。

階段を下る足音が地下牢《ちかろう》に響き、姿を見せたのは精悍《せいかん》な顔つきの屍人《しびと》だった。その佇《たたず》まいはラミア同様、出来の悪い屍人とは一線を画している。

「気丈な方でやしたねえ。あのお体で、地下までは一人でお降りになった。さすがは気高きヴォラキアの姫君……帝国民の一人として、誇らしく思いまさぁ」

「皇帝に牙を向けた謀反者が、白々しくよくも言ったものよ」

「それを言われちゃ立つ瀬がありやせんが……帝国にとっての不届き者って意味じゃぁ、あっしも奥方もそうそう大差はありやせんでしょう」

その答えを聞いて、プリシラは組み立てていた推測を確定とする。

この屍人の名はバルロイ・テメグリフ。――帝国の元『九神将』で、謀反者。

そしてプリシラはかつて、帝国にいた頃に彼と面識があった。プリシラが帝国の中級伯

であった男、最初の夫の妻だったときに。

　とはいえ、生者と死者で当時の旧交を温め合うというでもないだろう。

「何用じゃ？　まさか、先のくだらぬ問いが理由ではあるまい」

「もちろん、ラミア閣下の最期を見届けるのも仕事の内ですが……奥方のために、お食事をお持ちいたしやした」

　言いながらバルロイが、後ろ手に隠していた銀の盆をプリシラへ差し出す。

　料理店のように銀の蓋を被《かぶ》せられたそれを見て、プリシラは紅の瞳《ひとみ》を細めた。

「いらぬ」

「まあまあ、そう仰《おつしや》らずに。なにせ、あっしらみんな死んでいやしょう？　食事の必要もないもんで、奥方みたいな生きた人間に食事がいるって発想がない。あっしが持ち込まなきゃ、せっかくの美人が台無しになりまさぁ」

　生気のない肌の色で笑い、バルロイがその食事の蓋を開ける。

　温かな湯気と香りを広げるそれは、屍人《しびと》が作ったにしてはまともな料理に見えて。

「生憎《あいにく》、味を感じないもんで味見はしちゃいやせんが、作り慣れてるんでマズくはないと思いやすぜ。おっと、庶民料理をお出しするのは許してくだせえ」

　そう言って、バルロイは無言のプリシラの口元にフォークで料理を持ってくる。

　プリシラの腕は天井に繋《つな》がれているため、そうするしかないのはわかるが。

「貴様の首は手ずから刎《は》ねる」

そう静かに告げて、プリシラは差し出された料理を口に入れた。

マズくはない。だが、安い。城の中にあった材料を使っても、料理人の腕と発想が安ければ、仕上がったものも上等とは言えない。

そのプリシラの無言の圧力に、バルロイは屍人の面で苦笑する。その苦笑の中に、プリシラに向けた以外のものが垣間見《かいまみ》えて、

「いえね、そう言えば昔もこんな風に、悪さしたお仕置きで閉じ込められてる娘っ子に飯を差し入れてたことがあったなぁと思いやして」

空気の変化を察し、バルロイが苦笑の真意をそう明かす。

その答えに不愉快さを覚えながら、プリシラは「拭け」と彼に口元を拭わせると、

「貴様らは何ゆえに帝国を滅ぼす。蘇《よみがえ》り、何を望む」

「――前者はあっしの答えるところじゃありやせん。ただ、後者は簡単でやしょう」

問いに、直前までの苦笑も、軽々とした空気も消して、バルロイが応じる。

そうしたバルロイの纏《まと》う空気の変化に、プリシラもまた敏感に察した。彼の中に――否《いな》、ラミアにもあった確かな怒りを。

そのプリシラの印象を裏切らないままに――、

「屍人の望みってのはいつの世だって、恨みつらみを晴らすことに決まってまさぁ」

そう、屍人の本懐を明かし、バルロイ・テメグリフは生気のない笑い声をこぼした。

7

「や……って、られるかぁ、クソったれぇ！」

バシャバシャと濡《ぬ》れた路面を蹴り、目の前の角を勢いよく曲がる。途端、すぐ目の前にあった木箱に腰をぶつけ、「うおっ」と悲鳴を上げて盛大に転がった。

濡れた石畳に打ち付けた兜《かぶと》の中、額に痛みが走って視界を火花が散る。が、頭の上にくるくるとヒヨコを回し、伸びていていい状況ではない。

すぐに立たなくては奴《やつ》がくる。——黒衣の観察者、『腑分《ふわ》け』のヴィヴァが。

「じゃねぇと、また内臓ぶちまけられて……」

「もうきているのダゾ」

「——っ」

ヒュッと、肺が冷たくなる感覚を味わい、瞬時に腰の裏の青龍刀《せいりゅうとう》を抜いた。そのまま型も技もなく、強引な横薙《よこな》ぎで相手がどこにいても当たるように振り回す。

しかし、どこにいても当たるはずの青龍刀は空振り、代わりに灼熱《しゃくねつ》の痛みが脇の下を通り抜け、その手から青龍刀をすっぽ抜けさせた。

「がぁ……っ」

「抵抗は無意味ダゾ。ただでさえ、お前は他のモノと条件が違うのダゾ。無意味に血を流して、皇帝の望みに適《かな》わなくなれば価値はないのダゾ」

血を噴く脇を締め、少しでも失血が収まるように悪足掻《わるあが》き。できれば反対の手を傷口に添えたいが、その希望に応えるには腕とおさらばしてから長すぎる。

苦鳴をこぼしたこちらの背後、刃《やいば》の湾曲したナイフを両手に握り、その口元を黒い布で覆った青髪の屍人《しびと》が振り返った。

睨《ね》め付《つ》けてくる金色の双眸《そうぼう》は、じっくりと血を流すこちらの姿を観察している。

じわじわとなぶり殺しにする趣味がある、わけではない。奴のこれまでの、数十回の言い分を信じる限り、相手の狙いは実験だ。

生きた人間の体を使い、確かめたいことがあるらしい。おそらくは、生きていた頃からそれを繰り返していたから、付いた異名が『腑分け』なのだ。

「やり合っても逃げてもダメ……次にかけたいんで、一思いにやっちゃくれねぇか」

「一思いというのは筋が通らないのダゾ。私はお前を苦しめたいわけではなく、確かめたいことがあるだけなのダゾ」

「ですよねー……然《しか》らば」

話しても無駄な相手と見切りをつけて、ちらと視線を落とした青龍刀へ。幸い、そう遠くに転がっていないので、飛びつくぐらいはできそうだ。

問題は、うまく自分の首に当てられるかどうか。しくじって、苦しみを長引かせていては世話がない。——ここで、てこずっている場合ではないのだ。

「——っ！」

判断に一秒、決意に一秒、行動に移すのには一秒もいらない。『腑分《ふわ》け』が凶行を始める前に、前触れなく一気に青龍刀《せいりゅうとう》へと倒れるようにして飛び込む。

その行動にヴィヴァの動きが一手遅れ、その隙に青龍刀の刃《やいば》を自分の首に――、

「いえいえ来世にかけるというのはいささか今生への見切りが早すぎるのでは？」

「あ⁉」

滑らせようとした青龍刀、地面に転がったその刀身が真上から押さえられる。見れば、それをしたのは小さな足、続いているのは細い腰と、イカれた笑顔。

青龍刀に片足一本で立った、ワソー姿の子どもの暴挙だった。

「子どもとは、これもまた私の望む条件ではないのダゾ」

その子どもの登場に、ヴィヴァは一切の躊躇《ちゅうちょ》なく、両手のナイフを回転させ、こちらの脇を抉《えぐ》ったのと同じ攻撃を子どもの急所に叩《たた》き込もうとする。

手と足を使い物にならなくして、それから内臓のチェックに入る最悪のルーティンだ。

その刃が自分に迫るのを見ながら、その子どもは眉を上げ、

「ほうほう！　突然の見栄えする闖入者《ちんにゅうしゃ》をものともしない姿勢はお見事！　ですが」

「――っ⁉」

次の瞬間、目を見開いたヴィヴァの首が、胴と離れて吹っ飛んだ。

ヴィヴァが振るおうとしたナイフ、それを握る手を子どもが蹴りつけ、その腕をへし折りながら、逆にヴィヴァ自身の首を己のナイフで切断させたのだ。

さらに子どもは身軽に青龍刀の上で足を入れ替え、次の蹴りで残ったヴィヴァの胴体を貫通し、『腑分け』不要な屍人《しびと》の体を粉々にした。

「生憎《あいにく》とあなたのような趣味の悪い悪漢は共演NGです！」

しでかした殺陣《たて》と対照的に、軽々しい声で子どもが言い放つ。

その発言の向こう側で、胴体を砕《くだ》かれたヴィヴァの頭部が、驚愕《きょうがく》の表情を浮かべながら塵《ちり》と化し、帝都の風に呑《の》まれていくのが見えた。

そのやらかしを、地べたに倒れたまま呆然《ぼうぜん》と見ているしかなかったこちらに、片足を上げたままくるりと子どもが振り返り、

「あなたの剣の上から失礼します。ほら、地べたが濡《ぬ》れてるでしょう？　僕の履物はゾーリなので濡れるとすごく不愉快なんですよ。だからこんな調子でして！」

「あー、そりゃ別に構わねぇんだが……」

片足を上げたままトンチキな返事の子どもを見上げ、その場にどっかり胡坐《あぐら》を掻《か》く。

子どもの言う通り、尻が濡れて気持ち悪いが、それに関してはもう完全に手遅れだ。

「それよりも、手遅れじゃねぇ方に手を借りてぇんだ。手当て、頼めね？」

「ああ、確かに片腕では不自由するでしょうね。そのなかなか奇抜なお姿は僕的には好感度が非常に高いのでここでお別れはもったいない！　いいでしょう！」

そうあっけらかんと笑った子どもは、「ただし！」と勢いよく付け加えると、すぐ傍《そば》の建物の屋根の方を指差し、

「お伝えした通り、僕はゾーリを濡《ぬ》らしたくないのです！　なので高台に移動してからにしましょう。それまで失血されないよう注意してください、兜《かぶと》の御方《おかた》！」

「……オレはアルってもんだよ、やんちゃボーイ」

「ははははは！　ヤンチャボーイ！　なんだかボスみたいな喋《しゃべ》り方しますねえ！」

そう高笑いする子どもに、脇を締めたまま男――アルは長く息を吐いた。

只者《ただもの》ではない子どもだが、飛び出してきた発言の数々に知っている誰かさんの影響をひしひしと感じる。

この出会いが吉と出るか凶と出るか、それはいずれにせよ――、

「待ってろ、プリシラ……オレが必ず、お前を救ってみせる」

8

「――ッッ」

三本の首が力を失い、ついにぐったりとその巨体が大地に横たわる。

翼は破られ、胴体にはいくつもの忍具が突き刺さり、およそ生命の経絡と言えそうな部分のほとんど全部を突いて狂わせてみても、どれが致命打かわかりかねる。

唯一、言えることがあるとすれば――、

「あかん、僕、めっちゃ人間やない『ゾンビ』と相性悪いわ」

ひらひらと袖を振り、端から塵《ちり》と化していく『三つ首』の龍《りゅう》を眺めてハリベルが呟《つぶや》く。

分け身で増やした三体も消して、消耗に長々と息を吐いた。さすがに龍ぐらいの相手とやり合うのは骨が折れる。

できれば、もう怪物退治はこれっきりにしてもらいたいが。

「せやけど、アナ坊たちがおんなじのんがゾンビになる的なこと言うてたんよなぁ」

それが事実なら、今しがた倒した『三つ首』の再出現も十分ありえる。

おそらく、次もハリベルなら勝てるだろうが、今回のように周りを巻き込まずにおける環境か怪しい。それにその間、自分の手が塞がるのが雇われの身としては気が気でないところだ。アナスタシアの傍《そば》にいるユリウスは腕利きだが――、

「僕ほどやないやろしねえ」

首の骨を鳴らし、戦闘中は吸えなかった煙管《きせる》に火を落として煙を味わう。

それから、ハリベルは『三つ首』の体が消えてなくなったのを見届けて振り向き、はるかはるか遠くまで、自分を置き去りに走っていった連環竜車を探す。

そして――、

「なんや、頑張った僕の方が飴《あめ》ちゃん欲しいわ。……あ、僕、飴ちゃん食べたら死んでしまうんやった」

などとこぼしながら、彼方《かなた》へ続く竜車の轍《わだち》を追って走り始めたのだった。

《了》

あとがき

オッサンの出会いで〆た34巻と、爺さんの活躍で締め括った35巻。帝国編、そういう意味でも作者のやりたい放題で進んでいますね。

どうも！　長月達平であり、鼠色猫でもある作者です！

怒涛の感じで始まり、怒涛の勢いのまま進む八章、今回もありがとうございました！

賢明な読者の皆様おわかりの通り、群像劇どころでない勢いで進む八章ですが、作者的にとんでもない落とし穴がありました。——そう、キャラが減らない！

主人公ナツキ・スバルの信念上、リゼロはキャラが減らないのです！　ざっくりネームドキャラ数えて、八章は五十人以上！

よくもまぁ書いたりも書いたりですが、読者の皆様も読んだりも読んだりだ！　この先も何卒よろしくお願いいたします！

さて、あとがきと言えば近況報告ですが、暑い毎日が続いていながらも、各所でイベントなどが再開されていますね。自分の方も某イベントに文章を寄稿させてもらいまして、そのイベントの打ち上げに参加しました。久々に顔を合わせる友人作家らと楽しい時間を過ごしたのですが、驚いたことに——と、この先は紙幅がないので短編集のあとがきで！

などと姑息に同時発売の短編集に誘導しつつ、恒例の謝辞へ移らせていただきます！

担当のI様、今巻の作業中はまさしく絶叫ものの大変な事態が重なり続け、大変なご苦労をおかけしました。ただ、何の前触れもなく松葉杖で現れるのは心臓に悪いのでやめてください！　ゾンビパンデミックのとき置いていきますよ！　34巻の伏線回収です。

イラストの大塚先生、今回は挿絵にしたい見せ場の選定が大変で、非常に悩ませてしまい申し訳なく！　ただ、拘っていただいた分、今回も大満足の一冊となりました！　まさか表紙に口絵と、マイルズにこんなに出番がくるとは……お互いに驚天動地！

デザインの草野先生、相変わらずの魔法使いぶりで今回もカバーイラストとタイトルの調和、お見事と惚れ惚れするお仕事でした！いつもありがとうございます！

花鶏先生＆相川先生の四章コミカライズは、長い四章の反撃パートに入り、一気に盛り上がる部分……フィナーレに向けて目が離せません！　ありがとうございます！

そして、MF文庫J編集部の皆様、校閲様や各書店の担当者様、営業様とこのたびもたくさんの皆様のお力添えいただき、本を出させていただけました！　大感謝です！

最後は毎回お付き合いいただいている読者の皆様に最大限の感謝を！　このとんでもない冊数の物語、どうぞ信じられない冊数までお付き合いいただければ光栄です！

ではまた、次の36巻でお会いできれば幸いです！　次も全力で！出し惜しみなしの物語を紡いでいきますので、どうぞよろしくお願いいたしまーす!!

２０２３年８月《暑い夏もこの昴る熱量は上回れないと吠えながら》

Character Design
バルロイ
グルービー

「どぉ、プリスカ？　このラミア姉様と一緒に次巻予告ですってぇ。嬉しい？」

「神妙に消えてなくなったかと思えばそのしぶとさ。ヴォラキア皇族とは思えぬ生き汚さと言えよう。いや、死者なのじゃから死に汚さと言い換えるべきか」

「まぁ、口の減らないこと。本当、可愛げないんだからぁ」

「こうして繋がれたまま貴様と話し続けるなど、妾にとって苦痛極まりない。疾く、役目を終えて消え去るがいい、ラミア」

「はいはい、つまんないのぉ。そんな囚われのあなたがどうなるか語られる次の36巻だけどぉ、十二月の発売予定ってことみたいねぇ」

「ずいぶんと怠慢なことよな。妾の在り方を物語るなら、翌月にでも出すべきであろう」

「それで書き手に死なれても面倒でしょぉ？　ああでも、今なら続きを書くために屍人になるって手段もありよねぇ。そうさせちゃう？」

「そうなれば、妾の手ずから灰燼に帰すだけよ」

「それをされたら困っちゃうわぁ。そうそう、あなたはあんまり興味ないでしょうけど、プリスカの競争相手の半魔の娘の誕生日イベント開催中ですってぇ」

「毎年やっておる『エミリアの誕生日生活』とやらか。半魔の名を付けて大々的にとは、畏れ知らずなことがあったものよ」

「でも、そういう考えは嫌いじゃないでしょぉ、プリスカ。お見通しよぉ」

「――。殊の外、貴様に妾のことを語られるのは不愉快じゃな」

「そぉ？　だったらもっと語ってあげちゃおうかしらぁ。――私が死んでから時間が経って、今じゃプリスカの方が私より年上なんですもの。不思議よねぇ」

「何も不思議なことなどない。まさか、先に生まれたなら年齢だけは永遠に追い越されぬとでも思っていたか？　だとしたら、とんだ思い上がりであったな」

「不思議なことがない？　本当に？　だったら、なんであなたはずっと、私の使ってた扇を持ち歩いてるのかしらぁ」

「――――」

「ねえ、プリスカ。私、あなたのこと大嫌いだったわぁ」

「妾も同じじゃ。貴様のその顔も声も、いずれも気に障るものであった」

「そう……。じゃあ、それが理由なんでしょうねぇ。私が目障りだったから、私を殺した戦利品に扇を持ち歩いてる。本当、性格の悪い子だわぁ」

「敗者をどう扱おうと勝者の自由、それがヴォラキアの習わしであろう」

「その習わしの申し子、ヴィンセント兄様とプリスカ……はぁ、もう飽きちゃった」

「そうか。妾も、もはや何も語る言葉を持たぬ」

「せいぜい、苦しみ足掻いてちょうだいね、プリスカ。――全然可愛くない私の妹」

「今度こそ、死者として大人しく眠るがいい。――相容れぬ姉上よ」

MF文庫J

Re:ゼロから始める異世界生活35

2023年 9月 25日 初版発行
2024年 9月 10日 3版発行

著者 長月達平

発行者 山下直久

発行 株式会社 KADOKAWA
〒102-8177 東京都千代田区富士見2-13-3
0570-002-301(ナビダイヤル)

印刷 株式会社 KADOKAWA

製本 株式会社 KADOKAWA

Printed in Japan ISBN 978-4-04-682863-7 C0193

●お問い合わせ
https://www.kadokawa.co.jp/(「お問い合わせ」へお進みください)
※内容によっては、お答えできない場合があります。
※サポートは日本国内のみとさせていただきます。
※Japanese text only

◆◇◇

【ファンレター、作品のご感想をお待ちしています】
〒102-0071 東京都千代田区富士見2-13-12
株式会社KADOKAWA MF文庫J編集部気付「長月達平先生」係 「大塚真一郎先生」係